dtv

Miloš Urban

Im Dunkel der Kathedrale

Roman

Aus dem Tschechischen
von Sophia Marzolff

Deutscher Taschenbuch Verlag

›Im Dunkel der Kathedrale‹ ist ein Roman.
Im Text auftauchende Personen und Institutionen haben mit der außerliterarischen Welt nichts gemein.

Die vorliegende Übersetzung
wurde durch das Kultusministerium
der Tschechischen Republik gefördert.

Deutsche Erstausgabe
März 2008
Deutscher Taschenbuch Verlag GmbH & Co. KG,
München
www.dtv.de

Titel der tschechischen Originalausgabe:
›Stín Katedrály‹
(Argo spol. s. r. o., Prag 2003)

Umschlagkonzept: Balk & Brumshagen
Umschlagbild: Alejandro Colucci / Ediciones B, S.A.
Satz: Fotosatz Reinhard Amann, Aichstetten
Gesetzt aus der Stempel Garamond 10/12'
Druck und Bindung: Druckerei C. H. Beck, Nördlingen
Gedruckt auf säurefreiem, chlorfrei gebleichtem Papier
Printed in Germany · ISBN 978-3-423-21052-2

Die Sonne hinter uns in roten Gluten
Hat einen Schatten vor mir her geworfen,
Mein Leib hat ihre Strahlen aufgehalten.
...
Du mögest mir das Warten nicht verbieten,
Bis die gehörnte Flamme hergekommen;
Sieh, wie ich mich aus Sehnsucht zu ihr neige!

Dante Alighieri

Es ist kein griechischer Tempel; es ist eine gotische Kirche, voller großer Schatten, in der gegensätzliche Elemente aufeinanderprallen, die nicht recht miteinander harmonisieren.

Francesco de Sanctis über Dantes lyrischen Stil

Im Schatten der Kathedrale rauften sich zwei alte Männer. Am Fuß des nordwestlichen Turms, im stillen Dämmer der Nacht, die sich allmählich vom Dritten zum Zweiten Burghof und dann weiter mit dem Ostwind zurückzog, kämpften die beiden, als ginge es um ihr Leben; mit harten Fäusten versetzten sie einander Hiebe auf Kopf und Rücken, mit ihren Beinen versuchten sie unermüdlich, sich gegenseitig zu Fall zu bringen. Jupiter und Saturn unter der fünfblättrigen Rose in der Fassade. Ich kannte sie beide. Ihr Verhalten empörte mich weder noch überraschte es mich, dieser Zusammenstoß war zu erwarten gewesen. Aber dass es hier und jetzt dazu kam, wunderte mich doch. Das Bronzeportal stand weit offen. Jemand hatte mich deswegen geweckt. Er hatte gegen meine Wohnungstür gehämmert und war daraufhin verschwunden. Vor der Tür hatte ein Brief gelegen, darin die Aufforderung, schnell zur Kathedrale hinaufzulaufen. Der Bote wusste, dass ich nicht lange zögern würde. Er versprach mir ein Wunder: *ihr* wiederzubegegnen.

Ich eilte an den beiden Männern vorbei und trat in die Kirche, hinein in die Dunkelheit, durch die das rote Auge des ewigen Lichts über dem Hauptaltar leuchtete, was normal war, außerdem der gelbe Schein dreier weißer Wachskerzen in einer der hinteren Kapellen, was ungewöhnlich war. Ich steuerte dorthin und setzte meine Füße vorsichtig; das Dunkel lichtete sich, unter der Empore des Königlichen Oratoriums lag ein Dämmerschein, der Hängeschlussstein des Gewölbes mit den

Motiven verästelter Zweige und gefällter Stämme ließ unwillkürlich an Holz denken, als ob die Tonnen von herabhängendem Gestein ringsum einen tiefen Wald markierten. Durch die östlichen Glasfenster drang bereits Sonne in den Dom, ihre Strahlen brachen sich jäh am silbernen Sarg des Johannes von Nepomuk unter dem hohen roten Baldachin hinter der Chorschranke, doch die unterste Reihe der hohen Kirchenfenster in den umliegenden Kapellen war noch dunkel. Umso heller leuchteten die Kerzen in der letzten Nische von rechts. Dem geschmolzenen Wachs nach zu schließen, hatte hier jemand die ganze Nacht lang die heiligen Reliquien angebetet. Entlang der Kapellenwände befanden sich die zwei langen Tumben mit den liegenden Königsstatuen, von einem verblichenen Fresko blickten die Augen eines Mohrs auf sie herab. Zehn Reliquienbehälter gab es hier, an den Wänden, auf dem Altartisch und in dem hölzernen Barockschrank, matte und glänzende, kantige und runde, mit schwarz angelaufenem Silber und schmutzigem Glas. In einigen lagen weiß schimmernde kleine Kreuze aus Schienbein oder Ellenknochen, der Inhalt der anderen war unergründlich. Unter all diesen Reliquiaren stach eines hervor: ein durchbrochenes Bleikästchen mit geschliffenen Gläsern, die an den Kanten grau vor Schmutz und Staub waren, in der Mitte dagegen mit Speichel oder einem Wassertropfen zu runden durchsichtigen Fensterchen blank gerieben. Ich hob den Schrein vom Altar hoch, hielt ihn vor die Flamme einer Kerze und blickte hinein. In ihm eingeschlossen lag eine schöne weiße, zwar schon faltige, dafür aber perfekt erhaltene Hand, die auf Höhe des Pulses abgetrennt worden war und mit der Innenseite auf einem goldverbrämten scharlachroten Kissen ruhte, die Fingerkuppen in eine schwärzliche Flüssigkeit getaucht, mit der sich der dicke Samt nur langsam vollsog. Ich hielt dieses schwere Zauberkästchen hoch und dachte an die berühmte Glasphiole in der Basilika von Brügge, wo man noch heute das hellrote Blut Christi zur Schau stellte, das sich einmal im Jahr, in einem kurzen magischen Moment und nur vor dem Blick Unschuldiger, in den strömenden Lebenssaft verwandelte, um darauf wieder zu erstarren, ohne jedoch seine wundersame Farbe zu verlieren.

Ich setzte mich auf den Steinsarkophag Přemysl Ottokars II. und wandte den Blick nicht von der lebendig gewordenen Reliquie, dieser vornehmen Hand, die womöglich, wer mochte das wissen, einem der Schutzheiligen der Kirche gehört hatte. Und dann hätte ich sie beinahe fallen lassen, als neben mir auf den Fliesen des Umgangs raschelnde Schritte zu hören waren. Ich machte mich auf Diebe gefasst, die auf die gleiche seltsame Weise wie ich von dem Wunder erfahren hatten, auf irgendeine Bande von Balkanbrüdern, die mir, wenn sie milde gestimmt waren, nur das Gesicht zertrümmern würden. Doch da stand eine junge Frau mit kurz geschnittenem blonden Haar, die eine Hand in der Tasche einer schäbigen Jacke aus dickem Rindsleder versenkt hatte und die andere vor sich ausstreckte: darin das glänzende runde Abzeichen der Macht. Hinter ihr hoben sich dunkel zwei große Männer ab, die diese Macht bestätigten. Ich stand auf und stellte mich ihr vor, etwas Besseres fiel mir nicht ein. Das brachte sie anscheinend aus der Fassung. Sie murmelte etwas, und ich entnahm ihren Worten einen Namen so schön wie ein Edelstein in der Farbe eines Smaragds, geschliffen in der Form eines grünen Sterns.

Das war blöd von mir. Warum musste ich mich vorstellen? Kriminalpolizei, das genügt doch, kommen Sie mit uns, weiter nichts. Und ich plaudere gleich aus, wie ich heiße. Wenigstens versuchte er nicht abzuhauen oder sich zu wehren. Er stand da wie ein Heiliger und guckte auch so, seinen Blick zwischen die Finger dieser Hand verkeilt. Dann schaute er irgendwohin über meinen Kopf und fing an zu lachen. »Heißen Sie wirklich so?«, fragte er, als die Jungs ihn schnappten. Ich sagte ihm, er solle die Klappe halten, es sei denn, er wolle ein Geständnis ablegen, aber so richtig streng kriegte ich es nicht hin. Er sah blass aus, verfroren – und hübsch. Und dann machten wir noch einen Schnitzer, das heißt, ich machte ihn. Ich ließ ihn den Kasten den ganzen Weg über halten. Er hätte ihn fallen lassen können oder kaputt machen oder aus dem Autofenster werfen, irgendetwas, um das Beweisstück zu vernichten oder auch um vorzutäuschen, dass wir ihn gewürgt hätten und er nur die Passanten aufmerksam machen wollte. Aber er hielt das Ding auf seinem Schoß wie ein Kind sein Spielzeugauto, und keiner kam auf die Idee, es ihm wegzunehmen. Irgendwie passte der Kasten zu ihm, die abgehackte Hand zwischen seinen Beinen versenkt, und er mit diesem starren Ausdruck von Zufriedenheit im Gesicht.

Es war ein seltsamer Morgen. Ich hatte Bauchweh und das mulmige Gefühl, dass ich diese Sache schleunigst abgeben sollte. Mordfälle sind eh nicht mein Ding.

Am Mittag kam ein Anruf aus dem Domkapitel, dass ein Priester vermisst werde. Ich brachte ihnen möglichst schonend bei, dass wir vielleicht einen Teil von ihm hier im Gefrierfach liegen hatten.

Ich wurde auf das Prager Polizeipräsidium gebracht. Erst da nahm man mir den Reliquienbehälter ab. Vier Stunden lang wartete ich in einem Büro mit vergitterten Fenstern, mittags bekam ich ein belegtes Brötchen und Kaffee, sogar eine Zeitung. Ich las sie ganz durch, samt Wirtschafts- und Sportteil, von denen ich sonst keine Notiz nehme. Erst am Nachmittag wurde ich zum Verhör geholt. Es war nicht die junge Frau, die mich ausfragte, sie schaute nur dreimal vorbei. Die Fragen stellte ein sachlicher grauhaariger Typ, der säuerlich aus dem Mund stank. Er erwähnte einen Mord. Er sehe ihn in Zusammenhang mit der Hand. Sie sei jemandem abgehauen worden – es handele sich nicht um eine Reliquie. Das war mir inzwischen auch klar geworden. Er fragte mich mitleidig lächelnd, ob ich Katholik sei, und fügte hinzu, ich solle ihm nichts vorspielen. Ich gab zu, es sei einfältig von mir gewesen, auch nur einen Augenblick lang zu glauben, es handele sich um eine echte Reliquie. Er fragte mich, ob ich sonst auch Probleme mit der Logik hätte. Ich schüttelte den Kopf. Wenn ich bereitwillig mit ihnen zusammenarbeiten würde, fuhr er fort, würde man das vor Gericht zu meinen Gunsten werten. Ich zuckte mit den Schultern. Das Gespräch wurde aufgenommen, aber die Geste ließ sich nicht aufzeichnen. Er stellte mir noch ein paar Fragen, und schließlich unterschrieb ich, was ich gesagt hatte. Man nahm mir den Schlüssel zu meiner Wohnung ab, um dort meine Papiere und auch den anonymen Brief zu holen, der mich in die Kathedrale gelockt hatte. Der Kriminalbeamte äußerte die Vermutung, dass ich ihn selbst geschrieben hätte. Ein uniformierter Wachtposten nahm mir meinen Gürtel ab und zog mir die Schnürsenkel aus den Schuhen. Er führte mich in eine Zelle, in der es kein Fenster gab und dafür unablässig das Licht brannte. An der Wand rechts neben der Tür befand sich ein Waschbecken mit einem Hahn und daneben ein Klo. Gegenüber eine Pritsche mit einer Schaumstoffmatratze. Ich war davon überzeugt, dass ich kein Auge zumachen würde, doch ich schlief mit kleinen Unterbrechungen mehrere Stunden. Es war das Licht, das mich immer wieder aufweckte. Gegen zwei Uhr nachts wachte ich mit dem Gefühl auf, dass nicht nur die vergitterte Glühbirne an der Decke mich fixierte. Ich blickte zur Tür. Im Schatten hinter dem Guckfenster bewegte sich etwas. Ein jungenhaftes Gesicht mit listigen schmalen Augen. Sie stand dort mit aufgeschlagenem Jackenkragen und musterte mich unverwandt. Sie sah jetzt noch jünger aus als am Morgen, bis auf die Ringe unter den Augen. Ich beschloss zurückzuschauen, ohne ihrem Blick auszuweichen, doch sie entfernte sich sofort. Dann ging das Licht in der Zelle aus. Es wurde nicht völlig dunkel, ein angenehmer Dämmerschein blieb zurück. Ich schloss die Augen. Vor ihnen schwebte ihr Gesicht, während ich langsam einschlief.

Ich war in seiner Wohnung. Hübsche Leute sind normalerweise nicht seltsam, der hier war es. Rops. Merkwürdiger Name. Eine schöne Wohnung besaß er, eine Gelehrtenhöhle wie aus einem anderen Jahrhundert. Aber ein modernes Bad, dass es nur so blitzte, ich schaltete gar nicht erst das Licht ein. In der kleinen Küche und dem Schlafzimmer gab es nichts Besonderes, höchstens die schwarzen Bettbezüge und Laken; ein anderes Schwarz als bei mir zu Hause. Das Wohnzimmer auch ganz anders, so altmodisch. Ein Sofa mit rotem Überzug, weich und groß genug für drei auf einmal, und dann massenweise Bücher, überall da an den Wänden, wo es keine Fenster oder Bilder gab. Von den Fenstern aus sah man unten die Nerudagasse, oben die Burg, auf dem Fensterbrett stand eine Blume in einer Vase, ihr schwarzer Umriss gegen das Licht sah unwirklich aus, Dornen wie Stacheldraht.

Daneben ein tiefer, geschnitzter Schreibtisch mit zwei Etagen von Fächern. Ich stöberte darin herum, fand einen Umschlag mit Banknoten und Rechnungszetteln und steckte einen Tausender in die Tasche, ich ging alle elf Schubladen durch, darin haufenweise Zeitungsschnipsel, auch Ausschnitte aus katholischen oder Kunstzeitschriften, es drehte sich alles um die Kathedrale und die Restaurierungsarbeiten, manchmal ein Foto von Rops, zwei Interviews mit ihm, dann Fotos von irgendeinem staubbedeckten Restaurator mit seiner staubigen Crew, ansonsten beschriebene oder leere Hefte, Briefbögen in allen Variationen, ungerahmte Grafiken, amtliche Schriftstücke seiner verstorbenen Eltern und sogar der Großmütter, auf der Tischplatte ein Computerbildschirm mit Tastatur, ein Tintenfass mit Schreibfedern, in einem Messingmörser eine Sammlung von Füllern, schwarze und silberne, sicher teuer, alle gefüllt, dazwischen ein Dolch mit eingelegtem Griff und einer spitzen, anderthalb Hand langen, dreikantig geschliffenen Klinge, damit konnte er sich nicht mal eine Scheibe Sülze abschneiden.

Der Computer befand sich im Ruhezustand, ich weckte ihn auf und ging ins Internet. Keinerlei Schweinskram unter den Favoriten, aber etwas machte mich doch baff, ein italienischer Kalender, die Seite war von einem Bestattungsdienst, eigentlich war es eine Sargreklame. Nur waren es zähnefletschende Mädels in Dessous, die für die Särge warben, sie lehnten an ihnen wie an einer Straßenlaterne, schmiegten sich an sie, lagen oder saßen mit gespreizten Beinen darauf, streckten ihren Po raus und fuhren mit ihnen Schlitten wie Santa Claus; die Sargmodelle hatten Namen wie »Mondschein«, »Appassionata« oder »Les Adieux«, nur das letzte Foto war anders, es zeigte so eine Ehekiste, darin allerdings bloß eine Leiche: Ein totes Mädel lag im zugenagelten Teil links und ließ durch ein schwarzes Fenster seine fahle Nasenspitze erkennen, rechts daneben fläzte sich in dem schmalen Ruhelager ein grinsender Muskeltyp in blauen Shorts, mit einer Hand unter dem Kopf und der anderen auf den Eiern, der war nur allzu lebendig, und unter diesem Sarg stand in Schnörkelschrift »Modello Dante«.

Ich klickte seine Mailbox an, sah den Posteingang und das Gelöschte durch, aber da war nichts, alles entfernt, die Jungs könnten das natürlich knacken, aber dann würde Rops nur stärker aufpassen. Im Adressverzeichnis fand ich ein paar Namen, die etwas auffälliger klangen, und notierte sie mir.

Statt einer Lampe hing von der Decke ein schwarzer Lampion mit dem Bild einer lachenden goldenen Sonne. Auf dem Boden neben dem Tisch lag eine Kugelhantel, dreißig Kilo schätzte ich, denn ich konnte sie nicht hochheben. In einer Zimmerecke befand sich ein Spiegel, der unten rechteckig und oben oval war und mich erst mal durcheinanderbrachte, weil er aussah wie ein Fenster, aber das Fenster spiegelte sich nur in ihm. Weil daran zwei Leuchter mit Kerzen befestigt waren, wirkte es so, als ob sich hinter der Glasscheibe noch zwei befänden und dahinter die Straße, mir brummte richtig der Schädel, denn eigentlich guckte ich ja raus, es war ganz schön raffiniert, das Zimmer wirkte gleich doppelt so groß.

Die Bilder an den Wänden waren düster und herbstlich, Bäume, denen der Wind die Blätter runterriss, eine weiße Ruine auf einem kahlen Hügel, ein Kloster im Abendrot, ein versiffter Tümpel voller Wasserlinsen, ein schwarzer Schwan, der im schattigen Schilf kaum zu sehen war, ein Einsiedler in seiner Höhle, der vor einem in den Stein gehauenen Altar seine Hände faltete. Über der Tür ein schwarzes Kreuz, darunter ein Regal mit einem goldenen Becher, in der Nische zwischen den Bücherwänden ein grüner Stoffbehang. Ich schaute dahinter. Da war ein altes Bild im Goldrahmen, eine Schönheit mit einem knallharten Blick. Sonst keine weiblichen Spuren. Im Schreibtisch suchte ich nach seinem Personalausweis, fand aber nur den Reisepass. Die Stempel zeigten, dass er ins Ausland gereist war, aber es war schon Jahre her.

Auf der Tischplatte lag noch ein Stoß Briefe. Ich überflog die geöffneten, das meiste ging um Fachfragen, die Datierung irgendwelcher Skulpturen. Zahlkarten. Ein Gruß aus Italien, mit dem Namen Rut unterschrieben. Ein Umschlag war noch zugeklebt, vorne drauf das Zeichen des Prager Bistums, hinten das gleiche rote Siegel. Das bekam man nicht so häufig zu sehen. Ich hatte Lust, das Schreiben einzustecken, hielt mich aber zurück. Ich linste noch in den Kleiderschrank und den Wäschekasten, der schwer zu öffnen war. Alles teuer und samten und seidig und schwarz wie Briketts. Hemden, Hosen, Sakkos, Unterhosen und Unterhemden. Ich rechnete schon damit, dass mir schwarze Jogginghosen mit scharfen Bügelfalten aus dem Schrank entgegenspringen würden, aber so was Perverses war dann doch nicht drin.

Und so bequatschte ich den Boss, diesen schwarzen Fatzke freizulassen. Ich versprach, dass ich ihn nicht aus den Augen lassen würde. Vielleicht würde er uns ja zum Täter hinführen. Vorausgesetzt, dass er nicht selbst der Mörder ist, sagte der Boss. Ausschließen kann ich's nicht, sagte ich.

Ich ging selbst zu ihm hin. Er wollte wissen, wem die Hand gehörte. Ich verriet es ihm – nur ein Verdacht, fügte ich hinzu; ein Pfarrer ist aus dem Dom verschwunden. Josef Kalandra. Rops wurde bleich, er kannte ihn. Er sah richtig fertig aus. Das war bestimmt nicht gespielt. Ich fragte ihn, wo er seinen Personalausweis habe. Er sagte, er habe ihn verloren, würde nur den Reisepass verwenden. Ich gab ihn ihm zurück, zusammen mit seinem Wohnungsschlüssel.

Dann begleitete ich ihn bis vor das Gebäude. Ich fragte ihn, ob er eine Ahnung habe, wer ihm den Brief überbracht hatte. Er schüttelte den Kopf. Meinte, er müsse etwas trinken. Ihm zitterten die Hände. Das konnte ich verstehen, jedenfalls für den Moment. Ich sagte, ich würde ihn einladen. Er zuckte mit den Schultern, er hatte sowieso kein Geld bei sich.

Wir kamen an einem Blumenladen vorbei. Er lieh sich fünfzig Kronen von mir und ging hinein. Mit einer Rose kam er wieder heraus. Die Dornen verhakten sich in den Maschen seines Pullis. Die Blüte dunkles Blutrot.

»Schwarze hatten sie nicht.«

Ich ließ mir den dritten Bloody Mary bringen, in dieser dunklen Bar mit den flimmernden Spielautomaten, und fing ihren forschenden Blick auf. Sie bestellte sich ebenfalls einen, trank ihn aber nicht aus.

»Nein, ich habe kein Problem damit«, sagte ich lächelnd und blickte ihr direkt in die blauen Augen. Ich forderte sie auf, sich etwas zu essen zu bestellen, vielleicht ein Omelett, ich selbst wollte nichts essen. Sie kräuselte ihre Nase.

»Mit dem Alkohol also nicht. Womit dann? Wir kriegen es eh raus.«

»Man kann nicht alles herausfinden. Aber es wird auch nicht nötig sein, in meiner Vergangenheit zu graben. Ich kann Ihnen helfen. Ich bin in der Kathedrale beschäftigt, die Leute von der Burgverwaltung und vom Prager Domkapitel werden Sie mit allen Referenzen versorgen.«

»Nur Polizisten dürfen jetzt in den Dom rein.«

»Ich muss so bald wie möglich wieder dorthin. Meine Arbeit drängt. Lassen Sie mich wenigstens nachts dort hingehen. Den Schlüssel habe ich, und ich kenne den Code zum Entsichern der Alarmanlage. Ich schalte sie nur in einem kleinen Teil aus, wo ich mich unbedingt aufhalten muss. Das hat noch nie Probleme gegeben.«

»Bis jetzt.«

»Aber die sind unbegründet.«

»Sie können da nicht einfach rumtigern.«

»Ich bin nur oben im Triforium. Ihre Leute werden mich weder sehen noch hören.«

»Und was machen Sie da? Skulpturen mit der Lupe untersuchen, oder wie?«

»Ich forsche. Meinetwegen auch mit der Lupe in der Hand. Ich beschäftige mich mit der Sezession, mit Elementen des Sezessionsstils in der Kathedrale, mit der großen Jahrhundertwende. Ich schreibe ein Buch darüber.«

»Wirklich? Wie heißt es?«

»›Der steinerne Wald‹. Es ist eine Auftragsarbeit für einen englischen Verleger.«

»Sprechen Sie mir das mal aufs Handy.«

Sie zog ihr Mobiltelefon hervor und hielt es mir vor die Nase. »P. R. B. Press«, diktierte ich, dann noch die Anschrift, Telefonnummer und Mailadresse. »Den Vertrag können Sie bei mir zu Hause einsehen«, fügte ich hinzu.

Sie grinste. »Den habe ich schon gesehen.«

»Da sind Sie fix. Sagen Sie mir – warum sind Sie zur Polizei gegangen?«

»Das klingt so, als würden Sie eine Hure fragen, warum sie auf den Strich geht.«

»Aber nein. Die fragt man: ›Wie kommt es, dass so ein hübsches und wohlerzogenes Mädchen wie du etwas so Abscheuliches macht?‹«

»Sie kennen sich aus.«

»Nicht besonders.«

»Ich glaub schon. Also erzählen Sie mir mal, wer Ihrer Meinung nach ein Interesse daran hatte, den Pfarrer zu ermorden.« Ich zuckte mit den Schultern. Sie fuhr fort: »Hat er irgendetwas gewusst? Pfarrer sind schließlich Geheimniskrämer. Vielleicht hat er was gewusst, was er nicht wissen sollte.«

»Aber warum auf diese Art?«, warf ich ein. »Jemandem die Hand abhauen und ihn verbluten lassen …«

»Vielleicht hatte er sie irgendwo im Spiel. Die Herren Geistlichen mischen sich doch immer irgendwo ein, wo sie es nicht sollten.«

»Vielleicht. Aber sind Sie sicher, dass es sich um Kalandra handelt? Hat man seine Leiche gefunden?«

»Allerdings. Sie war in einem Schacht im Fundament des Doms. In einem schmalen Schacht. So dass sie da nicht lag, sondern steckte. Und zwar kopfüber mit den Füßen nach oben.«

»Ach so.«

»Ach so? Das ist alles, was Ihnen dazu einfällt?«

»Mit dem Kopf voran mauerte man die Altäre der alten Götter in die Kirchenfundamente ein.«

»Aha. Alte Tradition, was?«

»Das könnte man so sagen.«

»Und warum ausgerechnet kopfüber?«

»Damit sie in der neuen Zeit keine Macht mehr besäßen.«

»Na prima.«

Ich schüttelte den Kopf. »Ich kann nur nicht glauben, dass jemand gerade Pater Kalandra so etwas angetan haben soll.«

»Er war es aber. Als sie ihn da rausgezogen haben, und das war nicht besonders witzig, haben ihn alle anwesenden Kapitulare identifiziert, und das war eine lange Prozession.«

Er nahm zur Kenntnis, dass er nicht aus Prag rausdurfte. Und sich jede Woche bei mir melden sollte. Es machte ihm nichts weiter aus. In den Dom wollte ich ihn erst einmal nicht lassen. Das machte ihm was aus. Sollte er mal ein bisschen abwarten.

Ich hatte mich für ein offenes Spiel entschieden; es würde besser sein, wenn ich ihm so viel wie möglich erzählte. Das war diesmal kein Schnitzer von mir. Ich machte es gleich an dem Abend so. Ich erzählte ihm, wie die Jungs den Pfarrer in der Krypta unter der Kirche gefunden hatten, in so einem schwarzen vergitterten Raum, der eigentlich abgeschlossen sein sollte und es nicht war. Dort hatte man ihm die Hand abgezwickt und ihn dann da zurückgelassen.

Ich ließ Rops zur Pathologie bringen. Die Identität der Leiche war zwar schon geklärt, aber ich wollte das Gesicht des Herrn Doktor sehen. Er bestätigte, dass es Kalandra sei. Sie hätten sich früher recht nahegestanden. Er bewahrte die Fassung. Nur als wir auf die Tür zugingen, dachte ich, jetzt fängt er an zu heulen. Aber irgendwie schluckte er es runter. Er kehrte noch mal zu dem Toten zurück. Die Hand lag daneben, in einer Plastikkühltasche mit Eiswänden, und so wie es aussah, nahm ihn das mehr mit als der Alte selbst. Ich dachte schon, gleich bettelt er mich an, ob er sie mit nach Hause nehmen darf. Und dann wollte er auf einmal wissen, von wem eigentlich die Polizei den Hinweis bekommen hatte. Es war, als wäre er gerade aufgewacht.

Zwei Adressen aus seiner Mailbox waren in England gemeldet. Die eine gehörte zum Verlag P. R. B., die andere zur Bibliothek der Britischen Nationalgalerie. Aber warum hatte er gerade diese Korrespondenz gelöscht?

Auch ein offenes Spiel hat seine Grenzen.

Ich besaß einen Schlüssel zum Dom, das hatte ich dieser Polizistin erzählt. Drei Tage lang war der normale Eingang unter dem nordwestlichen Wimperg verschlossen, und in den drei Nächten, in denen die Ermittlungsbeamten, darunter manchmal auch sie, ihre Arbeit verrichteten, betrat ich das dunkle Heiligtum durch das Seitenportal im Nordtrakt und stieg ins vordere Triforium hinauf, wo ich wie ein Dieb beim Licht einer Taschenlampe meine Anmerkungen über die sechs steinernen Porträts der Männer, die sich um die Fertigstellung der fünfhundert Jahre lang im Bau befindlichen Kathedrale am meisten verdient gemacht hatten, ins Diktiergerät sprach; ich hatte jedoch nur wenig Zeit zur Verfügung. Morgens döste ich immer für drei Stunden, danach schrieb ich, und in diesen Momenten musste ich weder essen noch trinken; die Musik half mir dabei, Debussys ›Ballades de François Villon‹ und seine ›Ariettes oubliées‹ nach Verlaine, Saties ›Danses gothiques‹ und die ›Sonneries de la rose et croix‹. Am dritten Tag unterbrach mich nachmittags die Türklingel. Ich öffnete im Glauben, es wäre die Polizistin. Doch es war jemand anderes. Jemand, den ich schon seit ein paar Tagen erwartete. Julius Maler.

Wir kannten uns vom Sehen. Wir waren uns wiederholt im Büro der Burgverwaltung begegnet, wo er in Teilzeit angestellt war. Auch er schrieb ein Buch über die Kathedrale, schon das dritte, im Übrigen kam er regelmäßig als Emissär des Verbandes der Kleinen Evangelischen Kirchen ins Domkapitel. Soviel ich wusste, trat er außerdem öffentlich als Verbindungsoffizier der internationalen Kirchenkonferenz auf und bereitete in der Kathedrale eine Veranstaltung namens Ökumenischer Advent vor. Er tauchte oft in den Medien auf. Ich war nie neugierig gewesen, welcher Konfession er selbst angehörte, aber ich musste seine Aktivität bewundern, seine Fähigkeit, einfach überall zu sein, und das Talent, bedeutend klingende Worte zu äußern, um welches Thema es auch ging. Ich staunte über seine unermüdliche Energie, mit der er sich noch im fortgeschrittenen Alter auf Wortgefechte mit den katholischen Prälaten einließ.

Er kam, um mir zu sagen, dass man wieder in die Kathedrale hineindürfe, und bat mich, jetzt gleich mit ihm dorthin zu gehen, er müsse mir etwas erklären. Ich ging mit. Es kam mir eigenartig vor, dass er mich zu Hause aufgesucht hatte, es schmeichelte mir sogar. Er wusste, dass ich eine Nacht auf dem Polizeipräsidium verbracht hatte, dass man mich verhört hatte und dass ich bislang der einzige Verdächtige im Mordfall Kalandra war. Was natürlich ein unsinniger Verdacht sei, wie er schnell hinzufügte. Auf dem Weg den Hügel hinauf schwieg er jedoch. Er hatte einen schaukelnden Gang, denn er hinkte ein wenig auf dem rechten Fuß. Von hinten sah er aus wie eine stämmige Frau. Erst unterhalb des Schwarzenbergpalais sprach er wieder. Er wollte wissen, was ich den Ermittlungsbeamten alles erzählt hätte.

Ich versicherte ihm, es tue mir leid, aber er begreife bestimmt, dass ich jenen Vorfall in der Frühe vor der Kathedrale nicht hatte verschweigen können.

»Ihre Prügelei«, fügte ich hinzu.

»Ich bitte Sie. Ein kleines Geplänkel.« Er räumte jedoch ein, dass ihn die junge Frau dazu befragt habe, der man die Ermittlung anvertraut hatte.

»Klára Brochová?«

»Eben die. Hübsches Pflänzchen, was meinen Sie? Haben Sie schon mal probiert, ob man es verputzen kann?«

Das überraschte mich von ihm. »Na, Herr Maler, Sie scherzen noch bei einem so steilen Anstieg ... Aber mich würde ebenfalls interessieren, weshalb Sie sich mit Pater Urban gerauft haben.«

Er wurde rot. »Er hat mich überfallen. Ich war zum Läuten oben gewesen, kam den Turm hinuntergestiegen, und er lauerte mir hinter der Tür auf. Er hat mir auf den Nacken geschlagen, kaum dass ich nach draußen kam. Hat angefangen mich zu würgen. Ich musste mich wehren.«

Ich musterte sein Gesicht. Es waren keine Spuren der Schlägerei zu sehen. »Mir ist aufgefallen«, bemerkte ich beiläufig, »dass der Herr Kapitular eine geplatzte Lippe hat.«

»Wie ich gerade gesagt habe«, knurrte Maler, »ich habe mich gewehrt.«

»Was für einen Grund hatte er, Sie so anzufallen? Sie müssen ihn irgendwie provoziert haben. Offen gestanden war das ein höchst merkwürdiger Anblick, wie Sie da mit Ihrer Faust auf ihn losgegangen sind.«

»Sie kennen ihn doch.«

»Gerade weil ich ihn kenne. Ihn kann sonst kaum etwas aus der Ruhe bringen, so verhält er sich nur im Ausnahmefall.«

Julius Maler presste seine Lippen aufeinander und blieb die Antwort schuldig. Wir durchquerten die Südgärten und gelangten über die Stiertreppe auf den Dritten Burghof. Wir betraten die Kathedrale von der Seite, über die Dombibliothek. Im Querhaus herrschte ungewöhnliche Dunkelheit; wir standen unter einem Holzgerüst, das bis unter den Triumphbogen reichte.

»Fulcanelli«, schnaubte Maler und zeigte auf die Tür, die zum Fuß des großen Turms führte. »Nach Ihnen, Verehrter. Sie sind hier privilegiert, ich bin nur geduldet. Sie kommen auch nachts hierher, nicht wahr? Da müssen Sie aber im Domkapitel Protektion genießen.«

»Ich habe die Erlaubnis, jederzeit hierherzukommen. Ich muss mein Buch fertig schreiben.«

»Mir ist man vom Klerus oder von der Burgverwaltung nicht entgegengekommen. Das tut man wohl nur bei den eigenen Leuten, wie?«

Ich sagte nichts darauf. Wir betraten den großen Turm. Maler führte mich in dessen Mitte. Im Halbdunkel war dort eine zerknitterte Decke auf dem Boden zu sehen, die ich gleich darauf als Mönchskutte identifizierte. Ich beugte mich über sie, aber Maler trat sie mit dem Fuß zur Seite. Unter der Kutte lag der zwei Meter lange Klöppel der großen Domglocke. Er war entzweigebrochen. Ich blickte nach oben. Hoch über uns in der Holzdecke klaffte ein Loch. Durch das Gebälk drang Licht aus dem Glockenstuhl in den Turm. Ich berührte die Bruchstelle und schnüffelte an meinen Fingern. Es roch nach Schweiß.

»Ja«, sagte der Alte lachend und kniete sich schwerfällig mir gegenüber hin. »Alle fassen ihn an – sie können nicht glauben, dass der Klöppel der Sigismundglocke kaputt ist.« Er fuhr mit seinem knorrigen Finger über das Eisen und leckte ihn ab. »Salzig. Nicht wie Schweiß. Wie Blut.«

Wir stiegen in den Glockenturm hinauf. Oben musste ich auf Maler warten, er rang auf der Treppe schwer nach Atem. Als er auf das Podest heraufgekraxelt kam, sagte er etwas, doch ich verstand ihn nicht. Ich forderte ihn auf, sich zu setzen und ein wenig auszuruhen. Er gehorchte. Seine Wangen waren feuerrot. Es passte zum Farbton seiner Weste unter dem Sakko, den er nun auszog und mit den Ärmeln vor dem Bauch knotete. In seinen Mundwinkeln stand weißer Schaum. Ich hoffte, er würde nicht plötzlich in meinen Armen zusammenbrechen und seinen Geist aushauchen.

»Er ist beim Feiertagsläuten zerbrochen«, sagte er, über die Öffnung im Podest gebeugt. Unten lag das lange Eisen, das aus dieser Höhe an ein Kreuz erinnerte. »Sie lassen jetzt einen neuen gießen. Sollen wir bis nach oben gehen?« Über unserem Kopf hing an einem Metallgerüst die riesige Glocke. Dort, wo der Klöppel gewesen war, befand sich ein schwarzes Loch. Ich griff nach dem Seil, das zu einem der schwenkbaren Arme führte, und zog meine Beine an. Ein paar Sekunden lang hing ich in der Luft und zerrte an dem Strick, doch die Glocke regte sich selbstverständlich kein bisschen.

»Selbst die stumme Glocke würde Ihnen nachgeben«, sagte Maler und legte mir seine schwere Hand auf die Schulter, worauf mir nichts übrig blieb, als die Beine auf den Boden zu stellen, »aber Sie bräuchten die achtfache Kraft. Lassen Sie das, seien Sie so lieb. Sie haben mit der Polizei gesprochen. Warum auch nicht, das ist letztlich eine staatsbürgerliche Haltung. Ich möchte Ihnen über diesem traurigen Werk hier den Grund meines Streites mit Urban erhellen. Er liegt Ihnen vor Augen.« Er deutete durch das Loch in den Fuß des Turms und bekam einen Hustenanfall. Ich hob die Augenbrauen und wartete ab, bis sich sein Atem beruhigt hatte. »Vielleicht haben

Ihnen böse Zungen Gerüchte über meinen Jähzorn zugetragen – ich gebe zu, dass er berüchtigt ist, aber das ist so ziemlich alles, weshalb ich in den Beichtstuhl gehen würde, wenn ich Ihrer Konfession angehören würde. Aber Sie werden mich auch so verstehen: Urban hat sich, was Sie nicht wissen werden, beim Kardinal für eine belgische Klostergießerei starkgemacht, und das ist für uns, die Brüdergemeinde, inakzeptabel. Die Kathedrale befindet sich im Besitz des Staates, und die Glocken sind Bestandteil des Staatseigentums. Den neuen Klöppel wird deshalb eine tschechische Gießhütte in Bechyně gießen, das ist eine ausgemachte Sache. Und als ich das kürzlich Ihrem geistlichen Vater mitteilte, stürzte er sich in einer Weise auf mich, die sich nicht im Geringsten mit der Würde seines Amtes verträgt.«

»Darum ging es also? Und was hat das mit dem Mord an Pater Josef zu tun?«, fragte ich.

Erstaunt riss er die Augen auf. »Was das damit zu tun hat? Überhaupt nichts. Deshalb habe ich mich ja mit Ihnen hier heraufbemüht, damit Sie begreifen, dass beides ein reiner Zufall war. Diese Polizistin wird Sie nicht in Ruhe lassen, so haben Sie ihr wenigstens etwas zu sagen.«

»Man hat Kalandra die rechte Hand abgehauen und ihn in den Untergrund geschleppt, zu einem Baustein der ursprünglichen Rotunde des heiligen Veit, ja zum Altargrab selbst. Was ist, wenn darin ein ähnliches Pathos läge wie in dem Streit um den Glockenklöppel?«

»Sie sind ein Phantast«, sagte Maler trocken.

Auf einmal knarrte das hölzerne Podest. Wir drehten uns nach dem Geräusch um. Jemand trat zögerlich zu uns heran.

In dem dunklen Winkel war das unsichere Lächeln eines Mönchs zu erkennen. Der dünne Vollbart konnte nicht darüber hinwegtäuschen, dass sein Gesicht sehr jung war, seine Augen huschten kurzsichtig von Maler zu mir und wieder zurück. Als er sprach, zitterte seine Stimme.

»Ich habe Sie kommen hören. Ich habe mich erschreckt. Der gebrochene Klöppel des Sigismund ist ein schlimmes Zeichen. Es lässt mir keine Ruhe, und ich muss den Herrn hier fragen: Was haben Sie gegen die Werkstätte der Benediktinerbrüder in Wallonien? Der Einfall Seiner Exzellenz ist ein Geschenk des Himmels. Es wäre eine edle und zutiefst symbolische Tat –«

»Ora et labora«, wehrte Maler ihn mit der Hand ab wie eine lästige Fliege.

»Ich bin kein Benediktiner.«

»Mit dir werde ich mich nicht unterhalten.« Und an mich gewandt fügte er hinzu: »Diese Glöckner hier denken, dass ihnen alles gehört und dass sie anderen Menschen einfach in die Rede fallen können.«

Ich lächelte dem jungen Mann zu, der empört und eingeschüchtert zugleich aussah. »Kommen Sie oft hier die Glocke läuten?«, fragte ich ihn.

»Wenn man mich lässt, ja. Und als Herr Maler Pater Urban schlug, war ich ebenfalls hier. Ich habe Sie vom Turm aus gesehen. Kurz darauf kam ein Auto, aus dem drei Leute stiegen. Zwei Männer und eine Frau.«

Julius Maler schüttelte den Kopf. »Entweder Sie glauben mir oder diesem jungen Verirrten hier.« Er schlüpfte in seinen Sakko, klopfte sich den Staub ab und verschwand im Durchgang zur Turmtreppe.

»Roman Rops«, stellte ich mich dem Mönch vor. »Freut mich, dass ich jemanden von Ihnen persönlich kennenlerne. Die anderen Glöckner sehe ich immer nur vom Triforium aus, wenn sie in den Turm eilen. Da haben Sie also den Sigismund zum Schwingen gebracht, als der Klöppel abriss? Sie haben aber einen Zahn drauf.«

»Benon«, sagte der Mönch grinsend und warf sich die Kapuze auf die Schultern zurück, als würde er einen Hut ziehen. »Ja, das war ich. Das heißt, zusammen mit anderen. Es kommen Studenten aus der mathematisch-physikalischen Fakultät hierher. Durchaus auch Mädchen. Die spucken sich zwar nicht vor dem Schwingen in die Hände, aber sonst haben sie Kräfte wie ein Gaul.«

»Sagen Sie mal, Benon, mich würde interessieren, wie Sie hereingelangen, wenn Sie zum Läuten kommen. Wahrscheinlich hat man Ihnen einen Schlüssel zu einem der Seiteneingänge anvertraut?«

»So ist es. Den Schlüssel verwahre ich, und morgens oder abends warte ich vor der Kathedrale auf die Studenten, je nachdem, wie sie oder ich Zeit haben. Es gibt fast zwanzig ehrenamtliche Glöckner, und sie wechseln sich gemäß einem Dienstplan ab. Gelegentlich kommt auch Herr Maler; eher selten. Einmal habe ich ihn draußen auf dem Laufgang getroffen, als ich mir den Sonnenaufgang anschauen wollte. Er stützte sich aufs Geländer und schnaufte. Ich wollte ihm die Treppe hinunterhelfen, aber er schrie mich an, er sei gesünder als ich. Wir läuten vor allem die kleineren Glocken – Wenzel, Johannes den Täufer und Josef. Den Sigismund nur an Feiertagen.« Erneut zeigte er ein jungenhaftes Lächeln, in dessen Schüchternheit etwas Freches lag. »Herr Rops, Sie fragen mich aus wie ein Polizist. Die haben Sie bei dem Verhör wohl ordentlich in die Zange genommen, was?«

»Ich hatte Kalandra ziemlich gern. Ich kann nicht fassen, dass jemand ihn umbringen wollte. Ich habe die erste Kommunion von ihm empfangen. Und früher bin ich zu ihm beichten gegangen.«

»Also hat er Sie gut gekannt«, sagte Benon, auf einmal ernst geworden.

»Ja.«

»Ich bin ebenfalls zu ihm gegangen. Er war furchtbar nett. Fast zu sehr. Wer konnte ihn nur so hassen?«

Ich spürte, dass ihm gleich die Tränen kommen würden. Und die Vorstellung, dass sich ein schmächtiger Novize an meiner Schulter ausheulte, war mir unerträglich. »Ich will es eigentlich gar nicht wissen«, sagte ich so schroff, dass er einen Schritt zurückwich. »Kalandra ist in Gottes Ewigkeit, oder nicht? Es ist mir gleich, wer ihn dorthin geschickt hat. Ich möchte aber wissen, warum. Ich mache mir Vorwürfe, dass ich nicht gleich erkannt habe, wessen Hand es war. Sie haben davon gehört, oder?«

»Das hat sich schnell herumgesprochen.«

»Es quält mich, verstehen Sie? Ich war schon lange nicht mehr bei Kalandra gewesen, aber... Ich schäme mich deswegen. Ich hätte sie erkennen sollen. Sie sah aus wie ein Kunstwerk.«

Er machte große Augen. Ich musste lachen. Als ich die Wendeltreppe hinunterstieg, drückte ich mir den Ärmel vor den Mund, damit er mein Gelächter nicht hörte, das ich nicht stoppen konnte.

Hinterher tat es mir leid, dass ich ihn nicht geschont hatte. Es war mir alles so komisch erschienen – dieser Augenblick, die Atmosphäre, das Geplänkel mit Maler! Und was konnte es Benon scheren, wer Josef Kalandra umgebracht hatte? Jeder konnte der Mörder sein. Zum Beispiel ich.

Verdammt. Die Beerdigung hätte ich fast verschwitzt. Ich kam gerade in dem Moment auf den Břevnover Friedhof, als sie Kalandra in die Erde ließen. Ursprünglich sollte er woanders liegen, aber man hatte ihn hierher gebracht, weil er neben seiner Mutter liegen wollte. Zwischen den Kreuzen herrschte ein ordentliches Gedrängel. Als ich näher kam, drehten die Leute sich um, also tauchte ich hinter einem weißen Marmorengel ab. Rops stand ein Stückchen weiter bei einer Adelsgruft, unter einem grünstichigen Dach, das von zwei Muskelprotzen aus Stein gehalten wurde. Er war so unauffällig wie ein Bulle, der auf einer Mafiabeerdigung die Angehörigen abscannt. Das hätte ich nicht besser gekonnt. Ich winkte ihm zu, schenkte ihm sogar so etwas wie ein Lächeln, aber er rührte sich so wenig wie die hübschen Steinkerle neben ihm. Also konzentrierte ich mich auf die Beerdigung. Ein älterer Graukopf mit Wangen so hohl wie die Macocha-Schlucht schaute vom Grab auf und warf mir einen scharfen Blick zu. Wie Rops war er ganz in Schwarz gekleidet, Sakko, Hose und Schuhe, aber es war ein anderes Schwarz als der Aufzug der übrigen Anwesenden, die das trübe Schwarz der Trauer trugen, denn unter seinem Kinn leuchtete ein schneeweißes Kollar. Nee danke, lieber gar keinen als so einen strengen Vater. Der Leiter vom Kinderheim in Chrastava damals hatte allerdings genau so einen Blick gehabt, nicht böse, aber irgendwie grausam. Ich tastete in meinen Taschen nach Kippen und ärgerte mich, dass ich keine dahatte, es gehörte sich sowieso nicht, und dieser lang gewachsene Pfarrer durchschaute mich und verzog so säuerlich den Mund, dass ich gute Lust gehabt hätte, meinen Rock vor ihm zu lüpfen, wenn ich nicht Jeans getragen hätte.

Ich hatte fast alle Reden verpasst, aber den abschließenden Sermon eines bebrillten Typen im bestickten Ornat bekam ich doch noch mit: »Uns stockt der Atem, wir sind ganz still, unser guter geliebter Vater Josef Kalandra ist Opfer des Bösen geworden, das im Herzen des Menschen noch nicht überwunden wurde.« Seine Stimme versagte einen Augenblick, dann fuhr er fort: »Wo war Gott, mögen wir uns fragen, als er dieses zuließ? Wir stehen über dem Sarg eines blutbefleckten Heiligen und fragen uns: Warum gerade er, von dem es hieß, er könne keiner Fliege etwas zuleide tun? Vielleicht weil Gott ihn eines Opfers für würdig befand – vielleicht ist es uns auferlegt, uns mit dieser demütigen Erklärung zufriedenzugeben, und wer sind wir, dass wir mehr wissen wollten? Schließlich sind Seine Wege unerforschlich, und uns bleibt nichts, als ihnen zu folgen, wohin sie uns führen, ja und manches Mal auch darüber zu staunen und zu weinen, wohin sie uns geführt haben. Sprechen wir nun ein stilles Gebet für den Märtyrer der Nächstenliebe, dessen Opfer, wie wir fest glauben, nicht vergebens war.«

Grabesstille trat ein. Der Redner murmelte noch etwas und warf eine Handvoll Erde ins Grab. Jeder kannte ihn, es war der Erzbischof von Prag. Dann bildete sich eine Schlange, und alle hängten sich dran. Noch einen kannte ich aus dem Fernsehen, den Sprecher der Bischofskonferenz. Darauf folgte der Grauhaarige mit den scharfen Zügen, und jetzt fiel bei mir der Groschen, das war der Erzdiakon Urban, danach kamen noch andere Prälaten, schließlich an die zehn Kapuzinermönche und ein ganzer Haufen Nonnen. Auch Rops kam dran, er hatte sich ganz zum Schluss eingereiht, hinter einem kleinen kräftigen Typen, der ähnlich dunkle Augen hatte wie er und in seinen Händen so eine Mütze mit Ohrenschützern wie in dem Historienfilm ›Allem zum Trotz‹. Mir entging nicht, dass sie etwas zueinander sagten, erst der kleine Stämmige, dann Rops, der nickte und ein wenig lächelte und, sieh an, ich hätte schwören können, dass seine Lippen ein »Danke« bildeten. Aber als sich dann alle langsam zerstreuten, fasste Urban ihn bei der Schulter und fing an, auf ihn einzureden, und Rops war mit einem Mal klitzeklein, ich dachte schon, gleich fällt er vor ihm auf die Knie und küsst seinen Ring oder irgendetwas, was Katholiken so machen, aber er entzog sich ihm und verschwand wie ein geölter Blitz.

Auf dem Weg zum Hradschin heftete ich mich an seine Seite, auch wenn es nicht danach aussah, als würde ihn meine Gesellschaft begeistern. Er benahm sich wie ein geistlicher Würdenträger und sah auch so aus, umso mehr Spaß machte es mir, mich bei ihm einzuhängen wie die Mädels bei den Jungs im Multiplex, und ich fragte ihn auch gleich nach dem Namen des Kraftpakets mit den großen Augen. »Fulcanelli«, sagte Rops genervt, dann kramte er in seinem Mantel, zog seine Geldbörse heraus und zahlte mir zurück, was ich kürzlich bei unserem Barbesuch ausgegeben hatte. Ich tat so, als würde es mich nicht kränken, und hielt Ausschau nach verdächtigen Elementen. Der Italiener – was sollte er bei diesem Namen anderes sein – warf mir einen neugierigen Blick zu, und dann lungerte da vor dem Friedhof, bei der eingestürzten Mauer oberhalb des Břevnover Klosters, noch ein junger Kerl in einem Mönchsfummel und mit einer Kapuze auf dem Kopf herum. Ich hatte keine Ahnung, ob er auch auf der Beerdigung gewesen war, jedenfalls grüßten er und Rops sich. Fulcanelli, der in Begleitung eines anderen Typen war – der hochtoupierten Haartolle und dem Lenkstangenschnauzer nach ein Pole –, beachtete das Kerlchen nicht, aber das Mönchlein guckte ihn ganz verliebt an.

Ich kann es nicht leiden, missachtet zu werden. Mein schwarzer Schnösel nahm mich an diesem nebligen Morgen gerade mal so zur Kenntnis wie eine Biene, die ihm um den Kopf summt, und ich drängte mich ihm mit meinem Gesumme auch noch weiter auf und konnte nicht stoppen, von wegen offenes Spiel und Ermittlungsarbeit.

Jedenfalls versuchte ich mich hinterher so vor mir selbst zu rechtfertigen, wenn auch nicht überzeugend.

»Es war ein anonymer Anruf – nicht auf der Hradschiner Dienststelle, sondern gleich im Polizeipräsidium. ›Ein Mord im Veitsdom.‹ Und schon wieder aufgehängt. Der diensthabende Polizist war überzeugt, dass es sich um einen Scherz handelte, obwohl die Jugendlichen sonst eigentlich nicht so früh am Morgen schon Unsinn machen. Von der Kripo war nur ich da. Wir hatten eine Besprechung, die sich bis in die Nacht hineinzogen hatte, weshalb ich im Büro schlief. Ich habe den Boss angerufen, ihn aufgeweckt und erwartet, dass er mich zusammenscheißt. Hat er aber nicht. Er war einverstanden, dass ich da mal vorbeischaue, unter der Bedingung, dass ich einen von der Streife mitnehme und wir uns beide bewaffnen. Es war Schichtwechsel, deshalb habe ich gleich zwei Männer mitgenommen und einen Fahrer. Nicht unbedingt das übliche Einsatzkommando bei Mord – ich habe vorher im Drogendezernat gearbeitet, bin eigentlich immer noch dort, verstehen Sie ... Roman?«

So schwätzte ich auf ihn ein, diesen blutleeren Beau, der sich für was Bessres hielt, und er wehrte sich nicht, wäre ja auch noch schöner gewesen. Eigentlich reagierte er überhaupt nicht. Wir hatten den Pohořelec-Platz erreicht, kamen an einem Hotel vorbei, und ich fragte ihn, ob er auf die Beerdigung hin nicht was trinken wolle. Er zuckte mit den Schultern, und wir gingen hinein, allmählich eine nette Tradition. Die Bar war geschlossen, aber der Empfangschef winkte uns zu den Sesseln in der Halle hinüber, wir versanken in ihnen wie in Zuckerwatte, schwarzer Kaffee für beide, einen schwarzen Likör für ihn und für mich einen Wodka. Ich hatte mordsmäßig Lust auf eine Kippe und bekämpfte sie mit einem Kaugummi. Rops wirkte nachdenklich, er zog ein Metalletui aus seiner Tasche und fingerte eine Zigarre so lang wie ein Wienerwürstchen heraus. Irgendwo kramte er noch ein Schweizer Messer hervor, öffnete die kleine Schere und kappte die Spitze der Zigarre, dann rieb er sie zwischen den Fingern und beschnupperte sie von vorne, von hinten und von der Seite. Mann, so ein Getue beim Rauchen hatte ich echt noch nicht gesehen, mein Kaugummi hatte inzwischen alles Menthol verloren. Er steckte die Schere ein und zog aus der anderen Tasche eine Schachtel mit langen Streichhölzern, aus schwarzem Holz und mit rotem Köpfchen, dann zündete er endlich den Tabak an. Es stank wie Hölle.

»Hören Sie mir überhaupt zu? Wir fahren also hin, und das Kirchenportal steht offen. Wir also schön leise reingehuscht, und da standen Sie, mit der Hand in den Händen, und statt erschrocken zu sein, haben Sie gestrahlt wie ein Kind vorm Weihnachtsbaum. Ein Verrückter, hab ich gedacht, ein Mord verübt von einem Mondsüchtigen. Aber beim Verhör ergab sich ein anderes Bild. Angeblich haben Kalandra und Sie sich gemocht. Eigentlich haben ihn ja alle geliebt bis auf den, der es getan hat. Also habe ich mich dafür eingesetzt, dass Sie freigelassen werden. Ich hab die Verantwortung für Sie. Und ich bete, dass man mir den Fall lässt. Drogen sind in Ordnung, aber Morde sind für Polizisten nun mal das Paradies. Solange es geht, lass ich mich da nicht rausschubsen.«

»Ich habe immer gesagt, eine Polizeipräsidentin würde mit der Kriminalität ruckzuck aufräumen.«

»Ich sehe, dass Ihnen die Trauer um Kalandra schon vergangen ist.«

»Ich trauere nur um Lebende. Bis auf ein paar Ausnahmen.«

»Weshalb hat mein Name Sie so überrascht?«

»Klára Brochová«, er lächelte so schön, dass ich hätte

losflennen können. Er zog an seiner Zigarre und stieß einen Rauchkringel aus, der lange in der Luft waberte. »Ich habe gehört, Sie sind Waise.«

»Das stimmt.«

»Wie sind Sie zu dem Namen gekommen?«

»An einem 12. August vor einer Säuglingsstation. Man wusste dort nicht, wie alt ich bin, und so haben sie einfach Namenstag, Geburtstag und den Namen zusammengebastelt.«

»Wie alt sind Sie?«

»Seit einem Monat sechsundzwanzig. In Wirklichkeit bin ich ein paar Tage älter – als sie mich gefunden haben, war ich schon geboren, hätten Sie das gedacht?«

»Und der Nachname?«

»Ach, das ist so ein Unsinn. Die Ärztin auf der Station hatte gerade was von einem Deutschen gelesen, der Broch hieß. Und es hat ihr so gefallen, dass sie mir seinen Namen gab.«

»Das war ein Österreicher«, sagte Rops lächelnd. »›Die Verzauberung‹ – bestimmt war es der Roman ›Die Verzauberung‹. Übrigens hätte ich mir denken können, dass früher oder später so jemand auftaucht. Es ist ja alles schon geschrieben worden.«

Einen kurzen Moment lang wirkte er völlig plemplem. Die Zigarre fiel ihm aus der Hand. Er hob sie auf und legte sie nur halb geraucht beiseite, ohne sie auszudrücken. Ich hielt mir die Nase zu. Rops saß wie auf Sprungfedern, erklärte und erklärte und winkte gelegentlich mit der Hand ab.

»Es ist kurios, wissen Sie? Ich werde Ihnen dazu eine kleine Geschichte erzählen. Der romantische Schriftsteller Wilhelm Meinhold schrieb einst den Roman ›Sidonia von Bork, die Klosterhexe‹. Es geht darin um eine schöne Hexe, die schönste Frau, die man sich vorstellen kann, und diese Sidonia vernichtete die Männer, die so töricht waren, ihrem Zauber zu verfallen. Merkwürdig daran ist, dass auch einige Leser von Meinholds Buch Sidonia völlig verfielen, sie gingen den Autor brieflich um eine Fortsetzung an und baten ihn, dem Band ihr Porträt hinzuzufügen, er wurde sogar von der Frau eines Geschäftsmanns aufgesucht, der sich so in Sidonia verliebt hatte, dass er sich weigerte, weiter mit seiner Frau das Ehebett zu teilen. Über die meisten dieser Unglücklichen wissen wir nichts, doch Mitte des neunzehnten Jahrhunderts erhob eine gewisse Künstlergruppe in England Sidonia zu einer Art Fetisch – sie malten sie, verehrten sie wie eine Gottheit und beteten sie an, weil sie den menschlichen Körper und das menschliche Antlitz als Abbild Gottes bewunderten. Sie machten aus Sidonia ein Symbol für ihre Leidenschaft. Diese Künstler nannten sich die Präraffaeliten, und sie gründeten eine Bruderschaft, deren geistiger Vater ein Maler namens Dante Gabriel Rossetti wurde. Sie bekannten sich zu einem Stil, der vor dem Entstehen der Schule von Raffaele Santi in der Malerei vorgeherrscht hatte, und verlegten sich auf eine Kunst, die die damalige Gesellschaft nicht nur wegen ihrer Pracht, Sinnlichkeit und Sehnsucht schockierte, sondern auch wegen ihrer Naivität, die im Zeitalter der Dampflokomotive und der Kolonialkriege, des akademischen Realismus und der ersten Äußerungen des sich mühsam entwickelnden Impressionismus reizvoll anachronistisch war. Außerdem erlaubten sie sich etwas Unerhörtes: eine neue verwegene Qualität in die Kunst einzubringen und sich zugleich von jeglicher Avantgarde zu distanzieren. Sie wollten Schönheit in einer Zeit erschaffen, die langsam aber sicher die Hochachtung für sie verlor – für diese Künstler wurde die Schönheit zu einer Gottheit, der alles andere untergeordnet war.

Auch ich gehöre übrigens dieser Bruderschaft an, ich bin ein tragisch verspäteter Viktorianer. Ich zähle zu den letzten Bewunderern ihrer Kunst, vor allem der Gemälde Rossettis, die im zwanzigsten Jahrhundert unter all den Expressionismen, Kubismen und Abstraktionen so traurig in Vergessenheit geraten sind.

Noch ein anderer aus dem Kreis der Präraffaeliten, ein Asket und Hypochonder namens Edward Burne-Jones, hat Sidonia von Bork gemalt, es ist ein Aquarell, dreiunddreißig mal siebzehn, wenn mich mein Gedächtnis nicht täuscht, und darauf ist die junge und verführerische Hexe von der Seite zu sehen, mit gesenktem Kopf und einem intriganten Blick, den sie in Richtung des Betrachters sendet. Ihre Haare sind zu einer mittelalterlichen Frisur gesteckt, die mit einem Netz zusammengehalten wird. Sie trägt ein bodenlanges weißes Kleid, das der Länge nach von einem Netz aus Lederriemen überzogen ist, die zu schwarzen Maschen verflochten sind und an Knäuel sich windender Schlangen erinnern. Von diesem Bild geht ein Grauen aus, und doch kann man kaum der Versuchung widerstehen, hineinzusteigen und Sidonia die Kleider vom Leib zu reißen.«

Auf einmal stockte er. Er kauerte sich völlig in seinem Sessel zusammen und war kaum mehr zu sehen. Ich reichte ihm meinen Schnaps, und er trank einen Schluck.

»Sidonia hatte eine Verwandte«, begann er wieder zu murmeln. »Ich glaube, eine Cousine. Sie hieß Clara. Auch sie wurde von Burne-Jones gemalt, aber als Verkörperung des Guten. Sie ist ihm nicht besonders gelungen, ihre heimtückische Cousine war zehnmal schöner. Allerdings war auch Clara eine Magierin, eine gute und unschuldige. Sie besaß nicht Sidonias Anmut, war überhaupt in allem ihr genaues Gegenteil. Aber sie suchte die Männer auf, die die Sehnsucht nach Sidonia vergiftet hatte, und lenkte ihre Seele in eine andere Richtung.«

Wieder verstummte er, als müsste er sich erholen. Es war stickig in der Halle. Er zog seinen Sakko aus und krempelte seine Hemdsärmel hoch. Er schaute mich an, sah mich aber nicht. Traurig wie nach einer Beerdigung. Nur noch schlimmer.

Manisch-depressive Zustände nennt man so was. Mich hatte erst die Arbeit als Polizistin aus dem Behandlungsraum getrieben.

»Jetzt verstehen Sie sicher meine Faszination durch Ihren Namen«, sagte er schließlich. »Es gab einmal eine gewisse Sidonie Bornová. Ich hatte das Vergnügen, sie zu kennen. Sie war so schön wie ihre Namensschwester. Ein Rossetti hätte eine Hand dafür geopfert, wenn er sie mit der anderen Hand hätte malen dürfen. Doch sie wurde für mich geboren. Ich kann zwar nicht malen, aber ich habe mich bemüht, dieses fatale Manko auszugleichen. Ich war mit Sidonie glücklich, und sie mit mir, *amor che nella mente mi ragiona*.«

Ich öffnete meinen Mund. Aber ich brachte keinen Mucks heraus. Mir war die Innenseite seines Unterarms aufgefallen. Eine kleine violette Wunde neben der anderen. Ach ja. Zu spät.

Er stand auf und legte Geld auf den Tisch. Ich zog die Neuner unter meinem Arm hervor und ballerte ihm hinterrücks eine Kugel durch seinen aufgeblasenen Schädel, ich riss ihm seine hübsche Visage runter, der er blind nachlief wie einem weggeflogenen Hut, doch er holte sie nicht mehr ein. Na ja ... Ich hatte riesengroße Lust, es zu tun, ehrlich. Alles was ich tat, war, dann wenigstens den Inhalt seines Glases in mich reinzukippen. Bitteres Gesöff.

Gepriesen sei die Arbeit, ein Tau, das einem in die Grube des Kummers hinuntergelassen wird. Am Tag der Beerdigung eines nahen Menschen zu arbeiten gehörte sich zwar nicht, aber Kalandra hätte mir bestimmt verziehen. Ich zog mich um, packte die wichtigsten Utensilien, die man zum Restaurieren benötigt, in die Ledermappe, die ich von meinem Vater geerbt hatte, und brach auf. Es war ein schöner Tag, die Sonne stieg gerade zum Apex auf und begann zu wärmen wie im Sommer, der schon seit ein paar Wochen vorbei war. Da es in meiner Straße fast keine Bäume gibt, war die Jahreszeit hier nicht zu erkennen. Erst der Blick auf die Hänge des Petřín-Hügels zeigte, wie ganze Sträuße aus Ocker, Magenta und Umbra in den grünen Wiesen aufblühten; reif und satt kündeten sie von der Erfüllung und dem nahen Ende.

Ich nahm meinen schwarzen Mantel ab und legte ihn mir über den Arm. Fulcanelli hatte mich am Morgen gebeten, in seine Werkstatt zu kommen. Ich ging durch die Südgärten und betrat das Burgareal durchs Osttor. Das Lobkowicz-Palais und das ehemalige Adelige Damenstift warfen angenehme Schatten auf die Jiřskágasse. Der Georgsplatz öffnete dann den Blick auf die Ostseite des Veitsdoms. Ich mochte diese Perspektive nicht besonders, vielleicht deshalb, weil mich das Kirchenschiff mit den vielen Spitztürmen und der Chor mit seinem dichten Strebewerk schon als Kind an eine riesige und düstere Holzkrone erinnert hatten; die Fialen struppten sich wie Strauchwerk um den Bau, und die Türme waren Bäume mit gekappten Kronen, von denen aus jemand unbeobachtet verfolgte, wie man sich von ferne näherte. Dieses Gefühl hatte ich immer gehabt und hatte es nie loswerden können; selbst wenn ich von Weitem zur Kathedrale hinüberblickte, etwa von der anderen Moldauseite aus, erwiderte der Dom meinen Blick: Da stehst du, ich weiß über dich Bescheid, bilde dir nichts ein, du entkommst mir nicht.

Auf dem Gelände zwischen mir und dem stacheligen Presbyterium befand sich eine drahtene Umzäunung und in deren Zentrum eine hölzerne Bauhütte. Dies war der vorübergehende Sitz der einzigartigen Werkstatt des Angelo Fulcanelli, den das Metropolitankapitel nach Prag gerufen hatte. Es war der Einfall von Kilián Urban gewesen, der seitdem zusammen mit ein paar Kanonikern den Fortgang der Bautätigkeit aus der Position des Bestellers beaufsichtigte, die Qualität der Restaurierungsarbeiten kontrollierte und die Rechnungen verglich, damit sich die Bautätigkeit nicht unnötig in die Länge zog und weitere Kosten verursachte.

Der Baumeister war vor einiger Zeit mit seiner Gefolgschaft aus ständigen Mitarbeitern aus dem bayerischen Regensburg hierher gezogen und hatte seine eigenen Regeln mitgebracht, nach deren Maßgabe er sieben Jahre lang den Regensburger Petersdom restauriert hatte. So wie Peter Parler die ursprünglichen Baupläne für den Veitsdom des Matthias von Arras in Ehren gehalten hatte, so knüpfte Angelo Fulcanelli bei seiner Rekonstruktion einerseits an Parler an, andererseits an jene, die das Gotteshaus nach einer Unterbrechung von mehreren hundert Jahren fertiggestellt hatten – an Kranner, Mocker und Hilbert. Er war für seine zehn Gebote berühmt: 1. Sein Werk zum Lob Gottes verrichten. 2. Dem ursprünglichen Stil des Bauwerks folgen. 3. Eigene Schablonen und Formen für die Steinmetzarbeiten anfertigen, Muster vorlegen für Bildhauerarbeiten wie Wasserspeier, Masken, Wappen, Blumenkränze, Blattwerk und andere florale oder animalische Motive. 4. Bei allen Instandsetzungen und Rekonstruktionen von der ursprünglichen Dokumentation ausgehen, soweit sie zur Verfügung steht, andernfalls sich mit früheren Restauratoren über die Eingriffe beraten. 5. Sowohl für das Hauptgebäude als auch für die provisorischen Hilfskonstruktionen traditionelle Materialien verwenden. 6. Soweit möglich auf die bis ins fünfzehnte Jahrhundert gebrauchte Mechanik zurückgreifen. 7. Werkzeuge gleichen Typs, gleichen Materials und gleicher Bestimmung wie die damals gebrauchten verwenden. 8. Diese Werkzeuge in einer eigenen angegliederten Schmiede und Tischlerwerkstatt herstellen, mithilfe traditioneller Technologie ohne Verwendung von Elektrizität oder anders betriebenen Motoren. 9. Gemäß einem Brauch im vierzehnten Jahrhundert die Steinmetzen nach Umfang, Qualität und Schwierigkeitsgrad der geleisteten Arbeit bezahlen, den anderen ständigen oder angeheuerten Mitgliedern der Werkhütte hingegen einen Zeitlohn zahlen, mit dem höchsten Tarif für den Polier, den Schmied oder Schlosser, den Böttcher und den Tischler, einem hohen Tarif auch für den Verwalter der Hütte, seinen Famulus, die Maurer und die Steinsetzer, einem niedrigeren Tarif für die Tagarbeiter, die ausschließlich über Vermittlung der katholischen Caritas eingestellt werden. 10. Jede dieser Regeln kann, ja muss zwingend gebrochen werden, so die Gesundheit oder das Leben eines Menschen auf dem Spiel steht.

Diese Gesetze galten nur in seiner Werkstätte. Er war kein rücksichtsloser Fanatiker. Er ließ es zu, dass ihm Steine, Holz, Wasser und Schüttmaterial mit den üblichen Lastwagen gebracht wurden. Das Brechen der Steine selbst gab er bei kleinen Firmen in kleinen Waldsteinbrüchen in Auftrag. Den Mörtel mischte er selbst an, die Zusammensetzung hielt er sorgfältig geheim; es war jedoch ein offenes Geheimnis, dass er wie Parler rohe Eier hinzufügte. Er arbeitete mit der Restauratorschule in Litomyšl zusammen. Beim Schleifen und Anbohren der Quader mussten die Steinmetzen Staubmasken und Schutzbrillen tragen. Bei der Arbeit in einer Höhe von über fünf Metern waren die Maurer verpflichtet, sich mit einem Seil zu sichern, da das mittelalterliche Gerüst offen und beweglich war; die Tagelöhner im Tretrad des Krans wechselten sich alle zwei Stunden ab. Statt Helme trugen die Arbeiter dicke Lederhüte, mit denen sie hoch oben zwischen den Strebebögen des Dachs weniger nach Maurern und Steinsetzern aussahen als nach Jägern, die in ein verworrenes Geäst hinaufkletterten, um Vogelnester zu plündern.

Ich betrat Fulcanellis Manufaktur. Dort lagen auf Holzböcken vom sauren Regen zerfressene Einzelteile, die man von den Pfeilern der Kirchenschiffe und dem südwestlichen Turm heruntergeholt hatte, daneben entstanden unter dem Einsatz von Stemmeisen, Spitzmeißeln, Hämmern, Knüpfeln, Setzwaagen, Holzschlägeln und flachen einschneidigen Beilen ihre hellen, heilen Kopien. Hier arbeiteten vor allem gewiefte Tiroler Steinmetzen, die mit Fulcanelli entschlossen durch ganz Europa zogen.

Ein paar trugen Tirolerhüte mit Gamsbärten auf dem Kopf, und durchweg alle hatten eine lange Porzellanpfeife unter ihren mächtigen Schnurrbärten stecken; sie schworen auf den Tabak als besten Schutz gegen den Sandsteinstaub. Touristen durften nicht ins Hütteninnere hinein, aber wenn sie doch einmal einen der zufriedenen, von der Arbeit erschöpften Kerle in der Tür der Werkhütte erblickten, fotografierten sie ihn umgehend. Die Steinmetzen reagierten darauf mit stoischer Ruhe, und sie erlaubten sich allenfalls ein nachsichtiges Lächeln, wenn eine Amerikanerin im Souvenirrausch in den Vorhof der Hütte drang und sich einschmeichelte, damit ihre Freundin sie an der Seite eines echten tschechischen Traditionshandwerkers aufnehmen durfte – da würden sie zu Hause in Seattle aber Augen machen.

»Wo ist Meister Fulcanelli?«, fragte ich einen jungen Mann mit einem gezahnten Beil in der einen und einem Winkeleisen in der anderen Hand, der gerade einen behauenen Stein auf einem Wandregal prüfte; er stellte einen dämonischen Wasserspeier dar, der die Zunge herausstreckte, über seinen Glotzaugen vier nadelspitze Hörner. Durchs Fenster hindurch sah man andere Lehrlinge draußen Sand über ein Sieb umfüllen und auf einer Holztrage einzelne bearbeitete Bauteile zum Fuß des Chors hinübertragen. Zwei Maurergesellen standen auf einem Gerüst über dem grünen Dach der Marienkapelle und warteten darauf, dass zwei andere junge Männer, die sich im Tretrad des Krans abstrampelten, einen Trog mit Mörtel zu ihnen hinaufbeförderten. Ein Handwerker neben ihnen reparierte eine gebrochene Seilwinde. Ein zweiter Kran, der am Fuß des Dachgerüsts befestigt war, hob gerade eine schlanke, helle Fiale über einen Strebebogen mit Krabben. Die Steinsetzer griffen nach ihr und setzten sie geschickt auf die Spitze des Arkadenpfeilers, die sie zuvor mit Mörtel bestrichen und mit flüssigem Blei überzogen hatten. Ein Pflanzentrieb schien aus dem Stein zu sprießen.

»Er ist noch nicht aus Prag zurück, aber Sie können hier auf ihn warten«, antwortete der junge Mann und widmete sich dann wieder der Musterung des gehörnten Scheusals. Er redete wie ein Prager, doch seinem Akzent entnahm ich, dass er aus Ostböhmen kam.

»Warum sagen Sie nicht ›aus der Stadt‹? Wir sind doch in Prag.«

»Ich heiße Radim. Die jüngeren Mitarbeiter der Hütte

werden geduzt, wissen Sie? Und hier oben komme ich mir einfach nicht vor wie in Prag. Unten, auf der anderen Seite der Moldau, da ist es übel.«

»Wieso das denn?«

»Wenn der Hüttenmeister nicht wär, würde ich immer noch am Bahnhof übernachten und entweder betteln oder noch schlimmer mein Geld verdienen. Aber hier bin ich oberhalb von Prag, in einer völlig anderen Stadt. Hier kann mir keiner was.«

Ich trat aus der Werkhütte und ging auf das kleine Portal der Dombibliothek zu. Radims Stadt erstreckte sich vom Schwarzen Turm im Osten des Burgbergs bis zum Gittertor mit den kämpfenden Giganten im Westen. Im Zentrum jener Stadt lag ihr steinerner Kern, die Kathedrale. Wahrhaftig, Prag war weit.

Ich betrat den Dom. Unter dem Gewölbe herrschte kühles Halbdunkel, vor der Wenzelskapelle drängelte sich eine Menschenmenge. Ich flüchtete ins Triforium hinauf und war mit einem Schlag allein. In einer Nische des nordwestlichen Turms hatte ich eine Aluminiumleiter deponiert. Jetzt trug ich sie zu der Büste Josef Mockers auf der Ostseite und lehnte sie gegen die Wand. Ich hakte die metallenen Sicherheitsösen ein und kletterte fünf Sprossen bis zu der Büste hinauf.

Josef Mocker hatte in seiner Kindheit Walter Scott gelesen. Er hatte sich in die Ritterromane verliebt und ihnen ein Denkmal schaffen wollen. Den Ursprung für die Gestalt seiner Bauwerke musste man in der Literatur suchen. 1872 übernahm er in der Nachfolge des verstorbenen Josef Kranners die Leitung zur Fertigstellung von Hauptschiff und Querhaus, so wie Peter Parler einst den ursprünglichen Erbauer des Chors, Matthias von Arras, abgelöst hatte.

Über die mittlere Fensterreihe drang weiches Licht ins

neue Triforium, und deshalb war ich gekommen. Ich zog meine Kamera aus der Ledermappe und fotografierte den Dichter der steinernen Worte von vorne, im Profil und im Halbprofil. Ich wollte das Gesicht im Detail untersuchen und herausfinden, wie es dem Bildhauer Jan Štursa gelungen war, es so wie die Parler'schen Büsten im alten Triforium zu gestalten. Ich bewunderte seinen Mocker und gleichzeitig vermisste ich in diesem Porträt die Leichtigkeit und vielleicht auch den Humor, die das mittelalterliche Gesicht von Anna von Schweidnitz, Johanna von Bayern, Karl dem Vierten oder dessen Sohn Wenzel so wundersam lebendig machten.

Ich steckte den Fotoapparat wieder in meine Ledermappe und zog mein Diktiergerät aus der Jackentasche. Ich schaltete auf Stimmaufnahme und begann mit detektivischem Blick die Büste in Stichpunkten zu beschreiben, die ich dann nachts am Computer für die englischen Leser in passende Sätze umwandeln würde. Sie würden erfahren, dass mehr als die Hälfte des Prager Veitsdoms jünger war als der Westminster-Palast von Barry und Pugin, dass manche der neogotischen Stellen ebenso sorgfältig gearbeitet und leider genauso kalt waren.

Ich tätschelte die steinerne Schulter des Baumeisters. Am Ende seines Lebens hatte er mehr Kritiker als Bewunderer gehabt. Er war zu steif und ernst gewesen, zu dogmatisch in der Formgebung. So wie das Bildnis von Jan Štursa.

»Über der Büste eine Gedenktafel in Frakturschrift. Links neben dem Kopf ein Wappen mit den heraldischen Initialen JM, darüber ein Stechzirkel, darunter Zeichenwinkel und Bleistift. Rechts ein Plan mit einem Aufriss der westlichen Kathedralenfassade einschließlich Turm und das Datum 1878. In der linken unteren sowie der rechten oberen Ecke rollt sich der steinerne Bogen wie

Papier. Was geschmeidig war, ist zu Stein geworden. Die Büste selbst tritt aus einem Sandsteinrelief hervor, welches ein gotisches Fenster andeutet, das Gesicht wurde eher nach antiken Prinzipien aus dem Stein gehauen. Milchiges Licht aus dem echten Fenster fällt von links auf das Gesicht. Eine mächtige Stirn, eine starke Nase, volle Wangen und Lippen, aber ein fliehendes Kinn; die Augen nach römischer Art blind. Unter dem Vollbart eine Halsbinde, das Revers eines Smokings, ein breiter Mantelkragen, vielleicht die Andeutung einer Kapuze. Aufgenommen am Freitag, dem Tag der Beerdigung Josef Kalandras, um vierzehn Uhr zweiundvierzig.«

Ich hatte die Absicht, die Leiter zu Štursas Büste von Josef Kranner auf der Nordseite hinüberzutragen und dann noch zu Bohumil Kafkas Skulptur von Kamil Hilbert, dem dritten der neuzeitlichen Domerbauer. Aber von unten, aus dem Hauptschiff, drang ein immer lauter werdendes Geräusch zu mir herauf. Ich stützte mich mit der Hand auf die Skulptur und neigte mich vorsichtig über die Brüstung des Triforiums. Unter den steinernen Stämmen sah ich eine Ansammlung von Menschen. Sie standen im Kreis um einen Mann und schienen mit ihm über etwas zu verhandeln. Ich erkannte ihn und auch den Grund für seinen Unmut. Es war Erzdiakon Urban. Offenbar war er gerade in die Kirche gekommen, als ein Bursche die Fenster fotografierte. Das war verboten, und so hatte der Priester auf seine Weise eingegriffen. Auf dem Boden lag eine Mütze. Sie gehörte dem jungen Mann. Seine Mutter zeigte mit dem Finger auf sie und beschimpfte den Geistlichen in schlechtem Englisch, was er sich da mit ihrem Sohn erlaube, und er solle augenblicklich die Mütze aufheben. Ich musste schmunzeln; der Junge konnte froh sein, dass nicht sein Fotoapparat auf dem Boden gelandet war. In dem Augenblick rutschte die Leiter unter meinen Füßen weg, und die Kirchenbänke, die zankenden Touristen und der gottgleiche Pater Urban flogen mir entgegen.

Ich fiel Mocker um den Hals, und die Leiter traf laut scheppernd auf dem Steinboden auf. Die Köpfe unten drehten sich nach oben. Die Menschen konnten mich nicht sehen, sie sahen nur das Diktiergerät, das zwischen sie fiel und auf dem Kirchenboden in tausend Stücke zersprang. Ich hing an Josef Mocker und suchte mit meinen Füßen einen Halt, den es nicht gab. Es bestand jedoch keine Gefahr, dass ich über die Brüstung fiel. Ich ließ den steinernen Kopf los und sprang ins Triforium hinunter.

Ich war unverletzt. Ich hatte mir weder die Füße gebrochen noch eine Sehne gezerrt, und der Verlust des Diktafons war im Vergleich zu dem, was hätte passieren können, unerheblich. Dennoch erschütterte mich der Unfall. Jemand wollte mir ans Leder – auf eine unauffällige, peinlich schlichte Weise. Ich war mir ganz sicher. Wenn ich mitten in das Menschengewühl unten in der Kirche gefallen wäre ... Auf einmal hatte ich Angst, und ich wunderte mich selbst darüber. Die Leiter lag unter Mocker auf dem Boden. Jetzt fiel mir auf, dass an den Standbeinen die Hartgummiaufsätze gegen das Wegrutschen fehlten. Letztes Mal waren sie noch dran gewesen.

Hastig tastete ich in meiner Mappe nach der Taschenlampe, die sich als Knüppel verwenden ließ, und trat so bewaffnet in das nächstgelegene kleine Portal. Dort regte sich nichts.

Ich kehrte zur Brüstung zurück und sah hinunter. Die Scharen strömten durchs Westportal und ergossen sich über das Kirchenschiff bis zum Hauptaltar. Sie umflossen den hageren Mann mit dem Kollar, der breitbeinig über den Trümmern des elektronischen Diktiergeräts stand. Er hatte den Kopf zurückgelegt und wartete mit angespannter Miene und mit Furcht im Blick. Ich winkte ihm zu. Als Antwort hob er seine Hand. Zwischen Daumen und Zeigefinger hielt er die Mikrokassette. Er lächelte nicht. Kopfschüttelnd verschwand er im rechten Seitenschiff unter mir. Ich wusste, ich würde die Kassette selbst bei ihm abholen müssen. Dann würde er Gelegenheit haben, mich zu tadeln.

Das wäre nichts Neues. Wir kannten uns seit Ewigkeiten. Er hatte sich immer um mich gesorgt. Auf meine Weise mochte ich ihn. Seine Strenge imponierte mir.

Eine Woche lang hatte ich nicht mit Rops geredet. Der hübsche Kerl fing an, mir zwischen all den Bullenvisagen zu fehlen. Ich heftete mir sein Polizeifoto an die Pinnwand.

Zweimal war ich auf dem Hradschin gewesen. Einmal, um Urban zu treffen, das andere Mal einfach so. Urban war nicht so übel, wie ich gedacht hatte. Er sagte mir schlankweg, es würde ihn nicht freuen, dass in diesem unglückseligen Fall eine Frau ermittle, ein so junges Ding, und er hoffe, ich würde es nicht zu bereuen haben. Also behauptete ich, es sei nur vorübergehend und schon nächste Woche würde ich den Fall abgeben, jetzt müsse ich ihn allerdings ein wenig über Rops befragen.

Da taute er auf. Ließ mir einen Tee mit Zitrone bringen und legte los. »Labil«, dieses Wort verwendete er mehrmals in Zusammenhang mit ihm. Er sei nicht immer so gewesen. Romans Mutter war offenbar eine von diesen Glaubenshardlinern, die das Zweite Vatikanische Konzil nicht anerkannten, sein Vater ein gemäßigter Friedensaktivist. Sie bekamen Roman erst ziemlich spät. Sie machte irgendwas Wohltätiges, er was Gelehrtes. Roman hatte wohl von beiden jeweils das Schlechteste geerbt. Urban und früher auch Kalandra halfen bei seiner Erziehung. Der Junge war mustergültig dressiert, er lernte fleißig, interessierte sich nicht für Fußball, sondern für Religionsgeschichte. Zum Ministrieren musste man ihn nie überreden. Vielleicht sei er für ein Kind ein bisschen sehr ernst gewesen; so ein kleiner Professor. Gerne habe er andere belehrt, die Pfarrei sei seinetwegen ganz aus dem Häuschen gewesen. Mit sechs Jahren zeichnete er Illustrationen zu biblischen Begebenheiten, die man an Weihnachten dem Papst schickte. Als der Papst nach Polen kam, reiste die Gemeinde mit dem Bus dorthin, und man wählte den kleinen Roman für eine persönliche Audienz aus.

Dann ließ Urban durchschimmern, dass es das Kind in der Wohnung voller Antiquitäten einschließlich der beiden Eltern nicht ganz einfach gehabt hatte. Ich verstand das so, dass sie wohl lieber lasen als vögelten und sich vor allem darum sorgten, dass ihr Sohnemann etwas zu lesen hatte. Roman sei ein »vorbildlicher Sohn« gewesen – da konnte man sich was abschneiden –, es sei schade, dass er nicht selbst eine Familie habe.

Es stellte sich auch heraus, dass dem Erzdiakon die Malteser Ritter schwer im Magen lagen. Roman hatte bei denen jemanden kennengelernt, und darauf ging es mit ihm den Bach runter. In seiner geistigen Haltung und seinem Handeln habe sich eine fatale Veränderung vollzogen. »Fatal«, so sagte es Urban, und das Wort gefiel mir. Ich fragte ihn, wen Roman üblicherweise ins Vertrauen zog. Er habe zwei Beichtväter gehabt, zuerst ihn selbst und dann Kalandra. Und die Mutter? Der Vater?, wollte ich wissen. Er schüttelte den Kopf. Auch er sei nicht ohne Schuld, sagte er bewegt. Er sei ziemlich streng mit ihm gewesen, und der Junge habe sich nur verkrochen.

»Der gute und der schlechte Polizist«, sagte Urban

und lächelte schief, »das waren wir, Pater Kalandra und ich. Wir meinten es gut. Die Mutter wollte, dass ihr Sohn Priester wird. Wir waren beide dagegen.«

»Machen Sie sich nichts draus«, sagte ich zu ihm, denn er sah ziemlich fertig aus, »mich haben im Kinderheim die Hussiten großgezogen.«

Humor war bei ihm völlig verschwendet. Er sagte, er habe nichts gegen evangelische Glaubensrichtungen. Aber ich, versicherte ich ihm.

Er erhob sich steif, und so beließen wir es für diesmal lieber dabei.

Als ich aus dem Domkapitel herauskam und über den Hof Richtung Georgsplatz ging, sah ich hinter der Kirche Rops und diesen Steinmetz. Ich versteckte mich hinter einem Pfeiler. Sie standen da zusammen, Roman in seinem langen Mantel und der Italiener in einer Lederschürze bis zum Boden, wie das schwarzäugige Jesulein und der schwarzäugige Josef.

Fulcanelli hatte eine Arbeitserlaubnis und ein spiegelblankes Register. Angeblich riss man sich in Europa um ihn. Er hatte eine Schwäche für Prag, deshalb war er hier, aber danach würde er mit seinen Jüngern wieder weiterziehen. Ein Zugvogel.

Die beiden waren kaum zu sehen bei all dem Staub, der da aufwirbelte, die Steinmetzen kloppten mit ihren Meißeln auf einen Stein ein, als würden sie Gold darin vermuten. Der Maestro hielt Baupläne in seiner Hand und zeigte Roman etwas darauf, dann fuchtelte er mit einem langen Zirkel in meine Richtung, bemerkte mich aber nicht. Anschließend zeigte er zum Dach hin, und beide starrten lange auf die Türme. Roman hatte irgendetwas entdeckt und hielt sich die Hand vor den Mund. Fulcanelli sah so aus, als würden sich sein spärliches Haupthaar plus Barthärchen aufstellen. Er rief etwas, was der

Wind bis zu meinen Ohren trug. »Lo spiritomalinjo«, so klang es. Weiß der Geier, was das hieß, vielleicht irgendetwas mit Spirituosen.

Sie tauchte alleine bei mir auf. Mal hallo sagen, sie komme nicht dienstlich und wolle mir das Du anbieten. Gerne, sagte ich lächelnd und half ihr im Flur aus der Jacke. Sie wirkte gezähmt wie ein Kind auf Besuch, aber Befangenheit konnte ich keine bei ihr feststellen. Sie wandte mir ihr helles Gesicht zu, auf der Nase hatte sie Sommersprossen, neben dem linken Mundwinkel röteten sich zwei Pickel. Sie drückte ihre schrägen blauen Augen zu, dann senkte sie den Blick. So liebreizend war sie das letzte Mal nicht gewesen.

Ich bot ihr gegenüber von dem Gemälde Platz an. Der Vorhang davor war aufgezogen. Es dauerte nicht lange, bis der eine Blick den anderen fand. Sie sahen sich lange an. Ich kochte unterdessen Kaffee.

So sah sie meine Sidonie: eine große Frau in Blau drapiert, mit leicht gesenktem Kopf, aber erhobenem Blick, der direkt auf den Betrachter zielte; sein Ausdruck vereinte Zärtlichkeit mit Verachtung, Teilnahme mit Gleichgültigkeit, Begierde mit Langeweile. Ihr dunkelbraunes Haar war im Nacken zusammengebunden, von wo es in schlängeligen Strähnen über die Schultern fiel. Sie hatte einen klassisch geformten Kopf mit einem länglichen Gesicht, einer geraden Nase und ausdrucksvoll geschwungenen Lippen, unter den dichten Brauen Augen in der Farbe von Alexandriten – grün im Tageslicht und violett bei künstlicher Beleuchtung –, so wie bei allen Zwillingen, die an einem Dienstag unter der strahlenden Venus und dem dunklen Merkur geboren wurden. Es waren Augen, in die Jupiter und auch Saturn blicken durften, Mars und

Merkur jedoch nicht. Trotzdem hatten es viele getan. Der Maler hatte sie in einem Kreis um Sidonie abgebildet, als Menhire, aus denen hier eine steinerne Hand, dort ein zur Flucht bereites Bein oder ein im Umblicken erstarrter Kopf herausragte. Das Bild war im Stile Rossettis gemalt worden. Auf meinen Wunsch hin. Es war kein Gemälde für einen Kunstkenner. Es war eine sentimentale Erinnerung, ohne die ich nicht existieren konnte.

Rut malte die ›Gorgone Medusa‹ in einer einzigen Woche nach einer durchzechten Nacht, in der er über einem Bildband mit Rossettis Frauengestalten verkündet hatte, keine Hässlichkeit der Welt sei fähig, einen Menschen in Stein zu verwandeln; er sei jedoch einer Schönheit begegnet, die das könne. An jenem feuchtfröhlichen Abend hatte ich ihn nämlich mit Sidi bekannt gemacht.

»Zum Steinerweichen, wie die einen anschaut«, unterbrach Klára die Stille und ging zum Fenster hinüber. Ihre Worte erstaunten mich. Ich blickte zu dem Bild. Medusa sah mich wie ein weiteres ihrer Opfer an.

Am Fenster hatte Klára die Rose in der Glasvase entdeckt. Ich sah deutlich, wie sie stutzte, wie für einen Augenblick ihr Nacken erstarrte, wie sie einen Fensterflügel öffnete und die Blume in die Hand nahm, vorsichtig, um sich nicht zu stechen, aber unvorsichtig genug, um sich mit dem Öl zu verschmieren. Sie musterte ihre öligen Finger und wandte sich mir mit einem fragenden Blick zu.

»Es ist keine Rose wie eine Rose«, erklärte ich. »Die fünfblättrige Rose ist mit Metaphern befrachtet und hat es deshalb in sich. Sie stellt ein Pentagramm dar, und es kommt darauf an, wie man sie positioniert. Auf zwei Blütenblätter gestellt ist es Adam, der Mensch, das Abbild Gottes. Auf nur eine Spitze gestellt …«

Sie lachte. »Ist es der Satan.«

Ich reichte ihr ein besticktes Taschentuch mit dem Monogramm RR, damit sie sich die Hände abwischen konnte. Dann zeigte ich ihr, wie die Rose funktionierte.

»Sie lässt sich nur auf eine mögliche Weise halten, wenn du dich nicht stechen oder verschmieren willst. So, mit den Fingern der linken Hand, siehst du? Da gibt es fünf unschädliche trockene Stellen. Den rechten Zeigefinger führst du dann unten durch die Öse und ziehst daran, so weit es geht. Sachte!«

Ich führte es ihr vor. Die Blüte, die vom kleinsten Kronenblättchen bis zum größten der fünf Blütenblätter und fünf Kränze gestaffelt war, zog sich mit einem Mal zu einer einzigen runden Knospe zusammen, bis es in der Rose ein klickendes Geräusch machte. Aus dem hohlen Stängel ragte jetzt ein öliger Stahlfaden. Vorsichtig stellte ich die Rose zurück in die Vase.

»Schau«, sagte ich zu Klára und beobachtete gemeinsam mit ihr, wie der ausgefahrene Faden sich zurück in den Stängel schob und die Knospe sich ganz allmählich wieder zu der vollen Pracht der eisernen Blüte entfaltete.

»Wo hast du sie her?«, wollte sie wissen.

»Aus dem Antiquitätenladen Unterwasser. Ich kenne den Besitzer. Sie hat viel Geld gekostet. Aber schon Kaiser Rudolf hatte sie in seiner Sammlung. Man kann sie im Verzeichnis seines Kunstkammer-Inventars finden. Es war ein Geschenk zu Sidonies fünfundzwanzigstem Geburtstag. Die Dornen waren ursprünglich stumpf. Als Sidi starb, ließ ich sie schärfen.«

Ich hatte sie erwischt. Sie zuckte zusammen. Als aufmerksamer Gentleman schob ich ihr einen Stuhl zu. Sie setzte sich und legte die Hände im Schoß zusammen. »Das wusste ich nicht«, sagte sie und schüttelte den Kopf.

»Es ist schon lange her. Aber es beschäftigt mich immer noch. Und wird mich wohl nie loslassen. Da müsste schon ein Wunder geschehen. Es gibt jedoch gewisse Parallelen, ähnliche Schicksale, und es ist gut, wenn man sie kennt. Neben der Wehmut steckt darin auch ein Stück Trost.«

»Parallelen?«

»Mein Lieblingsviktorianer und Spezialist in Sachen Schönheit, Dante Gabriel Rossetti, heiratete eines seiner Modelle. Er schlief mit fast allen. Er nannte sie *stunners*, Wuchtbrummen, denn jeder Mann, der sie ansah, war wie vom Donner gerührt. Diese nun hieß Elizabeth Siddal. Er zögerte lange mit der Heirat, über Jahre hinweg, aber schließlich kam es doch dazu. Für Miss Siddal muss die Situation schon verzweifelt gewesen sein, denn für die Viktorianer waren geordnete Familienverhältnisse und moralische Unbescholtenheit alles – zumindest nach außen hin. Im Innern verzehrte es sie, so wie jeden, der streng mit sich selbst ist. Kennst du Flaubert?«

»Nein.«

»Das war ein Schriftsteller, der ein paar hundert Meilen südöstlich von London lebte. Es hieß von ihm, er würde die Spießbürger kritisieren und selbst wie einer leben. Genauso zeigte Rossetti allen deutlich, was für ein Bohemien er war und wie wenig er sich von den Konventionen knechten ließ, und dabei liebte er den Altar und das Kreuz wie kaum einer seiner Zeitgenossen. Ich glaube, er hat die Verbindung mit Lizzie Siddal nie bereut und hörte nie auf sie zu lieben, weder als er viele andere Modelle verführte ... noch als Lizzie im Sterben lag. Es war ein langes Dahinsiechen. Sie war zu der Überzeugung gekommen, dass sie Krebs hatte, und trank eine größere Menge Laudan. Doch es war keine Geschwulst, die sie auffraß, sondern die Anorexie, damals ein rätselhaftes und furchterregendes Leiden.«

»Armes Hascherl. Bestimmt hat sie sich seinetwegen so gequält.«

Ich zuckte mit den Schultern. »Jedenfalls entdeckte der Maler in diesem tragischen Hinscheiden eine Parallele zu dem Schicksal des Florentiner Dichters Dante Alighieri. Dante –«

»... verknallte sich in Beatrice. Das weiß jeder.«

»Und das ist auch gut so. Beatrice starb noch als junge Frau, aber in Dantes Gedichten lebt sie weiter kraft der Liebe, die zum Sinn seines Lebens wurde. Man kann sagen, dass er sie auf diese Weise unsterblich gemacht hat. Rossettis Geschichte ist bei uns weniger bekannt, aber er hat im Grunde etwas Ähnliches gemacht. Er malte das Bild ›*Beata Beatrix*‹ – gebenedeite Beatrice. Oder selige. Es ist das Porträt seiner im Sterben liegenden Frau Lizzie. Im Hintergrund ist Florenz zu sehen, rechts geht Dante und schaut nach links zu einer engelhaften Gestalt hinüber, die die Liebe verkörpert. Und als Lizzie schließlich in die Ewigkeit einging, ließ Rossetti sich zu einer prächtigen Torheit hinreißen: Ehe der Sargdeckel zugenagelt wurde, warf er der Toten eine Sammlung unveröffentlichter Gedichte in die Arme. Seine Verse waren nur für sie. Sie nahm sie mit ins Grab.«

»Krass.«

»Dieser Medusa hier«, ich zeigte auf das Bild und zog den grünen Vorhang vor, »wurden Meningokokken zum Verhängnis. Ich bin kein Künstler. Ich hatte nichts, was ich Sidi ins Grab geben konnte, und so habe ich ihr mein Leben geopfert, das ich hier ohne sie verbringen muss. Die Rose erinnert mich daran, dass ich mich zu diesem Opfer verpflichtet habe.«

»Das heißt, du gehörst für alle Ewigkeit ihr und wirst nie eine andre haben?«

Ich nickte.

Als sie auf die Toilette ging, ließ sie die Bemerkung fallen, die Polizei werde mich erst einmal nicht des Mordes an Josef Kalandra beschuldigen. Das Verbot, die Stadt zu verlassen, sei aber weiterhin gültig.

In der Tür blickte sie flüchtig auf meinen Computer. Sie biss sich dabei auf die Lippe.

Ich hätte da nicht reingehen sollen. Auf so einem ungemütlichen Klo hatte ich noch nicht mal auf dem Bahnhof von Chrastava gesessen. Wenn es dort nicht gerade vollgeschissen war, nahm man sich eine Plastiktüte, legte sie über die Schüssel oder die Klobrille und schmauchte so durchaus hygienisch und in aller Ruhe eine halbe Packung »Start«-Zigaretten weg. Aber dieser Typ hier bestrafte sich für irgendwas. Vielleicht hatte er sein Topmodel ja selbst kaltgemacht. Vielleicht hatte er sie auf sein Klo gesetzt, und sie war dort erfroren. Es war ein hohes Ding, schwarz, ganz aus eisigem Marmor und sah aus wie der Sockel eines Denkmals. Ein echter Katafalk. Und die Klobrille: ein eckiger silberner Bilderrahmen. Im Runterklettern hätte ich mir fast den Hals gebrochen. Ich langte nach dem Ring im Maul eines silbernen Löwen, und die Klospülung rauschte los. Dann ging ich zum Waschbecken. Das war auch nicht viel besser. Ein in die Wand gerammtes schwarzes Prisma, in der Mitte eine Kuhle mit Loch. Silberne Hähne, das Gleiche an der Wanne. Die war das Beste von allem. Von Wand zu Wand reichend, schwarz, eckig, aus Stein, in der Mitte eine ausgehöhlte Mulde, passend für mich im Alter von zehn Jahren. Wie passte da ein fünfunddreißigjähriger Kerl rein? Die Knie am Kinn? Das Ding war ein wasserfester Sarg. Ich drehte den Hahn auf und hielt versuchsweise Rops' schwarze Zahnbürste mit den schwarzen Borsten darunter. Tatsächlich floss Wasser, keine Säure. Ich wusch mir die Hände.

Er hatte seinen Spaß, als ich aus dem Badezimmer kam. Frauen fühlten sich dort nicht wohl, das war ihm bewusst. Aber es sei ein Kunstwerk, und das solle man eben nicht mehr berühren als unbedingt nötig, und Kunst sei ja auch nicht dazu da, uns Erleichterung zu bringen, sondern, unsere Sinne zu reizen. Er schüttelte den Kopf: Es sei immer das Gleiche. Seine Bekannten aus der Branche bewunderten das Bad, Frauen hassten es. Sein Freund Rut habe dort sogar ein Aquarell gemalt. Und der Antiquar wollte es ihm als Ganzes abkaufen. Der gesamte Raum sei nämlich das Exponat einer Ausstellung zeitgenössischer Kunst gewesen, in Ravenna. Der Designer hatte es ›Dantes Exil‹ genannt. Der Transport des Monstrums zu der Ausstellung hatte sich als so teuer erwiesen, dass der Italiener sich dazu entschloss, es zu verkaufen. Und niemand anderes als Rops hatte es gekauft. Ein Laster brachte es ihm nach Prag. Der Einbau in das Kleinseitner Haus erforderte eine Baugenehmigung und eine doppelte Verstärkung der Fußböden. Ein Kran musste es durch die Fenster im zweiten Stock heben, er zeigte mir die Fotos. Es habe einen enormen Wert. Welchen, fragte ich ihn. Nicht in Zahlen auszudrücken, sagte er schulterzuckend. Also keinen, sagte ich ebenfalls schulterzuckend. Er versicherte mir, er habe es nicht gegen Diebstahl versichern müssen. Das leuchtete selbst einer Polizistin ein.

Genauso wie ihr einleuchtete, dass sie, sollten ihre Gedärme mal wieder in Aufruhr geraten, jedes andere Klo, nur dieses nicht aufsuchen würde.

Er grinste wie ein Honigkuchenpferd. So fröhlich hatte ich ihn noch nie gesehen. Er war so noch hübscher als mit dem langen Flunsch. Sein Unterarm war verheilt, wie mir auffiel. Solche Typen konnten einen ganz schön blenden. Aber reich sollten sie nicht sein – da könnte ich ein Gesetz zu erlassen. Dann würden sie sich keinen Kristallkram mehr kaufen und keine Bestattungsbadewannen und solchen Scheiß, sondern ein Darlehen aufnehmen und ein Haus bauen und mit einem gebrauchten Auto zur Arbeit fahren und ihren Gören dafür Scheiß kaufen. Und ein zweites Gesetz: Sie sollten ein bisschen schlichter sein. Einen IQ von Obergrenze hundertzehn und basta. Und vor allem keine toten Geliebten haben. Drittes Gesetz: Lebende Frauen zur Kenntnis nehmen. So spricht die gesetzgebende Körperschaft Klára B.

Nur war ich da an der falschen Adresse. Hier stank's nach teurem Tabak. Und ich rauchte schon seit zwei Jahren nicht mehr und hatte eine schreckliche Lust darauf.

Auf seinem Tisch lag eine Mikrokassette, daneben ein funkelnagelneues Diktafon. Roman spähte gerade hinter den Vorhang, in die Augen seiner gepinselten Fee, was er wohl so alle zwei Minuten tat. Also stibitzte ich das Band und legte den Tausender, den ich letztens ausgeliehen hatte, in das Schreibtischfach zurück.

Fulcanelli stellte mir Henryk Lukomski vor – *»trentacinque anni«*, wie er augenzwinkernd sagte, »so wie Sie«, – einen schweigsamen Polen mit einem mächtigen Schnurrbart. Henryk hatte die Laufbahn eines Projektanten für Vorstadtsiedlungen aufgegeben und war zu ihm nach Regensburg gekommen, wo er ihn bat, sein Schüler werden zu dürfen. Er hatte Bautechnologie studiert, kannte sich mit der Bewehrung von Beton und der Modulverbindung von Glasscheiben und perforierten Stahlplatten aus, aber von Stein verstand er nichts. Und doch hatte ihm ein einziger Prospekt über Fulcanellis Tätigkeit genügt, den er auf einer Kirchenbank in der Krakauer Kathedrale gefunden hatte, um sich für die Gotik zu begeistern, ihr seine Karriere zu opfern, von der Pike auf neu zu beginnen und sich zum Stellvertreter des Werkmeisters hinaufzuarbeiten. Er hatte sich in Prag sogar verlobt, und jetzt zerbrach er sich den Kopf, wie er einmal seine Frau überreden würde, zusammen mit ihm und Fulcanellis Wandertruppe durch Europa zu ziehen.

Der Hüttenmeister fasste mich unter und zog mich beiseite. »Noch etwas zu dem, worüber wir das letzte Mal gesprochen haben, Dottore.« Er zeigte auf die doppelten Fialen der Strebepfeiler und zog mich dann sanft am Ärmel. »Sie sind romantisch veranlagt wie ich, man erkennt sich schließlich. Und meinen romantischen Bruder wollte ich darauf aufmerksam machen, dass dieser alte Teil der Kathedrale zwar ein Werk der Hochgotik ist, der ganze neue Teil aber ein Werk der falsifizierten Gotik. Sie wissen natürlich, dass die Hochromantik per se nicht viel wert ist, aber prachtvoll als Spiegel des Ganzen. Es liegt an der Harmonie. Sie sollten das betonen in dem Buch, das Sie schreiben. Ich habe jedenfalls nichts dagegen einzuwenden. Aber ich werfe mir vor, dass ich mit Ihnen zu offen gewesen bin. Ich glaube, dass dieser Mord hier im Dom damit zusammenhängt. Das war ein schlechter Tag – man hat Sie auf die Polizei gebracht mit dieser abgeschnittenen Hand, und uns gelang die Arbeit nicht, der Mörtel wollte nicht trocknen, und dabei war es kein Regentag. Ein Zufall? Ganz bestimmt nicht. Und Sie, ein Mensch der Worte, haben den Vergleich gebraucht mit dem Blut in Brügge, das immer hellrot bleibt und einmal im Jahr in der gläsernen Ampulle zu fließen beginnt.«

»Ich gebe zu, das war kein sehr geschmackvoller Scherz«, sagte ich entschuldigend.

»Ein Scherz? Ich hingegen bin verzweifelt. Hier ist ein Mord passiert, und Scherze darüber... also wissen Sie. Und schreiben Sie das bloß nicht in ihr Buch – Okkultismus gehört da nicht hinein. Auch wenn er uns hier allmählich behindert.«

Er hob seine Hand und zeigte auf einen der flachen Quader, die in die Chorwand eingefasst waren. Wenn man genau hinsah, konnte man dort eine kleine Vertiefung erkennen; eigentlich war es eher eine Rille, eine Furche, deren rechtes Ende anstieg – wie ein halbes Lächeln. Er deutete etwas höher, auf einen Pfeiler und zwei steinerne Halbbögen über einer Kapelle – der erzbischöflichen. Es war schon dämmerig, trotzdem entging meinem Blick nicht jene Schlängellinie, ein in den Stein gemeißelter Strich, der von Regen, Staub und Wind geglättet worden war. Er war etwas grünlich, irgendeine Flechte hatte sich in ihm angesiedelt.

Ich entschuldigte mich, holte das Aufnahmegerät aus meiner Tasche und beschrieb das Gesehene mit meinen Worten. Ich wollte Zeit gewinnen, um mich zu beruhigen, Fulcanellis Vorwurf hatte mich aus der Fassung gebracht. Er war nicht gerade höflich gewesen.

Ich drückte auf »Stop« und bemühte mich um ein aufrichtiges Lächeln. »Vielleicht sind wir uns wirklich ähnlich. Die Polizistin behauptet es jedenfalls. Ich weiß nicht.«

»Die Augen! Das ja. Unsere Augen sind die gleichen. Gut, nicht? Weder Sie noch ich brauchen jemals eine Brille. Wir sehen beide, was andere nicht sehen. Niemals sehen werden.«

»Sie haben von Okkultismus gesprochen. Aber mein Buch handelt nicht von den Menschen, die die Kathedrale begonnen haben. Die waren so abergläubisch, wie sie fromm waren. Ich schreibe über die, die den Bau im Zeitalter der Vernunft vollendet haben. Im ›Steinernen Wald‹ haben alle ihren Platz: Gläubige und Nichtgläubige, die Verurteilten genauso wie die Heiligen.«

»Ganz richtig. Gott und der Teufel, wie? Aber ich denke, das bedeutet nicht, dass wir den einen oder den anderen versuchen werden. Kommen Sie ein Stück weiter, ich zeige Ihnen noch etwas, ich war noch nicht fertig, wenn Sie erlauben.«

Ich ließ mich von ihm etwas weiter ziehen, bis zum Querhaus. Wir traten vom Mauerwerk zurück und lehnten uns seitlich an den Treppenaufgang des Wirtshauses *Vikárka*. Fulcanelli zeigte wieder auf etwas, diesmal mit steil zurückgelegtem Kopf, denn es befand sich in beträchtlicher Höhe. Ein Zeichen im Stein, im Gegensatz zu den beiden vorigen ganz frisch. Ich zuckte mit den Schultern: ein weiteres Steinmetzzeichen eben.

»Dieses hier ist aber neu, Dottore. In der Dombauhütte der Meister Matthias und Peter wurden die Steine gekennzeichnet, um nach ihnen *il salario* zu berechnen.«

»Den Lohn. Ich weiß.«

»Und ich versuche meine Leute ebenfalls so zu entlohnen, wo es geht. Ich meißele sogar selber A und F in die Blumenfialen, die ich bearbeitet habe.«

»Das haben Sie schon in Regensburg so gemacht.«

»Sehen Sie? Das ist so ein Spiel von mir. Aber es hat einen Sinn, wie alles hier. Es ist etwas Romantisches, verstehen Sie? Ich komme hierher, weil ich die Romantik suche; im Leben, in der Architektur außerhalb der Kathedralen habe ich sie nicht gefunden. Die richtigen Rechnungen macht eine Dame für uns. Sie ist schon im Rentenalter, aber sie macht das gewerblich, und es macht ihr Spaß, und ich bezahle sie gut. Sie ist sehr begabt. Und ich glaube, Dottore, so eine Dame hatten auch die neuzeitlichen Dombaumeister, sowohl Kranner als auch Mocker als auch Hilbert.«

»Ich stelle mir eher so einen Buchhalter auf einem hohen Hocker vor, mit Ärmelschonern und einem Zwicker auf der Nase.«

»Ja. Das mag sein. Wozu aber so ein Zeichen, frage ich. Hm? Gucken Sie es genau an, erforschen Sie es.«

Wieder sah ich mir das Zeichen an. Es war rund, ein Kreis von etwa fünfzehn Zentimetern Durchmesser, aus dessen Umriss zwei kurze Striche in verschiedenen Richtungen schräg nach oben liefen. Na und ...?

Auf einmal stutzte ich.

Fulcanelli lächelte. »Gewiss, irgendein Maurer könnte es vor hundert Jahren gemacht haben, als die Kirche von einem festen Gerüst umgeben war. Könnte. Aber ich zweifele daran. Wissen Sie, warum?«

Ich schüttelte den Kopf. Versuchte vergeblich meinen Ärmel aus seinem eisernen Griff zu befreien.

»Weil«, fuhr Fulcanelli fort, und ich spürte die Gutmütigkeit, die in seinem Atem lag, »mein Parlerius mich auf das Zeichen aufmerksam gemacht hat.«

»Henryk? Und was besagt das?«

»Was das besagt? Sehr viel, Dottore! Als wir hier angefangen haben, wissen Sie, haben wir eine Inspektion des ganzen Gebäudes durchgeführt. Wir besitzen draußen und drinnen ein Gerüst auf Rädern, wie Sie gesehen haben, und Henryk und ich waren sehr sorgfältig, o ja. Wir haben jeden Zoll geprüft, mit dem Hämmerchen nach Rissen und Spalten abgesucht. Und stellen Sie sich vor, uns sind keine solche runden Zeichen aufgefallen. Erst letzte Woche hat Henryk mich hierher geführt so wie ich jetzt Sie.«

Ich verstand. Es war kein schönes Zeichen: ein Kreis

mit zwei schräg laufenden Strichen. Welche Kirche wünschte sich schon solche Dekoration?

Fulcanelli ließ mich endlich los.

»Sie meinen, dass es erst kürzlich jemand dort angebracht hat«, sagte ich, und er nickte. »Und in solcher Höhe hat er dafür ein Gerüst benutzen müssen, wenn er nicht gerade wie eine Katze die Mauer hochgeschlichen ist.« Wieder nickte er. »Und das Gerüst war offenkundig Ihres.«

»So ist es. Das ist seltsam. Und eine große Beleidigung. Ich hatte gedacht, dass ich mich auf meine Leute verlassen kann. Jetzt scheint das nicht mehr der Fall zu sein.«

»Wenn es jemand von Ihren Leuten getan hätte, würden Sie es persönlich nehmen?«

»Schrecklich persönlich. Er hätte meine Arbeit entehrt, mein Werk verdorben. Was hätte wohl Peter mit ihm gemacht, was denken Sie?«

»Ihn im Sockel des südlichen Treppenturms eingemauert.«

»Zum Beispiel. Die Zeichen macht man eigentlich nicht rund. Das ist recht schwer. Die meisten sind spitz, eckig, verstehen Sie? Bum, bum, bum, und fertig, da hält man sich nicht lange auf, der Herr. Aber nicht rund. Weshalb sich unnötig Arbeit machen? Ich wage nicht, mir seine Absichten auszumalen.« Er sah niedergeschlagen aus. Und erschrocken. »*L'angelo delle tenebre. Madonna la secca*. Ich habe sie gesehen. Sie sind hier.«

»Und in Regensburg haben Sie sie nicht gesehen?«

»Erst hier in Prag.«

Mir lief ein Schauer über den Rücken. »Die Madonna, sagen Sie?«

»*La comare secca.* Die Gevatterin. Gibt es die nicht im Tschechischen?«

»Doch. Aber ob die sich Ihr Gerüst ausgeliehen hat?«

»Sehr seltsam. Auch wenn das Gerüst in zwei, drei Teile demontiert wird, müssen mindestens zwei Männer schieben, damit sich die Räder drehen. Und schieben und aufstellen, das geht nicht einfach so.«

»Ohne dass es bemerkt wird? Dann hat der Gauner sein Werk verrichtet, als das Gerüst zuletzt hier stand.«

»Das sind ... warten Sie. Drei Wochen? Ja. Vor drei Wochen.«

»Da haben wir es. Wahrscheinlich jemand, der sich in der Kneipe betrunken hat und dann seinen Kumpeln vorgeführt hat, dass er Mumm besitzt.«

»Denken Sie? Sie haben mich ein bisschen beruhigt. Aber nicht allzu sehr. Haben Sie dieses Unkraut gesehen? Das ist eine Flechte. Alle zwanzig Jahre muss man den Stein mit einem Wasserstrahl säubern und ihn schleifen, abschleifen, sonst bringt es nichts. Und natürlich bröckelt eine Menge von dem Sandstein ab. Und dann ist da noch etwas. Etwas sehr Unangenehmes.«

»Ich weiß, das schwarze Gras. Sehen Sie, gerade da hinten an der Mauer. Und dort hinten auch.«

»Es wächst in den Fugen der Bodenplatten und der Steinquader. Ich weiß nicht, was es ist. Das bereitet mir Sorgen, genau wie dieser Mord. Es sind kommunikative Röhren.«

»Wie bitte?«

»*Scusi.* Kommunizierend? Heißt das so? Kommunizierend.«

»Kommunizierende Röhren? Ach wo, Meister. Ein Zusammentreffen verschiedener Umstände.«

»Vielleicht ja, vielleicht nein. Mir kommt es aber seltsam vor, dass Sie den Toten überhaupt nicht betrauern.«

»Vielleicht weil ich noch anderen Kummer habe.«

»Ich weiß. Dieser Kreis da oben ist wirklich ein Zeichen des Bösen, und der Vandale kann es scherzhaft oder ernst gemeint haben. Der *padrone nero*, der schwarzes Unkraut sät, das ist wirklich ein Grund zum Trauern, glauben Sie mir. Jetzt ist es wichtig, dass es nicht vom Mantel ins Herz übergeht.«

»Ins Kircheninnere? Wie dick diese Mauer ist, wissen Sie selbst am besten.« Ich lachte auf, aber es klang wie ein Husten.

»Jawohl, ich denke, dass es so ist: Es ist kein Scherz. Und es ist auch keine Warnung. Dafür ist es schon zu spät, leider. Ich sage, es ist die Markierung eines konquistierten Gebiets. Merkur ist schwach, Jupiter ein Magnet und Mars ein Antimagnet. Es steht Zerstörung bevor.«

»Eines eroberten Gebietes, meinen Sie.« Ich schüttelte den Kopf. »Da übertreiben Sie bestimmt.«

»*Dio me ne guardi!* Ich würde mich gerne irren. Ich will Ihnen keine Angst einjagen, Dottore, es ist Ihnen peinlich und mir auch. Diese Träume, die ich habe. Wissen Sie, dass die Kirche neu geweiht werden muss?«

»Das ist selbstverständlich. Hier ist ein Mord passiert. Noch dazu der Mord an einem Priester.«

»Und man hat es sehr eilig damit. Das ist nicht gut. Und es ist eine schlechte Zeit – die ökumenischen Gottesdienste. Und unsere Arbeit. Wir werden sie tagsüber unterbrechen müssen und in der Nacht arbeiten wie Sie.«

»Sie wissen davon?«

»Sicher. Ich habe tausend Fackeln, aber ohne Elektrizität sehen wir nicht viel und mit Elektrizität noch weniger. Ich bin nicht glücklich.«

»Ich auch nicht, aber ich habe einen Abgabetermin für mein Buch. Ihre Angst teile ich allerdings nicht. Also dann, auf Wiedersehen.«

»Sie sollten aber Angst haben!«, rief er hinter mir her. »Ich melde mich.«

Er winkte mir zum Abschied. Ich hielt mich nicht länger auf und eilte nach Hause. Als ich jedoch um die Ecke des nordwestlichen Turms bog, erinnerte ich mich daran, wie unter mir auf dem vorderen Triforium die Leiter weggeglitten war.

Und solange nicht die Höllenpforten die Oberhand über sie gewinnen«, dröhnte Urban, »wie sollte ihr da die Ermordung eines Menschen etwas anhaben können, ihres rechten Sohnes, eines Soldaten in ihren Diensten?« Hier holte er tief Atem. »Die Kirche hat es in diesen Zeiten nicht leicht –«, dramatische Pause, »– doch jeglicher Kummer macht sie stark, das weiß jedes Mitglied der Kongregation gut. Nichts Neues unter der Sonne! Schließlich hat es schon im vergangenen Jahr begonnen, mit diesen unappetitlichen Schmierereien an den Mauern …«, Gemurmel im Publikum, »… und es setzte sich fort dieses Jahr an Dreikönig, als jemand an der Tür zur Sankt-Wenzels-Kapelle, an jenem Messingring, der zum Gedenken an den ermordeten, uns liebsten Märtyrer aus Stará Boleslav hierher gebracht wurde, eine Schnur mit einem Dutzend aufgefädelter Tauben befestigt hat.« Das interessierte mich. »Nein, das war nicht bloßes Vandalentum, wie die Herrschaften von der Polizei bis heute behaupten; es handelte sich dabei um einen durchdachten Angriff auf unsere Majestas, unsere Souveränität. Die Taube verkörpert der Legende nach den Heiligen Geist sowie auch die Tugend, und sie verteidigt sich im Schwarm gegen den Habicht; diese zwölf hier hatten sich jedoch nicht wehren können; und dann standen auf der Sakristeitür am Morgen des sechsten Januar anstelle von K + M + B die Buchstaben S + S + S + S + S!« Eine Welle des Entsetzens ging durch die Kirche. Der Diakon dröhnte weiter: »Ein durchschaubarer, armseliger Spott, möchte man sagen, wäre man sich nicht der Gefahr solcher Taten bewusst, die schließlich noch in jener schändlichen Begebenheit im Juni dieses Jahres gipfelten, als am Tage des heiligen Veit hier, direkt auf geweihtem Boden, ein schwarzer Hahn abgestochen und auf dem Altar gevierteilt wurde!« Ohnmachtsanfälle im Publikum, Wiederbelebungsversuche mit Weihwasser. »... So als wären alte Bräuche zurückgekehrt und siegten über die tausendjährige Liturgie ...«, Bekundungen der Entrüstung, »... die vom Zweiten Vatikanischen Konzil überarbeitet wurde – so als wäre der Svantovit mehr als nur ein hölzerner Abgott aus düsterer Vorzeit. Viele von euch hat über solchem Obskurantismus der Ekel und das Entsetzen gepackt, doch es gab auch Spötter, die ein dem Svantovit dargebrachtes Opfer als Bereicherung jener ökumenischen Gottesdienste betrachteten, mit denen wir uns unseren Bruderkonfessionen anzunähern versuchen. Wir riefen unseren Staat zu Hilfe, doch dessen Repräsentanten wollten in den Vorfällen kein Unheil und keine Steigerung der Angriffe sehen. Und nun hat dieser Galgenhumor seinen Höhepunkt gefunden – er hat seinen Höhepunkt gefunden in der Ermordung unseres Bruders in Christo, der gepeinigt und wie ein heidnisches Götzenbild mit dem Kopf voran direkt hier im Dom begraben wurde!« Grabesstille der Erschütterung. »Beten wir für das Heil seiner Seele und wachen wir mit Argusaugen über unsere Gemeinschaft, denn der Feind geht bereits um.«

Au Backe. Na ja, sagte ich mir, jetzt ist alles schön neu geweiht, und Hochwürden fühlt sich ganz in seinem Element, er ist der Nabel seines imaginären *urbi et orbi*, aber ich achtete doch mehr auf die Leute als auf ihn. Mit dem Hahn hatte er immerhin recht, es hatte in den Zeitungen gestanden, und niemand hatte es angezeigt. Als wäre nichts passiert. Daran erinnerte ich mich.

Das Kirchenlied klang aus, und die Gemeinde ging zur Kommunion, ich blieb sitzen, auch Roman Rops ging sich den Keks nicht holen, er saß vorne, ich viele Reihen hinter ihm, und als vor mir die Leute aufstanden, war er plötzlich nicht mehr da, und dann doch wieder, er hatte sich nach etwas gebückt und schaute es sich jetzt mit gesenktem Kopf an, der betete nicht, sondern war mit irgendeinem Unsinn beschäftigt. Ich schaute zu ihm hin, Roman betrachtete das Etwas in seiner Hand, und Urban mich wie ein Aasgeier seine Beute. Gerade kam ein Kind zu ihm, und er nickte, ich wusste nicht, ob er den Kleinen meinte oder mich oder Fulcanelli, der rechts vor mir saß, oder dessen Assistenten, der drei Reihen hinter ihm saß und plötzlich aufsprang und ebenfalls nach vorne ging. Der Anblick machte mir Bauchweh. In dem Moment drehte sich Roman ein wenig um. Er musste mich wahrgenommen haben, tat aber so, als hätte er mich nicht gesehen. Ein Haufen Touristen war da. In der ersten Bankreihe hockte die First Lady und ging sich auch etwas Leib holen, als hätte sie zu wenig davon, dann zündete sie noch eine Kerze vor der Statue der Gottesmutter an, ich hatte nicht gewusst, dass sie so fromm war. Vielleicht kam das von der Burg, von der Kathedrale, die mittendrin steht, und überhaupt tat ich der Frau sicher unrecht. Hier veränderten sich alle. Manche zum Besseren, andere zum Schlechteren. Ich mich wahrscheinlich auch.

Als die Leute nach und nach rauströpfelten, ging ich nach vorne zu Roman und setzte mich neben ihn. Er grüßte ziemlich lauwarm, und falls ich nicht gerade dienstlich käme, hätte er jetzt keine Zeit. Ich sagte, ich müsse mit ihm über mögliche Verdächtige reden, über all die Leutchen, die sich um den Veitsdom tummelten und wahrscheinlich jetzt gerade hier seien. Aber als braves Mädel fügte ich hinzu, es sei nicht eilig – Mann, ich hätte mich in den Arsch beißen können. »Schön«, sagte er darauf, äugte auf seine Uhr und erhob sich, auf einmal furchtbar in Anspruch genommen. Mich beachtete er nicht mehr. Ich ließ die Mikrokassette in seine Sakkotasche gleiten, und er merkte nichts, wie denn auch.

Ich vermutete, dass er auf Urban wartete. Der Erzdiakon befand sich in der Sakristei. Ich schaute mich nach dem Italiener um, aber der hatte sich schon verzogen. Dafür hing der schnauzbärtige Pole immer noch hier rum. Das war komisch, denn normalerweise wich er dem Baumeister nicht von der Seite. Er kniete in seiner Bank und betete mit geschlossenen Augen. Ganz hinten ragte wie ein Galgen das Holzgerüst auf.

Urban hatte ich quasi auf dem Präsentierteller gehabt. Er hatte nämlich nach Romans Anmerkungen zu den Steinköpfen auf der Galerie selbst etwas auf die Kassette gesprochen. Ich hatte mir die Aufnahme viermal angehört.

»Mein Sohn, ich grüße dich aus meinem Büro und gebe dir die Kassette zurück; ich bin sehr froh, dass sie nicht fatal zu Schaden gekommen ist. Ebenso freut mich, dass du immer wiederkommst, wenn es auch nur weltliche Interessen sind, die dich herführen. Dagegen ist nichts zu sagen. Die Pfarrgemeinde verarmt, ihre Seele geht verloren, wir werden immer weniger. Du weißt sehr gut, dass ich um jeden Einzelnen kämpfe, dass jeder der gesamten Kongregation für mich ebenso kostbar ist wie die Mitglieder des engeren Kreises und dass ich alles tun werde, um ihn zu halten. Diesen Kampf werde ich so lange führen, bis mich der Herr zu sich ruft, das weißt du wohl. Deswegen appelliere ich erneut an dich, komm zu mir. Lass uns über das reden, was unlängst geschehen ist, und auch darüber, was vor Jahren geschehen ist. Komm so bald wie möglich, wir haben keine Zeit zu verlieren.

Nimm es als Bitte, nicht als Aufforderung – ich möchte dir weder anordnen noch befehlen. Aber überzeugen muss ich dich um jeden Preis. Daher muss ich leider hinzufügen, was dir nicht angenehm sein wird. Es tut mir leid, dass dich diese Tragödie getroffen hat. Jetzt hat deine Situation sich jedoch verschlechtert, und sie beginnt, das Leben der Menschen hier zu beeinträchtigen. Das ist zum Risiko für unsere Gemeinde geworden. Komm zu mir, zu welcher Tages- oder Nachtzeit auch immer, für dich werde ich immer Zeit finden, so wie ein Vater noch auf dem Sterbelager Zeit für seinen Sohn findet. Wir müssen das gemeinsam lösen. Ich hoffe, dass dein Buch über das Haus des Herrn erfolgreich gedeiht. Gott möge dir dabei helfen.«

Und ein heißer, starker Kaffee. Der auch.

Urban hatte mir also nichts vorgemacht. Das, was er mir über Roman andeutete, war kein scheinheiliges Geschwätz gewesen. Aber er wollte irgendwas von Roman. Beide waren furchtbar angespannt. Roman wich ihm aus.

Ich hatte den Boss um einen Assistenten gebeten. Darauf hatte er mir Leutnant Mravenec zugeordnet, so einen Jungspund vom Land. Den beauftragte ich damit, herauszufinden, was Maler eigentlich in der Kirche zu tun hatte, wer dieser Mönch war, der da immer herumtigerte, und wo genau die verstorbene Bornová lag. Hoffentlich kriegte der Bursche das hin.

Daher hatte ich niemanden fürs Beschatten. Also folgte ich Roman selbst aus der Kirche. Er schaute sich nicht mehr um. Ich verbarg mich erst gar nicht; wenn er mich bemerkte, würde ich einfach um die Ecke biegen und ihn ziehen lassen. Wenn er mich rufen würde, würde ich's ignorieren. Allerdings machte er Riesenschritte und bewegte sich unglaublich schnell fort, ich musste einen Zahn zulegen, sein Mantel flupperte hinter ihm her wie eine Piratenflagge. Er begegnete niemandem, den ich gekannt hätte. Aber unterhalb des Schwarzen Turms stand gaffend der Kapuziner, der letztens beim Friedhof herumgehangen hatte. Auch diesmal kam es mir so vor, als würde er Wache halten, wie ein Karnickel zum Sprung bereit, sobald Gefahr in Sicht war. Aber wem würde er sie dann melden?

Roman trabte die alte Schlossstiege zum Klárov-Platz hinunter, dann über die Mánes-Brücke, ich kam ganz schön ins Schwitzen so dreißig Meter hinter ihm und kämpfte gegen meine Lust, mich mit einer Schachtel amerikanischer Kippen aufzuputschen. Roman kam offenbar gar nicht auf die Idee, dass ihn jemand observieren könnte, und falls doch, war es ihm egal. Aber vermutlich hatte er mich wirklich nicht bemerkt und war geistig völlig woanders, denn in der Kaprová machte er plötzlich eine Kehrtwendung, marschierte auf dem Bürgersteig schnurstracks auf mich zu und guckte mich an und gleichzeitig durch mich durch, völlig reaktionslos, und damit brachte er mich so aus der Fassung, dass ich mich schnell in der Schaufensterscheibe eines Antiquariats suchte, aber ich war da, alles in Ordnung. Mit mir jedenfalls. Mit Roman … – Der kratzte sich abwechselnd den einen, dann den anderen Unterarm, und zwei lange Vertikalen spalteten seine Stirn, als müsste er schon länger mal für kleine Jungs. Er klingelte an einer Tür, ich weiß nicht, neben welchem Namensschild, merkte mir aber die Hausnummer. Er sagte etwas in die Sprechanlage, die Tür öffnete sich mit einem Summen, und er verschwand nach drinnen. Ich setzte mich gegenüber ins KFC, bestellte mir Pommes mit Ketchup und eine Orangenlimonade, ein schleimiges Zeug, aber wenigstens verging mir die Lust auf L&M.

Rops kam nach genau achtundzwanzig Minuten wieder aus dem Gebäude heraus. Ich saß hinter der Scheibe, er richtete seinen Blick geradewegs auf mich und schaute schon wieder durch mich hindurch, dann wandte er sich ab und rauschte los Richtung Altstädter Ring. Die Falten waren von seiner Stirn verschwunden, sein Gesicht war die übliche Pracht, diesmal mit abgeschmirgelten Kanten.

Ich rannte hinter ihm her bis zur Mitte des Wenzelsplatzes, wo er in die Lucerna-Passage einbog, dann in die Passage des Novák-Palais und dort in die Cafébar »Samsa« eintauchte, wo man außer Getränken auch Bücher kaufen konnte und lauter Anarchisten um kleine eckige Mosaiktische saßen, oder jedenfalls sahen sie so aus. Durch die Glasscheibe hindurch sah ich, wie ihm an einem Tisch ein müder Rotschopf müde zulächelte. Er reichte Roman seine mit orangenen Sprossen übersäte Flosse, und der Schatten, den die Hand warf, war lebhafter als sie selbst. Roman setzte sich und zauberte dünne Zigarillos aus seiner Tasche, der andere bestellte etwas bei der Blondine hinter der Bar, nur so mit seinen Fingern, ein müder Stammgast, der seinen festen Platz hatte und sich nach nichts anderem sehnte.

Ich ging ebenfalls hinein und setzte mich auf die andere Seite der Kneipe. Roman saß mit dem Rücken zu mir, was eh egal war, schließlich war ich ja unsichtbar, den Rotschopf sah ich von vorne. Er kannte mich nicht und nahm mich auch nicht wahr, stattdessen widmete er seine Aufmerksamkeit einer festen Mappe, die er unter dem Tisch hervorholte und auf seinem Schoß aufklappte. Er zog nacheinander alte Drucke auf vergilbtem Papier heraus und schob sie zu Roman hinüber. Der gab sie ihm nach Begutachtung wieder zurück, es sah so aus, als könnte er sich nicht entscheiden, bis er ihm dann schließlich einen zusammengerollten Tausender reichte. Erst jetzt begannen sie sich zu unterhalten, aber ich konnte sie nicht verstehen, weil irgendein Glatzkopf der Blondine unter dem Tresen gerade sein Herz ausschüttete. Ich hob mir meinen Gin Tonic Bombay an die Nase und beobachtete den Zwischenhändler unversteuerter Kunst über den Glasrand hinweg. Er trank Kaffee und rauchte qualmend, und seine rothaarige Schlappheit schien nur über den Drucken aufzuleben, da fuchtelte er dann gleich mit den Händen und argumentierte heftig, die Äuglein verschleiert wie ein gebratener Fisch. Das winzige Gesicht war in den mächtigen Kopf geschraubt wie eine Heinzelmännchenmiene in den großen Golem, im Übrigen schien er auf die vierzig zuzugehen und ein klinischer Fall von Schlafkrankheit zu sein. Wenn das nicht dieser Rut war, dann war ich die heilige Klára.

Jetzt hielt er gerade eine gelblich grüne Scherbe in der Hand und betrachtete sie gegen das Licht. Offenbar hatte Roman sie ihm gegeben. Sie diskutierten darüber. Dann schlug Roman die Scherbe in ein weißes Taschentuch und steckte sie in seine Tasche. Anschließend trank er sein Viertel Wein aus, rollte das Bild zusammen und ging.

Ich stand von meinem Tisch auf und setzte mich zu dem Rotschopf. Er war nicht überrascht, hob nur ein wenig die Augenbrauen und lächelte müde.

»Möchten Sie eine Grafik kaufen? Ich habe hier ein paar aus der Veraikon-Edition. Verfallene Kirchen, Gassen in untergegangenen Städten, das könnte Ihnen gefallen.«

»Gefällt es Roman?«

»Sie kennen sich?«

»Klára Brochová, von der Kripo.«

»Ach, wegen dieser Sache da.«

»Genau. Aber jetzt habe ich frei. Sie malen?« Wir gaben uns die Hand. Seine war wie ein Kissen, das Drücken überließ er mir.

»Im Moment mache ich nicht viel.« Er drückte seine Lucky Strike aus und zog eine weitere aus der Packung. Seine Hände zitterten. »Und ich trinke auch nicht mehr.«

»Ganz schön langweilig, oder?«

»Warum? Zehn Tassen Kaffee machen mehr mit Ihnen als drei Gläser Four Roses. Probieren Sie's aus.«

»Danke für den Tipp. Schade, dass Sie es an den Nagel gehängt haben. Romans Liebste haben Sie ordentlich hingekriegt.«

»Der größte Schwachsinn meines Lebens«, seufzte er und zündete ein Streichholz an. »Schon lange her.«

»Ist doch ein hübsches Porträt. Haben Sie denn noch Besseres gemacht?«

Er lachte. »Dieses Ölgemälde ist mir viel zu gut gelungen. Ein Totem und Memento, Frollein. Für Roman eine Ikone und für mich die Mahnung, dass ich nie mehr etwas Besseres machen würde. Damit lebt sich's nicht besonders, wissen Sie? Am liebsten würde ich es zerschneiden, aber Roman hat mir verboten, es anschauen zu kommen. Gehen Sie gelegentlich zu ihm? Versuchen Sie das Ding zu verbrennen, ich bitte Sie darum. Sie kriegen eine Grafik von mir.«

»Zeigen Sie doch mal her.«

»Voilà. Das hat mir Roman nicht erzählt, dass er mit einer Polizistin zusammen ist. Das ist gut. Sidonie ist für ihn wie ein Stachel im Fleisch, den Sie ihm ziehen werden.«

»Von wegen.«

»Hören Sie auf mich. Alleine schafft er es nicht, dieses Luder loszuwerden.« Er kicherte, trank den Kaffee aus und zog an seiner Zigarette. »Sorry, möchten Sie auch eine?«

Ich schüttelte den Kopf. »Wie viel kostet das hier?« Ich zog ein Bild von dem Stoß, das ein Mädchen im langen Kleid vor einem spitztürmigen Kloster zeigte. Ihre zierliche Hand ruhte auf dem Kopf eines Ritters, der mit gefalteten Händen und geschlossenen Augen vor ihr kniete. Drum herum wucherten überall Dornen, und dazwischen guckten Lilien hervor.

Er drehte das Blatt zu sich. »Das hier? Ein Holzstich, nur zwei Farben. Er ist ein wenig gelb geraten, aber das macht nichts. Für Sie siebenhundert. Es ist ein hübsches Stück, hundert Jahre alt, ich würde es mir selbst zu Hause aufhängen, wenn ich Platz hätte.«

Ich gab ihm das Geld und hätte beinahe ein Eselsohr in das Bild gemacht. »Was hat Roman Ihnen da vorhin gezeigt?«

»Ein Stück Glas, das er im Dom gefunden hat«, sagte er mit einem Lächeln, das unerwartet hart war. Er zeigte auf die Grafik und sagte: »Das ist Ihre Namenspatronin, Klara von Assisi. Sie haben einen guten Geschmack. Roman übrigens ebenfalls.«

»Waren Sie etwa auch in diese Sidonie verschossen?«

Er nickte. »Aber im Unterschied zu Roman hatte ich niemals die richtige, nur die gemalte, und das auch nur kurz. Es lässt mir bis heute keine Ruhe. Ich würde sie immer wieder malen, und das will ich nicht, es ist ein giftiges Sujet.«

»Wissen Sie, an was sie genau gestorben ist?«

Rut brach in Gelächter aus. Er schüttelte den Kopf. »Nein. Aber ich kann Ihnen sagen, woran ihre Liebe gestorben ist. Wollen Sie es wissen?«

»Klar.«

Er beugte sich über den Tisch. »Also hören Sie zu. Diese große Liebe«, sagte er mit agentenmäßiger Wisperstimme, »starb an einem langwierigen Leiden, das Sie sich bloß nicht wünschen sollten. Es hat einen lateinischen Namen, an den ich mich nicht erinnere, aber im

Grunde ist es eine Aufblähung des Herzens. Besonders gefährlich für Merkur, der in seinen Adern Quecksilber hat. Bei Roman ist dieses Quecksilber durch einen bösen Zauber dick geworden.«

»Was?«

»Achten Sie mal drauf, was aus ihm herauströpfelt, wenn er wieder mit dieser Rose spielt. Früher habe ich meine Farben nach alchemistischen Formeln gemischt. Heute sammele ich Grafiken. Wollen Sie nicht noch eine kaufen? Weil Sie's sind, für einen Schmatz.«

Ich blieb vor dem Haus stehen und sah zu meinen Fenstern hoch. In den kleinen Scheiben reflektierte sich ein weiß-grüner Lichtsplitter der auf die Kathedrale gerichteten Scheinwerfer. Den Dom umgab eine so stark leuchtende Aura, dass der Schein die Nacht verunreinigte; was schwarz zu sein hat, sollte schwarz sein, doch hier hatte sich alles Dunkel aus dem öffentlichen Raum in einen privaten zurückgezogen: hinter die Fenster der Kleinseitner Wohnung von Roman Rops.

Gewöhnlich verlief es so: Rops kommt nach Hause und schaltet kein Licht an, geht zum Fenster und zieht die mechanische Rose auf, verwandelt sie mit einem einzigen Ruck in eine Knospe und lauscht im Dunkeln dem feinen Knirschen der Blütenblätter, die sich quälend langsam entfalten. Dann liebkost er die Rose, wiegt sie in seinen Armen und hält sie der Frau in dem Bild zum Riechen hin, gibt Öl zu Öl, Metall zu Metall und Wasser zu Wasser. Die Leinwand kühlt ihm das Gesicht.

Am Morgen wird er auf dem Parkettboden unter dem Bild aufwachen, das aufgeblühte Eisen neben seinem Kopf.

So war es viele Male. An diesem Abend nicht. Ich ging

nicht nach Hause. Es zog mich zum Dom, zu seiner nördlichen, abgewandten Seite, die so viele Fragen aufwarf. Wer hatte Kalandra umgebracht, und warum hatte er es getan? Weshalb auf diese Weise? War es derselbe Mensch, der meine Leiter manipuliert hatte? War er es, der einen Kreis mit Hörnern in die Dommauer gemeißelt hatte? Sollte da jemand eingeschüchtert werden?

Ich machte vor dem nördlichen Querschiff halt. Es herrschte jetzt mehr Helligkeit in der Gasse als tagsüber, einmal wegen der gelben Laternen und dann wegen der Scheinwerfer, die auf dem Dach des Restaurants »Vikárka« angebracht und auf den Obergaden, das hohe Dach, den nordwestlichen Turm und das Sanktustürmchen ausgerichtet waren. Doch in den Winkeln des Querhauses, in fünfzehn Metern Höhe, dieser Niemandszone auf dem äußeren Triforium, wo weder der übliche Blick noch ein Scheinwerfer hinfiel, lag trotz aller Macht der Elektrizität dunkler Schatten.

Ich begab mich zur Alten Erzbischöflichen Kapelle, der zweiten der polygonalen Nischen im nordöstlichen Teil des Presbyteriums, wo mir Signor Fulcanelli die alten Steinmetzzeichen gezeigt hatte. Ich erkannte den Außenpfeiler mit den beiden stützenden Strebebögen, jene kritische Stelle, auf die sich nach den Worten des Meisters der Gewölbedruck des hohen Chors übertrug. Ich fand auch die historische Signatur, eine von vielen, die Fulcanellis Arbeiter so sorgfältig konservierten. Aber ich suchte intuitiv nach etwas anderem, nach einer anderen Signatur. An dem am stärksten beanspruchten Punkt, auf den ein mit Bedacht geformter, präzise eingefasster Stein die Last der Gewölbe und des Dachstuhls ableitete, befand sich eine Ritze. Sie sah unscheinbar aus, wie die Fortführung jenes Zickzacksignets des lange verstorbenen Steinmetzen. Jetzt richtete der starke elektrische

Scheinwerfer seinen belastenden, warnenden Finger auf den schwarzen Spalt. Er war gerade und verlief schräg nach oben. Ein anderer verlief in die Gegenrichtung. Beide entsprangen einem nachlässig eingravierten Kreis.

Ich kehrte zu der Stelle zurück, an der sich der neue und der alte Bau – das Querschiff und der mittelalterliche Chor – rechtwinklig durchdrangen. Ich zog das neue Diktiergerät aus meiner Tasche, schaltete auf Aufnahme und begann mit einem neuen Stichwort.

»Klára: Wenn ich mich nicht irre, ist es im Bereich einer bedeutenden Reliquienkapelle; östlich von hier befindet sich der erste separate Teil des Presbyteriums, ebenjenes Heiligtum, das unter dem Patronat der Černíns steht und dem heiligen Sigismund geweiht ist. Es liegt genau gegenüber der Wenzelskapelle. In der nördlichen Außenwand dieser Nische befindet sich eine Wendeltreppe. Die Westwand im Inneren war bis ins neunzehnte Jahrhundert Bestandteil der Domfassade, die mit einer riesigen Freske geschmückt war. Jetzt setzt sich das Kirchengebäude im Querschiff fort und in der Chorkapelle im Nordtrakt, mit der Orgel auf der Wolmut-Empore. Gegenüber mündet der Südteil des Querhauses in die Goldene Pforte, dort verliert der Dom seine Symmetrie. Auch hier hat die weltliche Macht ihren verderblichen Einfluß ausgeübt. Parler hatte die Goldene Pforte zwischen die Wenzelskapelle und den großen Turm gesetzt und im Nordteil keinen Ausgleich dazu geschaffen. Mocker sah das als einen Fehler an und wollte den Meister korrigieren. Es wurde ihm nicht gestattet. Im dritten Kapitel erwähnen; den Abschnitt über die geopferte Adalbertkapelle und andere kleine Gebäude ergänzen. Die Fertigstellung des Baus hervorheben – erst sie verlieh dem Dom Harmonie. Symmetrie verträgt sich jedoch nicht mit Monumentalität. Mockers Fassade ist zu flach, zu schwerfällig, zu fade, und sie verschattet den nicht sehr großen Vorhof –«

In diesem Moment fiel der Strom aus. Rings um den Veitsdom stürzte alles in die Dunkelheit und zugleich in die Stille, in der nur das Band der Mikrokassette leise weiterrauschte. In der Finsternis über mir, etwa dort, wo Fulcanelli und Henryk den gehörnten Kreis entdeckt hatten, am Fuß der Wendeltreppe, wo man an klaren Tagen von der Vikářskágasse aus das entstellte Porträt eines Steinmetzen erkennen konnte, glühten zwei unstete, verschwommene rote Punkte auf. Sie schwelten. Um sie herum begann Rauch aus dem Mauerwerk aufzusteigen und erhellte die Fugen zwischen den Quadern. Dann verschwanden die roten Punkte und tauchten wieder auf, langsam, als gähnte unter ihnen ein unsichtbarer Mund. Und gleichzeitig redete jemand. Kurz und flüsternd, ganz nah neben meinem Kopf, nur ein paar Wörter. Ich konnte sie nicht verstehen, erkannte aber, dass sie in meiner Sprache waren.

Schließlich verschwanden die Lichter und mit ihnen der Rauch.

Ich ging nach Hause. Der Stromausfall dauerte an. Ich setzte mich mit einem Glas Merlot in den Sessel und nickte langsam ein. Als ich aufwachte, brummte der Kühlschrank wieder. Ich spulte die Kassette im Diktiergerät auf Anfang und setzte mich an meine Manuskriptarbeit. Ich drückte auf »Play« und wartete auf das erste Wort, bei dem ich lostippen würde. Es wollte nicht kommen. Ich sah zu Sidonie hinüber, stand vom Tisch auf und zog mit stummer Entschuldigung den Vorhang vor das Gemälde. Dann griff ich in meinen Mantel, tastete nach der kleinen grünlichen Scherbe, die ich nach der Messe im Dom gefunden hatte, und sah sie mir im Lampenschein an. Ich wusste nicht, ob das Stück wertvoll war. Rut hatte es am Nachmittag nicht einordnen können und versuchsweise auf einen hellen Rubin oder einen Zirkon getippt. Er konnte sich nicht vorstellen, wie so ein Stein in den Veitsdom geraten war. Er empfahl mir, Max Unterwasser zu fragen, den Antiquar in der Křižovnická. Wir waren einmal befreundet gewesen. Früher.

Ich legte die Scherbe in eine Schreibtischschublade. Aus dem Diktiergerät war die letzte Bemerkung verklungen.

Doch jetzt sprach jemand anderes. Flüsternd, klar und deutlich.

»Die Würmer warten schon«, lautete der erste Satz.

Der zweite folgte nach einer kurzen Pause. »Dein Fleisch wird süß sein.«

Ich blickte auf den grünen Vorhang vor dem Porträt. Als würde ich Sidonies Stimme hören. Um nichts auf der Welt würde ich jetzt den Vorhang aufreißen.

Ich ging zum Fenster, nahm die eiserne Rose in die Hand und zog sie auf; das mechanische Knistern beruhigte mich jedes Mal.

Das Öl bekleckerte mir Hemd und Hose. Ich schlief erst gegen Morgen ein.

Shit, dieser Mravenec war vielleicht schnell. Der Boss lobte mich in der Besprechung, aber eigentlich hatte Ferda es verdient. Ich saß da und hielt's Maul. Wenn sie mich hinter den Ohren kraulen, halte ich still wie ein oller Köter. So lange, bis mir jemand einen Tritt gibt.

Und das würde passieren, wenn ich die Sache nicht in den Griff kriegte. Wenn ich mich weiterhin so bescheuert anstellte. Heute würde ich also nicht an Rops denken. Eigentlich überhaupt nicht mehr. Er hatte es nicht verdient.

Dieser Mravenec war wirklich fit. Der hatte es drauf, vielleicht mehr als ich. Ich könnte ihm ein bisschen weißes Pulver in die Aktentasche streuen, paar Körnchen nur, und dann mit einem anonymen Anruf das Drogendezernat auf ihn hetzen. Klar. Aber das würde ich mir nicht verzeihen.

Er begann mit Maler und schloss mit der Bornová. Und er hatte mehr herausgefunden, als mir lieb war. Und der Boss war dabei. Au Mann.

Maler organisierte also diese ökumenische Veranstaltung. Er kümmerte sich um die Teilnahme der Delegierten der diversen Kirchen. Darunter waren auch solche, die sich zu keiner bekannten. Er wollte sogar die Zeugen Jehovas dabei haben, aber da hatte er bei den Katholiken auf Granit gebissen: In ihre Kathedrale sollten die keine Zehe hineinsetzen. Und da war er anscheinend aus der Haut gefahren: Was das denn heiße, *ihre* Kathedrale? *Unsere* Kathedrale! Er veröffentlichte einen Artikel in den ›Lidové noviny‹: Die Ökumene sei von größerer Bedeutung als das Zweite Vatikanische Konzil, und da gehe es den Herren um den Besitz ... Das wurde dann vom erzbischöflichen Büro dementiert, so hätten sie es definitiv nicht gemeint. Urban sagte, Herr Maler wisse sehr gut, wie man es gemeint hätte, aber er würde eben alles tun, um an die Öffentlichkeit zu gehen. Die Sache erschien auch im Internet. Maler wurde sogar von jemandem bedroht, Urban wiederum von jemand anderem. Widerstand stachelt an. Maler fuhr mit Masaryk auf, Urban mit dem Heiligen Vater. Den Leuten war es egal.

Mravenec erzählte weiter. Maler läutete im großen Turm die Glocke. Die anderen Glöckner mochten ihn nicht, sie hatten Angst vor ihm. Wenn er nicht in der Nähe war, nannten sie ihn Quasimodo. Den Film kannte ich. Der Spitzname passte.

Zu den Glöcknern gehörte auch der junge Mönch aus dem Kloster am Loretoplatz. Ordensname Benon, bürgerlicher Name Michal Pešina, geboren in einem Kaff bei Hradec Králové. Zweiundzwanzig Jahre, die Kapuze hatte er noch nicht lange auf. Er ging öfter mal bei Fulcanelli vorbei. Saß bei ihm rum, selbst wenn der Baumeister keine Zeit hatte. Mravenec sah ihn dort häufig. Der Kuttenträger hatte so eine Tasche bei sich, wie Mönche sie gewöhnlich nicht tragen. In dieser Tasche befand sich ein Buch. Mravenec hatte versucht, ein Gespräch mit ihm anzuknüpfen, aber der Bursche hatte den Bullen in ihm gerochen und sich verkrümelt. Den sollte man im Auge behalten. Feststellen, weshalb er hinter dem Italiener herschlich und was es mit dem Buch auf sich hatte. Einen Hau weg hatten die ja beide. Mravenec hatte gehört, wie Fulcanelli mit seinem ulkigen Akzent sagte: »Ich sehe einen schwachen jungen Mann. An diesem Buch tragen Sie schwer, so schwer.« Und der Mönch hatte das Buch samt Tasche in die Luft geworfen und es wieder aufgefangen. Beide hatten wiehernd gelacht.

Die Informationen über Sidonie waren mehr wert. Sie lag auf keinem Prager Friedhof begraben, auf überhaupt keinem in Tschechien, sie steckte auch nicht in einer Urne in einem Wohnzimmerschrank. Sie war weder beerdigt noch verbrannt worden. Wenn sie unter der Erde lag, dann vielleicht irgendwo im Wald. Ich musste an das Haus in der Nerudagasse denken: Dort gab es hinten einen kleinen gepflasterten Hof.

»Ein Garten mit umgegrabenen Beeten wäre schlimmer«, meinte der Boss.

»Es gibt da tatsächlich ein kleines Beet, aber da würde nicht mal ein Kind reinpassen. Allerdings steht daneben eine Pumpe. Und wo eine Pumpe steht, gibt es einen Brunnen. Die ist lange nicht mehr benutzt worden.«

Hm. Ich schickte Mravenec mit Werkzeug vom technischen Dienst dorthin. Sollte er mal ein bisschen rumplantschen, wo er doch so fleißig war.

Und dann servierte er mir die letzte Information.

»Sidonie Bornová hat vor Jahren geheiratet.«

»Quatsch.«

»Kein Quatsch. Sogar im Dom, in einer dieser schwarzen Kapellen. Und sie hat niemand anderen geheiratet als unseren schmucken Müßiggänger Roman Rops.«

Ich sagte, ich würde ihn selbst aufsuchen.

Es musste an einer momentanen Schwäche liegen, dass ich sie in der Nische im oberen Umgang des Domchores küsste. Von allen vier Gattinnen Karls hatte sie mir immer am besten gefallen. Anna von Schweidnitz verkörperte noch heute das Ideal von Schönheit gepaart mit Esprit. Ich vermutete, dass Peter Parler ihr Bildnis selbst gemeißelt hatte, während er die anderen Frauen gedungenen Bildhauern überließ. Anna ähnelte meiner Sidonie in den Gesichtszügen und der Kopfform, auch in der Art, wie sie beim Vorbeugen aus der Mauernische ihren Nacken hielt.

Sidonie hatte mir immer aufmerksam zugehört – zu Beginn unserer Beziehung.

Anna von Schweidnitz wurde in ihrem vierzehnten Lebensjahr mit dem Kaiser vermählt, sie war seine dritte Frau. Sie brachte Wenzel auf die Welt, und im Alter von dreiundzwanzig starb sie.

Ich stellte mich auf die Zehenspitzen und küsste sie auf ihr Botticelli-Kinn.

Es war, als berührte ich Eis. So war es mir recht.

Hinter mir räusperte sich jemand. Ich drehte mich um. Klára stand dort. Auch sie hatte einen leicht geöffneten

Mund, der nichts sagte. Ich lächelte sie an. Sie nickte zum Gruß.

Auf dem Weg in die Stadt sprach sie kein Wort. Also fing ich an. »Ich werde dir etwas erzählen, Klára. Einen Mythos. Edward Burne-Jones begann im Jahr achtzehnhundertachtundsechzig seinen ›Pygmalion‹-Zyklus zu malen. Zur gleichen Zeit veröffentlichte Josef Kranner seine Entwürfe zur Fertigstellung des Prager Veitsdoms; der damit befasste Verein arbeitete schon elf Jahre daran. Nach noch einmal vier Jahren wurde als weiterer Dombaumeister Josef Mocker ernannt. Der englische Maler war lediglich zwei Jahre früher geboren worden als der tschechische Architekt: achtzehnhundertdreiunddreißig. Burne-Jones' ›Pygmalion‹-Zyklus besteht aus vier Teilen, es sind Ölgemälde auf Leinwand, etwa hundert mal fünfundsiebzig Zentimeter. Nummer eins zeigt Pygmalion vor den Statuen der drei Grazien. Er ist ein junger Mann mit einem weiblich zarten Gesicht. Das Licht fällt von links und rechts ein, doch im Raum ist es dämmerig. Durch eine Arkade kann man links auf die Straße sehen; zwei Mädchen spazieren dort vorbei, schauen den Bildhauer an und flüstern sich etwas zu. Sie lachen. Nummer zwei zeigt das Bildhaueratelier, das von der untergehenden Sonne erfüllt wird. Der Künstler hat Hammer und Meißel fallen lassen, völlig erschöpft von seiner Arbeit. Auf die Fensterbrüstung gestützt betrachtet er verblüfft das vollendete Werk. Er hat sich soeben verliebt. Seine Auserwählte ist nackt und schön und verführerisch, und ganz aus Marmor. Auf Nummer drei ist das Licht schwächer. Die Nacht bricht an, Pygmalion befindet sich in der Kirche, und in sein Atelier tritt die Liebesgöttin, zu ihren Füßen Tauben und Rosenblüten. Aphrodite berührt die steinerne Skulptur, und das Mädchen steigt vom Sockel herab, es ist Galatea. Nummer vier zeigt einen Menschen, dessen Traum sich verwirklicht hat. Es ist Morgen. Pygmalion kniet vor Galatea und küsst ihre Hände, in denen durch göttliches Eingreifen menschliches Blut fließt.«

»Ein Märchen«, sagte Klára trocken.

»Nein – ein Mythos. Mythen erfordern eine zweite Lesart. Auf dem vierten Bild hängt neben der Tür ein Spiegel. Edward Burne-Jones hat sich in Pygmalion selbst porträtiert. Er hat einen Mann gemalt, der sich nicht um Würde scherte und der reinen Schönheit verfiel. Die Schönheit trübte seinen Verstand. Wenn ich zum ersten Bild des Zyklus zurückkehre, sehe ich, wie die Leute sich über ihn lustig machen. Aber dieser Mann musste sich verlieben – dieses Bedürfnis hatten ihm die Götter eingegeben. Allerdings kannte er keine Frau, die dieser Liebe wert war, und so erträumte er sie sich. Wer wollte ihn dafür verurteilen?«

Die Frage erforderte keine Antwort, und es kam auch keine.

Dafür erwartete mich in Kláras Büro ein Haufen Fragen.

Das Tonbandgerät störte ihn nicht, er war ja ans Mikro gewöhnt. Er redete wie ein Buch.

»Ich sah sie zum ersten Mal, als sie neun Jahre alt war, ich selbst war nur wenig älter. Es war während einer Messe im Veitsdom, ich ministrierte für Pater Josef und sollte bei der Wandlung mit der Schelle läuten. Doch ich läutete nicht. Ich blickte in die dritte Bankreihe, wo ein Mädchen mit gefalteten Händen saß, in einem rostroten Kleid mit üppig plissierten Ärmeln. Ihre langen dunklen Haare waren zu Zöpfen geflochten und an den Ohren zu Schnecken aufgedreht. Ihre Augen kamen mir fast zu groß vor, sie waren im einen Moment grün, im nächsten violett, je nachdem, ob sich ihr Kopf im Schatten befand oder von der Sonne berührt wurde. Und diese Augen richtete sie auf mich. Und lächelte. Mit einer solchen Kleidung oder Frisur kam sonst niemand in die Kirche, und ich erinnere mich gut, wie hingerissen ich war. Sicher, ich war ein kleiner Junge. Aber außergewöhnliche Schönheit konnte mich schon damals über Monate hinweg lähmen, und genau das geschah. Ich schellte also nicht. Ein Konzelebrant führte mich in die Sakristei, wo ich zu Boden fiel und nicht wieder aufstehen konnte. Ich jammerte, trat und schlug um mich. Man versuchte sich um mich zu kümmern, konnte mich aber offenbar nicht verstehen. Ich wurde ins Krankenhaus gebracht. Eine schwere Nervenerschütterung. Den ersten verständlichen Satz brachte ich nach einer Woche heraus. ›In der Bank sitzt ein Engel.‹

Sie blieb weitere neun Jahre in meiner Erinnerung. Diese ganze Zeit über wartete ich auf sie. Ich ging jeden Tag in den Dom, in ganz Prag gab es kein frömmeres Pfarrkind. Im Gymnasium war ich der Klassenbeste, Roman, der Vorzugsschüler. Der blieb ich bis zum Abitur. Und die ganze Zeit über dachte ich an sie. Ich dachte, wenn ich überall gut bin, wird sie das auf magische Weise anlocken. Erst viel später erfuhr ich, weshalb sie während dieser Zeit kein einziges Mal in den Dom gekommen war. Aus einem einfachen Grund – sie war nicht aus Prag. Morgen für Morgen stand ich hoffnungsvoll auf, und Abend für Abend ging ich enttäuscht zu Bett.

Ich war achtzehn und studierte im ersten Jahr an der Universität Ästhetik, als Prag sich auf den Besuch des Papstes vorbereitete. Es sollte eine außerordentliche Messe im Letnapark stattfinden. Alle freuten sich, und man ging wie selbstverständlich davon aus, dass sich in jeder

Pfarrgemeinde Freiwillige melden würden. Ich habe mich nicht gemeldet. Als sie mich ansprachen, lehnte ich ab. Wenn man mich fragte, warum, antwortete ich so leise, dass man es nicht hörte: weil sie nicht zurückgekommen ist. Ich sprach mit niemandem darüber, weder mit meinen Eltern noch mit meinen Lehrern. Ich wollte sie vergessen.

Schließlich ging ich dann doch in den Letnapark. Ich nahm meinen Fotoapparat mit und richtete ihn auf die unzähligen polnischen Familien, die aus den Bussen mit dem Papstsymbol strömten, ich richtete ihn auf die Nonnen, die sich auf Klapphockern niedergelassen hatten und seit dem frühen Morgen auf den Pontifex warteten, auf die Stände voller Rosenkränze, Kerzen und Porzellanbecher mit dem lachenden Unfehlbaren, auf die endlose blaue Reihe chemischer Toiletten und die Schlangen vor den Häuschen, auf meine Bekannten, geschäftige Teenager mit einer ›Ordner‹-Armbinde, und auf die Sanitätswagen und Armeezelte, die vorübergehend als Behandlungsräume dienten. Ich war gerade zu einem dieser grünen Zelte geschlendert, als weit vorne unter einem weißen Gerüst und einem hellblauen Baldachin der Pontifex Maximus die Messe eröffnete. Ein Rockkonzert unter freiem Himmel – so kam es mir vor. Ich kann Rockkonzerte nicht leiden.

Vor dem Zelt traten die Menschen auseinander, um vier junge Frauen mit einer Trage durchzulassen. Ein Junge von etwa zwölf Jahren lag darauf. Seine Mutter lief nebenher und hielt ihm die Hand; er war ohnmächtig geworden und kam gerade wieder zu sich. Die Mädchen, die ihn transportierten, trugen schwarze Mäntel mit einem roten Kreuz – es waren Malteserinnen, junge Anhängerinnen des karitativen Laienordens. Der Junge hatte seine Augen weit aufgerissen, er schaute nicht seine

Mutter an, sondern eine von ihnen. Ich selbst konnte ihr Gesicht nicht sehen. Plötzlich glitt mir der Fotoapparat aus den Fingern. Instinktiv stellte ich meinen Fuß in den Weg, um den Fall abzudämpfen, aber als ich den Apparat aufhob und reinigte, zog sich ein Sprung quer durch die Linse. Ich schaute auf. Die Gruppe mit der Trage befand sich im Sanitätszelt. Dann tauchten der Junge und seine Mutter wieder vor dem Eingang auf. Ein Arzt im weißen Hemd begleitete sie ein Stück. Ich achtete jedoch nicht auf die drei, sondern auf das Mädchen, das mit dem Arzt nach draußen gekommen war.

Es war eine der Sanitäterinnen, die die Trage gebracht hatten. Er flirtete mit ihr, wie auch nicht. Sie war wunderschön, als sie dem Jungen zum Abschied winkte. Ihr gewelltes Haar leuchtete stärker als das Kreuz auf ihrem Mantel, und ihr Gesicht war heller als der Morgenstern. Sie war es.

Als sie mit dem Arzt zum Zelt zurückkehrte, streiften ihre Augen meinen ungläubigen und starrenden Blick. Sie blieb kurz stehen, als würde ihr eine flüchtige Erinnerung durch den Kopf gehen, dann trat sie ins Zelt.

Ich wagte nicht, ihr nachzufolgen, und beschloss abzuwarten, bis sie wieder herauskäme. Ich wartete nicht lange. Sie kam mit zwei Kameradinnen nach draußen, jetzt in einem längeren weißen Kleid und ohne Mantel. Sie schien nicht überrascht, mich wiederzusehen, und während ich in meiner Verwirrung zu entscheiden versuchte, welches Zeichen ich ihr geben sollte, beantwortete sie die Frage mit einem Kopfnicken. Ich begann ihr ebenfalls eifrig zuzunicken, und sie lächelte freundlich – dieses Lächeln, das ich neun Jahre lang nicht hatte vergessen können. Die Mädchen mischten sich unter die Menschenmenge und verschwanden aus meinem Blickfeld. Ich lief nicht hinter ihnen her. Ich befand mich in einem Himmel, von dem nicht einmal der Heilige Vater träumen konnte.

Eine Woche später meldete ich mich mit einer Empfehlung von Pater Kalandra in der Prager Zentrale der Malteser Ritter und begann, gute Taten zu vollbringen – zunächst auf Probe, denn den schwarzen Mantel muss man sich verdienen. Meine Mutter freute sich, dass ich meinen Trotz abgelegt hatte, und auch mein Vater raffte sich zu einem Lob auf. Der Erzdiakon empfing mich begeistert in der Kongregation wie einen auf den rechten Weg gebrachten Sünder und lange vermissten Sohn. Doch es war nur ihretwegen, dass ich alten Leuten helfen ging, der Anblick der Schwachen peinigte mich, ihr Geruch und der physische Kontakt mit ihnen waren mir zuwider. Einer alten Frau, die ans Bett gefesselt war, ging ich regelmäßig vorlesen. Sie wollte Božena Němcová und Raise hören, aber ich bestand auf Erben und Meyrink. Auch damit war sie zufrieden. Einmal streckte sie unvermittelt ihre Finger aus dem Bett und streichelte mir übers Handgelenk. Ich war nicht gefühllos. Erst nach dem Vorlesen ging ich mir die Hände waschen.

Doch in all diesen Wochen der Heuchelei gelang es mir nicht, *ihr* zu begegnen, deretwegen ich mich den Maltesern anzuschließen versuchte. Meine Verzweiflung war groß. Allmählich fiel mein Verhalten ein paar Mitstreitern auf. Ein bebrillter junger Mann, der eigentlich ganz sympathisch war, deutete mir an, dass mich ja niemand zwinge, bei ihnen zu bleiben. Darauf holte ich ihm die Brille von der Nase und brach sie mittendurch. Ich sagte ihm, er solle sich um seine Angelegenheiten kümmern.

Gleich am nächsten Tag begegnete ich ihr im Kino. Sie war mit drei Freundinnen gekommen und sah mich in der Schlange vor der Kasse stehen, aber als ich sie grüßte, drehte sie den Kopf weg. Sie musste von meinen kläglichen Bemühungen in Sachen Wohltätigkeit erfahren haben, was mir übrigens eines der Mädchen bestätigte, die mit ihr zusammen waren. Vielleicht hatte es sie berührt, wie niedergeschlagen ich aus der Warteschlange trat und davonging, jedenfalls holte mich die gute Seele mit dem Durchschnittsgesicht in der Passage ein, als die anderen schon im Vorraum des Kinos verschwunden waren.

Sie kam, um mir zu sagen, Sidi wisse Bescheid darüber, dass ich mich bei den Maltesern nach jemandem ihres Aussehens erkundigt hätte, und falls es tatsächlich um sie gehe, gefalle ihr solches Nachspionieren nicht. Ich log, ich wüsste von nichts, und jubelte insgeheim, dass ich nun endlich den Namen der lebendig gewordenen Schönheit kannte. Ihre Freundin verriet mir überdies, dass der Nachname meiner Angebeteten Bornová lautete, dass sie aus dem Norden sei, an der Universität studiere und im Studentenwohnheim Hvězda wohne.

Eine Woche später überraschte ich Sidi mit meinem Besuch, und sie überraschte mich wiederum, indem sie mich nicht hinauswarf, sondern auf meine Einladung zu einem Spaziergang zum nahe gelegenen Lustschloss einging. Ich wusste, dass ich ihr gefiel. Aber ich hatte nicht gewusst, dass sie zu Hause im Norden schon jemanden hatte. Sie machte mir nichts vor und erzählte es mir gleich bei unserem ersten Rundgang durch den Wildpark.

Fünf Jahre lang liebte ich sie, ohne dass sie mir jemals mehr als zwei, drei Stunden pro Woche gewidmet hätte. Sie erlaubte mir, dass ich sie abends ausführte, aber auf meinen Versuch, sie zu küssen, reagierte sie kalt und steif. Sie konnte ja auch zufrieden sein, die Liebe sparte sie sich für ihren Liebsten auf, zu dem sie jedes Wochenende fuhr.

Wir waren beide im letzten Studienjahr, als sie erfuhr,

dass eine andere Frau von ihm ein Kind erwartete. Auf einer Theaterpremiere im November, in der ersten Reihe des ersten Rangs, es war der ›Merlin‹ von Dorst, küsste sie mich unvermittelt wie Merlins Hexe Vivienne seitlich auf den Hals. Wir verließen noch vor der Pause die Vorstellung, und das Stück war noch nicht zu Ende, als wir uns in ihr enges Bett im Studentenwohnheim legten.

Ein paar Jahre darauf heirateten wir. Wir lebten in einer Mietwohnung und dann in der Nerudagasse. Es war die schönste Zeit meines Lebens.

Dann ging Sidonie fort. Ich weiß nicht, wo sie ist und ob sie noch lebt. Wenn Sie sie sehen wollen, müssen Sie sie selbst finden. Ich weiß nur, dass sie gestorben ist. Für mich jedenfalls ist sie schon seit Jahren tot.«

In meiner Anwesenheit gab er den guten Kommissar, der hinter seinen Leuten steht, aber hinterher gestand sie mir, dass er sie zusammengestaucht habe. Der Boss, wie sie ihn nannte. Er hatte ihr angedroht, sie wieder ins Drogendezernat zu stecken, hier würde sie nur Unfug treiben. Und dabei vertrug sie keine Zurückweisung, wie sie sagte. Da hatten wir etwas gemein.

Sie entschuldigte sich bei mir. Sie wusste selbst nicht, woher sie die Überzeugung nahm, ich hätte Sidonie umgebracht. Sie ließ mich noch am selben Abend frei. Sah niedergeschmettert aus. Ich lud sie zum Abendessen ein. Sie meinte, das gehöre sich nicht. Sonst komme es noch zu der Versetzung. Außerdem würde sie immer noch überlegen, ob sie mich nicht doch zur Sicherheit einsperren lassen sollte.

»Wir halten immer auch die zweite Wange hin«, bemerkte ich, fasste sie am Arm und zog sie weg, so wie sie mich am Morgen weggezogen hatte. Sie entwand sich mir; Sidonie hätte ich vielleicht nicht getötet, aber Kalandra sei von jemandem kaltblütig um die Ecke gebracht und kopfüber im Fundament des Doms vergraben worden.

Ich sagte, schon morgen, ja schon heute Nacht könnte uns selbst etwas Ähnliches passieren. Das überzeugte sie.

Ich wählte das Restaurant »Bei Jupiter«, obwohl ich wusste, dass Urban dort gerne zu Abend aß. Ich war mir sicher, dass in diesen bewegten Tagen dort keiner aus dem Domkapitel sitzen würde.

Klára aß wenig, ich hatte Hunger. Sie trank Tokaier, ihr Wein sollte so süß wie möglich sein, ich ließ mir einen Amontillado kommen. Sie war es, die sprach, ich hörte zu.

»Jeder hat so seine Geschichte, keiner bleibt verschont. Wir haben damals Mülltonnen angezündet, unten in Žižkov, ich glaube in der Koněvová. Ich und ein Zigeuner mit blonden Strähnchen, den ich gerade mal zwei Stunden kannte. Wir nannten es bengalisches Feuer, es sieht schön aus, vor allem im Dunkeln, und meistens richtet es keinen größeren Schaden an, wir hatten es in irgendeinem Film gesehen. Die Bullen kamen angefahren, danach erst die Feuerwehr, dann noch zwei Autos mit Sirenen, die irgendwelche Leute in der Nachbarschaft gerufen hatten. Zwei Blöcke weiter räumten zwei Jungs gerade eine Apotheke aus. Der Zigo und ich sind in einen schimmeligen Keller abgehauen, den niemand benutzte. Wir öffneten ihn mit einem Universalschlüssel und schlossen uns mit zwei Umdrehungen ein. Die Bullen konnten nichts erkennen, sie schlichen zwar draußen herum und leuchteten durch die Fenster an die Decke, aber da war nur alles voll Kohlenstaub und unberührten Spinnweben. Die Wände waren schmierig, auf dem Boden ein einziges Durcheinander, zerbrochene Vorhangleisten und angemoderte Kartons. Auch ein rostiger Gasdurchlauferhitzer lag da herum. Und der dunkle Blondschopf kam sich ganz schlau vor. Er hat mich gleich an der Gurgel gepackt, über das Gasding gelegt und mir die Hosen runtergezogen. Ich habe getreten und gebissen, das kannst du mir glauben, aber schreien konnte ich nicht, und damit hat das Arschloch gerechnet. Ich weiß nicht, ob er es von vornherein gewollt hatte, vielleicht hat ihn das Verbrechen erregt. Es hat kurz gedauert, dreimal hat er ihn mir reingestoßen, und das war's – die Soße in mir drin. Ich dachte nur daran, dass ich in neun Monaten ein dunkelhäutiges Kind zur Welt bringen würde und es in der Säuglingsstation abliefern würde, zu der man mich damals abgeschoben hatte, das lag ja nah. Hättest du ihn nicht früher rausziehen können, du Idiot, habe ich ihn angebrüllt, so leise ich konnte, und er hat mir seine Faust unters Auge geknallt. Aber nun war er schon mal beleidigt, also hat er die Tür aufgeschlossen und ist raus, wer guckt sich auch schon gerne ein Mädel mit ramponierter Visage an, das den Bauch voller unerwünschter Vitamine hat. Und so haben sie ihn erwischt. Er hat sich sogar noch mit ihnen geprügelt, dieser Irre. Ich wartete darauf, dass sie mich ebenfalls holen kamen, aber er hat mich nicht verpfiffen, so dass ich ihm am Ende noch dankbar war. Na ja, mein Bauch wurde nicht dick, und ich hatte mir nicht mal einen Tripper eingefangen, vielleicht war mir das alles schon aus den Augen rausgelaufen, etwa ein Jahr lang hatte ich Heulanfälle. Kastrationsamok, hat der Arzt gesagt. Und mir empfohlen, den Beruf zu wechseln. Ich hab auf ihn gehört und mich auf die Seite des Gesetzes begeben. Mein Strafregister war sauber. Eine Zeit lang war es okay, aber ich konnte mich in niemanden verlieben. Erst später einmal, beinahe. In einen gewöhnlichen Bullen, jedenfalls machte er den

Eindruck. Er war Lehrer für Selbstverteidigung auf der Polizeiakademie. Er gefiel allen Schwulen dort, tja und mir eben auch. Ein Vierteljahr lang war ich mit ihm zusammen. Dann habe ich ihn mit einer anderen gesehen. Nicht, dass mich das gleichgültig gelassen hätte, aber gegen eine totale Enttäuschung war ich irgendwie immun. Er rief bei mir an, und ich hob nicht ab. Er blieb hartnäckig, also habe ich ihm die Möglichkeit gegeben, sich zu erklären. Er hat gesagt, er würde mich lieben. Ohne Quatsch. Da habe ich laut gelacht und nach der anderen gefragt. Na, und da sagte er, jemanden zu lieben heiße ja nicht, darauf zu verzichten, zehn andere zu vögeln. Da war es aus zwischen uns. Ich hab nur meine Arbeit gern.«

Ihre Geschichte berührte mich nicht. Ich lasse mich nur von Kunst berühren. Ich weiß nicht, ob sie sich vorgestellt hatte, bei mir zu übernachten. Ich ließ ihr ein Taxi rufen.

Es war schönes Wetter am nächsten Tag. Ich stand in meiner Jacke auf dem Dritten Burghof und ließ mich von der Sonne kitzeln. Ich beobachtete die anderen oben auf dem Laufgang, Roman rannte dort zwischen Fulcanellis bunten Heinzelmännchen als Einziger in seinem langen, schwarzen Lodenmantel herum. Ich war sauer auf ihn, weil er mich letzte Nacht so gequält hatte, aber jetzt war er völlig verzweifelt. Jemand hatte seine Heiligenköpfe zerschlagen.

Im Innern des Doms, vorne und hinten, befanden sich vor allem weltliche Figuren. Die waren heil geblieben. Auf dem äußeren Laufgang waren die heiligeren, und eben die waren zum zweiten Mal zu Märtyrern geworden, als ihnen ein Unbekannter mit einem Knüppel die

Sandsteinmienen zertrümmerte. Mravenec war zusammen mit Roman da oben und meldete mir per Handy, welche es am schlimmsten abgekriegt hatten. Jesus war ohne einen Kratzer davongekommen, aber der heilige Veit hatte das Kinn eingebüßt, Sigismund seine Krone – »du glaubst nicht, wie sehr er dem Erzdiakon ähnelt«, bemerkte Mravenec –, Kyrill sein linkes und Method sein rechtes Ohr, Wenzel die Augen, Prokop seinen Zinken, und Adalbert hatte man den Kiefer weggehauen. Den Tieren und Chimären hatte der Vandale keinen Schaden zugefügt, dem Löwen mit der Krone kein einziges Haar seiner Mähne gekrümmt, vielleicht weil er Angst hatte, wie Mravenec meinte, vielleicht war er abergläubisch. Ich spazierte zwischen den Schaulustigen herum und hörte mir an, was sie sagten. Da waren ein paar Provinzler, die sich über das Mosaik an der Goldenen Pforte wunderten – das sehe ja aus wie angekokelt. Ich kam mit ihnen ins Gespräch, sie regten sich wirklich ziemlich auf, diese berühmte Mosaikreinigung habe massenhaft Geld gekostet und sei von Fachleuten aus dem Ausland durchgeführt worden, sie hätten es im Fernsehen gebracht, und jetzt sehe man mal, wie wenig das halte, es sei ja schon völlig verblichen, und der Goldstaub riesele einem auf den Kopf. Also guckte ich mit ihnen zusammen hoch und sah deutlich das Jüngste Gericht mit den Teufeln und den Engeln, aber man konnte nicht gerade behaupten, dass es wie frisch renoviert aussah, mehr so, als hätte jemand die ganze Nacht mit einer Eisenbürste darauf herumgeschrubbt und unter den farbigen Steinchen den schwärzlichen Putz freigelegt.

Roman kam nach unten, um sich das Mosaik anzusehen, und diktierte all die Schäden in sein Mikrofon, ich konnte ihn kaum anschauen, seine Augen schwammen wie die einer frischgebackenen Witwe, und das war zu viel für mich, also mischte ich mich unter die Ansammlung der aufgebrachten Patrioten, und da hörte ich plötzlich ein Geheul und sah den vor Wut völlig durchgedrehten Quasimodo, wie er unter dem Präsidentenbalkon den eisig ruhigen Urban anschrie, dass das ja wohl alles nur seine Schuld sei, ich dachte schon, gleich springt er ihm wieder an den noblen langen Hals, und ich schaute zum Dom hinauf, konnte aber von unten nichts anderes erkennen als das konfuse Häufchen von Leuten da auf dem Laufgang und dem Gerüst. Ich hätte zu gerne gewusst, wie die beiden Alten von der Verwüstung erfahren hatten, aber jetzt tauchte in der Menge der Mönch auf, diesmal ohne sein Monstrum von Buch, dafür mit der Miene eines Mossad-Agenten, und so folgte ich ihm, und natürlich führte er mich zu Fulcanelli, zu wem sonst.

Ich hielt mich ein wenig entfernt, während Benon dem aufgeregten Baumeister etwas erklärte, und der gab sich damit offenbar nicht zufrieden, denn er fuhr ihn in einer fremden Sprache an und rannte los zum Gerüst, kraxelte hinauf, sprang über die Löcher im Bretterboden hinweg bis zu Rops und blaffte zur Abwechslung ihn an. Aber weshalb nur? Das Mönchlein sah von unten zu und lächelte fein, unauffällig wie ein Mitesser am Kinn, und ich schrieb mir hinter die Ohren, dass Mravenec ihm unbedingt das Buch abluchsen musste.

Auf einmal blitzte es in der Menge schwarz auf, ein finsterer Typ, wie ein Rächer im Theater, stürmte die Szene. Roman Rops, der sich gerade am Seil von Fulcanellis Gerüst heruntergelassen hatte, schwirrte an mir vorbei und verschwand mit Siebenmeilenschritten durch das Tor zum Zweiten Burghof.

Roman trug Halbschuhe aus glattem schwarzem Leder mit leicht abgelaufenen Sohlen. Als er bei seinem letzten Besuch auf der Wache die Schuhe ausziehen und vorführen musste, dass weder eine Metallfeile noch eine Giftkapsel noch irgendein anderer Unsinn in ihnen steckte, hatte ich eine Wanze in das Profil gedrückt. Was einer der Gründe gewesen war, weshalb er mit mir dorthin gemusst hatte. Jetzt schaltete ich den Fährtenfinder ein, und Roman begann hübsch rot aufzuleuchten, ich glaube zwar nicht an Hightech, aber manchmal funktioniert's eben doch. Ich überließ ihn Mravenec, der ihn auf der Karlsbrücke einholte und sich an seine Fersen heftete. Ich hatte mit Mravenec gewettet, dass er in die Kaprová gehen würde, und tatsächlich – es war die gleiche Adresse wie letztes Mal.

Diesmal waren wir vorbereitet. Mravenec hatte herausgefunden, dass sich im zweiten Stock dieses Hauses verschiedene Mädchen abwechselten, insgesamt sechs, aber es waren nur zwei, die vierundzwanzig Stunden lang Aufsicht hatten. Eine von ihnen war Ukrainerin. Es war nicht schwer gewesen, sie dazu zu bringen, die Jalousie etwas zu öffnen, sobald ein Herr Soundso auftauchen würde. Roman kehrte also bei den Mädels ein, und Mravenec lief im Haus gegenüber die Treppen hoch. Er schaffte es gerade rechtzeitig. Herr Soundso zeichnete sich dunkel hinter der Jalousienöffnung ab, und Mravenec machte über die Straße weg sechzehn Aufnahmen von ihm.

Es war eine richtige Serie. Herr Soundso, wie er in ein zweites Zimmer geht, in der Tür mit einem anderen Typen zusammenstößt. Dann die Frau, die sich Herrn Soundso an den Hals hängt. Er fasst sie um die Schultern oder an den Haaren, führt sie vor sich ins Zimmer und verschwindet aus dem Bild. Eine weitere Aufnahme ist verwackelt. Dann die Frau auf dem Tisch liegend, er hat ihre Beine über den Schultern, sie im hochgerafften Negligé, einen Schuh an der Fußsohle. Ihre dicken Brüste beachtet er nicht, er hat sich nicht mal ausgezogen. Wenig Licht, aber ihr Kopf ist gut zu sehen, ohne Gesicht allerdings, denn er hat ein weißes Taschentuch darübergeworfen. Dann ist sie auf drei Aufnahmen alleine zu sehen, gesichtslos, regungslos. Aber nicht tot. Auf einem weiteren, als der Kunde bereits das Haus verlassen hat, nimmt sich das Mädel das Tuch vom Kopf und wischt sich damit zwischen den Beinen ab.

Mannomann ... Da hatte ich mir ja den Richtigen ausgesucht. Ich ließ mir die Fotos samt Film von Mravenec aushändigen. Zu Hause verbrannte ich sie in der Wanne. Ich war völlig fertig. Und raus aus dem Spiel.

Er hatte die Büsten der Heiligen zerschlagen. Warum hatte er die Köpfe im inneren Umgang in Ruhe gelassen? Schließlich waren sie schon früher beschädigt worden, kaum einer war über die Jahrhunderte hinweg unbehelligt geblieben. Oder hatte es eine Art Ausgleich sein sollen?

Ich fühlte mich wie vernichtet. Da half nicht das Spiel mit der Rose, auch nicht das Blindekuhspiel mit Tatjana. Ich zahlte ihr dreitausend pro Termin, mein Geld machte sie gefügig, sie wusste, dass sie sich in meiner Anwesenheit nicht mucksen durfte, und auch nicht über mich reden, falls die Polizei sie ausfragen sollte. Sie würde schweigen, wenn sie mich nicht verlieren wollte. Ich war nicht anspruchsvoll. Ich wollte immer dasselbe. Neben ihr vom Taschentuch verborgenes Gesicht legte ich Sidis Foto. Danach steckte ich es wieder in meinen Geldbeutel. Die beiden hatten sich nie gesehen.

Meiner Hure blieb ich treu. Als sie einmal eine Angina hatte, verging mir die Lust. Im Allgemeinen halfen mir diese Treffen mehr als das Wiegen der eisernen Rose.

Stress lässt sich auf verschiedene Weise abbauen. Sich eine Frau ohne Gesicht zu kaufen ist besser als Skulpturen zu zerstören. Oder Menschen zu ermorden.

Die Katastrophe im Triforium wurde zum Gegenstand einer schnell einberufenen Zusammenkunft des Domkapitels und der Prager Burgverwaltung. Eine Kommission wurde eingesetzt. Fulcanelli und Henryk arbeiteten innerhalb von drei Tagen einen Restaurierungsplan aus. Zu dessen sofortiger Ausführung erhielt der Meister freie Hand und die Mittel aus einem Reservefond. Auch der Stadtmagistrat und das Präsidentenbüro leisteten einen Beitrag.

Julius Maler wollte eine Geldsammlung im ganzen Land ausrufen, aber sein Vorschlag erhielt keine Zustimmung. Kilián Urban wurde mit Verdacht auf Herzinfarkt ins Krankenhaus eingeliefert. Für die Zeit seiner Abwesenheit vertrat ihn sein Sekretär, Monsignore Zelenka. Ich kannte diesen jungen, angeblich sehr ehrgeizigen Prälaten kaum. Es hieß von ihm, er sei die Schaltstelle zwischen der Prager Diözese und dem Päpstlichen Stuhl im Vatikan, aber niemand wusste etwas Genaues. Gleich am ersten Tag im Amt führte Zelenka sich dadurch ein, dass er Maler aus dem Büro warf, der die Idee formuliert hatte, aus den Mitgliedern sämtlicher registrierter Kirchen eine Landwehr für die Kathedrale zu rekrutieren. In einem Fernsehbeitrag über die Zerstörungen auf dem Hradschin nannte Maler Zelenka einen Okkupanten des Veitsdoms und drohte mit Belagerungsmanövern neuer hussitischer Garden.

Drei Tage hintereinander ging ich zu Tatjana, sogar eine Nacht verbrachte ich bei ihr, was ich nie zuvor getan hatte. Es war teuer, aber ich bereute es nicht. Und ich musste sie bewundern, dass sie es so viele Stunden mit dem Taschentuch auf dem Gesicht aushielt. Als ich mich zum letzten Mal zwischen ihre weichen Schenkel legte, gelang es mir, meine Augen geschlossen zu halten und kein einziges Mal die Fotografie der Sidonie Bornová anzuschauen. Man darf nie aufhören, an sich zu arbeiten. Und man sollte seine Schuhe genau untersuchen, wenn man aus einem öffentlichen Haus kommt. Manchmal sollte man sie wegwerfen – zum Beispiel, weil sie verwanzt sind.

Wir machten vor dem Antiquitätenladen in der Křižovnická halt. An dem Ladenschild bröckelte die Aufschrift UNTERWASSER ab. Im Schaufenster saß eine Holzpuppe in einem hübschen hellblauen Volantkleid, das so zart wie Japanpapier war und so verblichen wie die Bandagen einer Mumie. Sie hatte eine silberne Perücke auf dem Kopf und darunter, beidseits der knolligen Nase, zwei schwarze Augenhöhlen. Um den Hals trug sie eine Kette aus lauter kleinen Äugelchen, blaue, grüne, braune, gelbe, violette, die wohl in irgendeinem Invalidenheim extra für Schlafpuppen hergestellt worden waren. Hinter der Scheibe befanden sich noch ein altes Grammofon mit Blechtrichter, eine winzige Remington-Schreibmaschine, Teller mit Mühlen- und Schilfbemalung, geschliffene Bonbondosen, fünf verrußte Pfeifen auf einem Ständer, alle mit Silberring. Die Puppe war auf eine alberne Weise arrangiert worden. In ihren mit Draht befestigten Händen steckte ein ausziehbares Seemannsfernglas, dessen dickes Ende sie unter ihren plissierten Rock hielt.

Wir betraten den Laden, zuerst Rut, anschließend ich, weil Roman mir die Tür offen hielt, dann er selbst. Seiner Miene nach ging er nur mit höchster Überwindung da rein. Über unserem Kopf schellte ein Messingglöckchen.

»Welche Ehre! Welche Ehre!« Ein glatzköpfiger Dickwanst stürmte mit ausgestreckter Pranke auf uns zu. Er war nicht größer als ich, aber sicher doppelt so schwer. Er trug eine schwarze Blindenbrille auf der Nase, aber etwas musste er doch sehen, denn er fasste meine Hand völlig sicher mit seiner feuchten Hand, um sie gleich darauf wieder loszulassen. Ich schaute mich nach etwas um, woran ich seinen Schweiß abwischen könnte, und mein Blick fiel auf einen Brokatvorhang und einen Haufen aus mottenzerfressenen Spitzengardinen. Ich fuhr bis zum Handgelenk in sie hinein, und eine Masche nach der anderen zerfiel zwischen meinen Fingern.

»Klára Brochová, Prager Polizei, Mordkommission«, brummte ich mit so tiefer Stimme wie möglich.

»Max Unterwasser«, krähte der Kobold und fletschte sein Affengebiss. »Die Herren kenne ich bereits, Herr Rut ist ein regelmäßiger Gast, Doktor Rops ein sehr unregelmäßiger, er hat sich schon über ein Jahr nicht mehr hier sehen lassen, doch wir kennen uns seit Langem. Apropos, besitzen Sie noch die Rose, Doktor? Falls Sie ihrer überdrüssig sind, kaufe ich sie zurück. Die Begegnung mit Ihnen, mein Fräulein, die freut mich ganz besonders, zu mir kommen sonst überhaupt keine jungen Frauen.«

Rut und Roman nickten beide, Rut einigermaßen verständnisvoll, Roman ziemlich steif. Es schien, als würde er am liebsten kehrtmachen und gehen, damit er Unterwasser nicht ansehen musste. Und den Ladenmief nicht riechen.

Er griff in seinen Mantel, holte ein weißes Taschentuchknäuel heraus und entfaltete es auf seiner Handfläche. Darin lag der durchsichtige kleine Stein, den ich ihm kürzlich schon klauen wollte, was ich dann doch gelassen hatte. Wegen diesem merkwürdigen Ding waren wir gekommen.

»Ja, Herr Rut hat mir am Telefon davon erzählt«, sagte Unterwasser nickend. »Aber warum diese Eile, meine Herrschaften? Bitte setzen Sie sich doch, Sie bereiten mir solche Freude, Herr Doktor, und Ihre weibliche Begleitung ist mir wirklich höchst willkommen. Wissen Sie, ich kannte mal jemand, der Ihnen ähnlich sah«, er griff sich an die Brille, ließ die Hand wieder sinken, hob sie dann doch plötzlich hoch und nahm sich die Brille unerwartet ab. »Sie war aus Weißrussland ... und das hier hat sie mir vermacht.«

Schock und Schande. Augen wie geplatzte Pingpongbälle, gelblich weiß, mittendurch zog sich eine braunrote Linie. Im linken war ihm noch die Iris geblieben, die rechte war rausgehauen, dazwischen fehlte ein Stück Nase.

»Was würden Sie sagen, Herr Doktor – wenn ich mich so seitlich hinstelle, an wen erinnert Sie mein Profil?«

»Ich bitte Sie, lassen Sie das.«

»Kleiner Tipp: Florenz.«

Roman guckte ihn ziemlich angewidert an, und dann lächelte er ein wenig bösartig. »Federico da Montefeltro, Herzog von Urbino, Arbeit auf Holz von Piero della Francesca, er hängt in den Uffizien.«

»Bravo!«, kicherte Unterwasser. »Mit Federico verbindet mich ein ähnliches Schicksal«, er zeigte auf seine Nase, »mit Piero wiederum die Vorliebe für Puppen. In Wahrheit hat er nach ihrem Modell gearbeitet, vor lebendigen Menschen fürchtete er sich. Wie wunderbar reglos erstarrt sind doch Puppen, nicht wahr? Ganz wie der Herr Doktor hier, sofern er sich nicht wieder mal in jemanden verliebt ... verzeihen Sie – und wussten Sie, dass Piero so wie ich im Alter erblindete? Ergreifend. Freilich, ich habe meine Augen wegen dieser Weißrussin gleich zweimal verloren – das erste Mal, als ich mich in sie verliebte, und das zweite Mal, als sie mich verließ.« Er setzte sich die Brille wieder auf und zeigte auf die Wand, an der zwischen Bildern, kleinen Lampen, Fächern, Geweihen, Pfeifen, Pistolen, Pendeluhren, Barometern und Karnevalsmasken ein großes Henkersschwert hing. An einer Stelle in der Mitte deutlich stumpf geworden.

»Wir haben nicht so viel Zeit«, sagte Roman, als würde ihn Unterwassers Geschwätz zu Tode langweilen. »Können Sie uns sagen, ob dieser Stein oder dieses Glas hier irgendeinen Wert besitzt?«

»Sie wollen doch nicht schon wieder verschwinden?«, heulte der Antiquar verzweifelt, aber in seinem Ton schwang scharfer Groll mit. »Ich habe ein paar Dinge hier, die Sie interessieren könnten. Bitte nehmen Sie doch in den Sesseln Platz.«

Er verschwand hinter einer uralten Kasse, holte von dort drei Bilder hervor und hielt Roman eins nach dem andern unter die Nase.

»Herr Rut kann selbstverständlich mitbieten. Nun, was ist das hier?«

»Das wird von Urban sein«, sagte Rut mit lauem Interesse.

Wir guckten alle vier auf das Bild. Eine nackte Frau in der Wüste war darauf zu sehen, nicht unbedingt eine Schönheit, und sie trug einen durchsichtigen Schleier über dem Kopf. Um sie herum leuchtete ein Kreis, am meisten strahlte er über ihrem Kopf, und unter ihren Füßen versank er in der Erde. Hinter ihr stieg ein riesiger roter Mond über den Horizont. In der rechten Hand hielt sie einen Apfel, in der linken drei Mohnblumen.

»Und das hat Urban tatsächlich gemalt?«, fragte ich ziemlich intelligent. Unterwasser kicherte, Rut lächelte, Roman bewahrte eine steinerne Miene.

»So viele Menschen gibt es, und so wenige Namen«, spöttelte der Glatzkopf. »Es handelt sich hierbei um einen fabulösen Symbolisten der Jahrhundertwende, Fräuleinchen. Er fault schon hundert Jahre unter der Erde.«

»František Urban war ein Meister der Altarbilder und Kirchenfenster«, fügte Rut hinzu. »Das hier ist das ›Frauenschicksal‹ von 1900, ein für Urban ziemlich untypisches Werk. Der Fassadendekor auf der Gewerbebank oder die Glasfenster in der Ludmila-Kirche – das ist Urban.«

»Die Verführerin und Trostspenderin«, flüsterte Roman mit einem Gesichtsausdruck, als wollte er ein Loch in das Bild brennen. »Das ist aber wohl nicht das Original, oder?«

»So so«, seufzte der Kobold auf, »erst heiß entflammt, dann ist gleich wieder die Luft raus. Natürlich ist es eine Kopie, aber schauen Sie her, wie gelungen sie ist. Diese monochrome bläuliche Stimmung, diese unterdrückte Individualisierung und die naturalistische Zeichnung. Sie sind völlig darauf hereingefallen.«

»Eine gute Arbeit«, brummte Rut, »das riecht nach Zuchthaus.«

»Aber sie ist *schön*, meine Herren, und ein schönes Falsum hat auch seinen Preis. Der Herr Doktor macht mir sein Angebot telefonisch, ja? Wenn er es sich überlegt hat. Und was sagen Sie hierzu? Eine Studie zu Mašeks ›Verkündigung‹, die ja von den englischen Präraffaeliten beeinflusst ist wie kein anderes tschechisches Bild. Was halten Sie von diesem Altan, ist er nicht entzückend symmetrisch – der Rahmen im Rahmen, die Kirche in der Kirche? Na? Wie können Sie da nicht frohlocken? Die goldenen Heiligenscheine! Das Blau der Engelsflügel! Die Kletterrosen in den Arkaden! Die Rossetti'schen Tauben! Ach!«

Unterwasser bespritzte uns mit seiner Spucke. Doch Roman war gebannt. Er sagte, er würde innerhalb einer Woche anrufen, und nahm das dritte Gemälde in die Hand. Ein Kirchhof am Meer war darauf zu sehen.

»Wer anderes als Adolf Kosárek«, grinste Unterwasser so anbiedernd, dass ihm nur noch die Hörner fehlten, »ich habe ihn extra für Sie aufbewahrt, Herr Doktor, ich kenne Ihren Geschmack. Nun, das hier ist nicht die Studie aus dem Besitz der Nationalgalerie, sondern das verlorene Original, jawohl, genau dieses, und ich habe es bei einem Wiener Sammler ausfindig gemacht. Der Preis wird in die Hunderttausende gehen, aber selbst wenn Sie dafür Ihr sagenhaftes Bad opfern müssten, würde ich Ihnen zu dem Kauf raten – dieses Bild verwandelt sich vor Ihren Augen zu Gold.«

Roman und Rut starrten die Wellen an, die sich an einem Felsen brachen, auf dem kleine krumme Kreuze standen, und machten eine ziemlich ungläubige Miene. »Damit möchte ich nichts zu tun haben«, sagte Roman schließlich kopfschüttelnd, und sein Freund fügte hinzu, er ehrlich gesagt auch nicht.

Unterwasser grabschte ihnen das Bild aus den Händen und brachte es zusammen mit den anderen zurück nach hinten. Als er wieder auftauchte, hielt er einen glitzernden Stoff in den Händen.

»Das hier ist für das Fräulein. Ich bitte Sie, sagen Sie nicht Nein, sonst werde ich Ihnen bei Ihrer Frage nicht behilflich sein. Ziehen Sie das an, junge Frau, wenn Sie sich bitte einfach nur nach dort hinten bemühen, und dann kommen Sie es uns vorführen. Nein, bitte nicht protestieren, eine solche Gelegenheit bekomme ich nie wieder. Haben Sie Erbarmen!«

Es war eine Art Bolero. Er fuchtelte mir damit vor den Augen herum, und so schnappte ich es ihm aus der Hand und warf es ihm vor die Füße. Aber er bückte sich danach und wandte sich jetzt an Roman.

»Sagen Sie etwas, Herr Doktor, Sie haben Einfluss auf sie. Ein Blinder sieht doch, wie das Mädelchen zu Ihnen aufschaut. Sie wollen es nicht sehen? Dann Pardon. Aber sie erinnert mich so sehr an meine verlorene Weißrussin, und Sie wissen doch wohl selbst, was es bedeutet, die Liebe seines Lebens zu verlieren.«

»Begreifen Sie nicht, dass sie von der Polizei ist?«, fragte Roman, für meinen Geschmack ein bisschen sehr resigniert.

»Was schert mich das?«, ächzte der Alte. »Ist sie nicht eine Frau? Doch. Und ist sie nicht köstlich jung? Und zu mir kommen heutzutage so wenige Frauen! Ich verlange nichts, als dass sie sich einmal in dem Westchen zeigt, das bitte sehr Marunka Králová gehörte, einem Modell von Alfons Mucha. Diese Gelegenheit, meine Herren, darf man nicht versäumen. Das würden wir uns nie verzeihen.«

Die beiden Männer sahen zu Boden. Und dann, es war unglaublich, schaute mich Roman mit solchen Bernhardineraugen an und machte schon Anstalten aufzustehen, um aufzubrechen, da packte ich mir den Plunder und nahm ihn mit hinter einen Wandschirm. Bloß keine Schwäche zeigen, darum ging es.

»Darunter behalten Sie bitte keine einzige Faser an«, rief der alte Sabbergreis, »nur Ihre duftende Haut. Die Pailletten habe ich selbst auf das Korsett genäht, die Hälfte davon war abgefallen.«

»Die Hose ziehe ich nicht aus!«, versicherte ich ihm, und er darauf richtig eisig, verächtlich, giftig: »Das verlangt auch niemand von Ihnen.«

Na gut, präsentierte ich mich ihnen also halb ausgezogen in Jeans und Turnschuhen, obenrum nur mit diesem Paillettenfummel, der mir ziemlich die Titten einschnürte. Rut wurde rot und schaute woandershin, Unterwasser trocknete sich mit einem karierten Taschentuch die Lefzen und hustete dauernd hinein, und Roman guckte mich an wie ein Stück Vieh. Auf einmal war es in diesem düsteren kleinen Laden zum Ersticken.

Ich ging mich wieder umziehen und kehrte dann zu den dreien zurück. Unterwasser erklärte gerade, dass die Scherbe, die wir mitgebracht hatten, in der Tat kein Edelstein sei, nicht einmal ein halber, sondern Uranglas, das unter Umständen ungemein kostbar aussehen könne und früher sogar zur Herstellung von Glasscheiben und Tischgeschirr verwendet worden sei. Was jedoch eine Uranglasscherbe in der Kathedrale suchte, konnte sich der Antiquar nicht erklären. Es sei denn, sie ist aus einem der Glasfenster herausgefallen, meinte Roman, und der Alte darauf, das könnte sein, und wenn im Veitsdom schon die Fenster zerfielen, dann gehe es mit den Katholiken ganz schön bergab.

Schließlich brachen wir auf. Draußen schwärmte Rut von diesem Urban, er würde jetzt etwas illustrieren, und diese Frau mit dem Apfel und den Mohnblumen würde ihm die verlorene Fertigkeit der Malerhand zurückschenken. Roman zuckte mit den Schultern und meinte, dass er sich diesen Mašek kaufen und seiner Sammlung von Rossetti-Grafiken hinzufügen würde. Keiner von beiden sah mir in die Augen. Und ich heftete meine auf den Bürgersteig und erinnerte mich wieder an Romans Gesichtsausdruck, als ich meinen Striptease vorgeführt hatte. In seinem Blick war ein Krümelchen Interesse gewesen, das konnte mir niemand ausreden.

Ich versuchte mich nicht zu kratzen, obwohl mir vorne und hinten die Haut juckte und brannte. Als ich den Fetzen wieder auszogen hatte, hatte ich festgestellt, dass manche Pailletten nicht mit einem Faden, sondern mit einem dünnen Draht aufgenäht waren, und dieses Drähtchen war nicht einmal ordentlich verknotet, sondern nur nach innen umgeschlagen, ziemlich achtlos, oder aber mit Bedacht. Als ich mir dann nämlich mein Unterhemd anzog, blühten auf der weißen Baumwolle kleine rote Flecken auf. Klára im Turiner Grabtuch.

Ich war mir nicht sicher, ob das Verbot, die Stadt zu verlassen, weiterhin für mich galt, aber selbst wenn ich vor irgendetwas hätte fliehen wollen, hätte ich es nicht geschafft. Der peinliche Besuch in Unterwassers Laden hatte mich wieder einmal davon überzeugt, wie schwierig, ja fast unmöglich es war, den Burgberg zu verlassen, wenn man sich erst einmal an ihn gewöhnt hatte und mit ihm verwachsen war. Natürlich ging ich danach so schnell wie möglich nach Hause. Auch Klára hatte sich in letzter Zeit ganz offensichtlich verändert und wandte ihren Blick immer wieder dem Veitsdom zu, als sehnte sie sich danach, auf den magischen Hügel zurückzukehren.

Es war nicht das erste Mal, dass Steinbüsten im Dom angegriffen wurden. Schon früher hatten Andersgläubige im Chor ihr Unwesen getrieben, und den Köpfen auf dem äußeren Laufgang hatte das Wetter stark zugesetzt. Das Hauptschiff war zwar ein Werk des aufgeklärten Zeitalters, doch Julius Maler hatte zu Recht gefordert, dass alle Bildhauerarbeiten, auch die Bildnisse der späten Dombaumeister, vor Fanatikern geschützt werden sollten. Ein religiöses Tatmotiv hatte sich im Übrigen nicht bestätigt. Vermutlich war der Rowdy einfach nicht ins Innere hineingekommen. Unter der Fensterrose der Fassade hatten die Steinmetzen einen Eisenhammer auf dem Laufgang gefunden. Henryk erkannte ihn sofort – er stammte aus der Werkstatt der Bauhütte. Er war ganz staubig von dem hellen Stein.

Nun galt es, die Heiligen so gut wie möglich wieder instand zu setzen. Zu Angelo Fulcanelli hatte ich volles Vertrauen, und ich freute mich, als Pater Urban meine Empfehlung, er möge die Rekonstruktion dessen traditionellen Methoden überlassen, nicht ungehört verhallen ließ und sie im Domkapitel unterstützte. Monsignore Zelenka verstieg sich zu der Bemerkung, es könne doch sein, dass der Meister zwecks Auftragsverlängerung seine Arbeiter dazu gezwungen habe, den Dom heimlich selbst zu beschädigen, doch der Rat wies diese Verdächtigung als unbegründet zurück. Zelenka respektierte den Entscheid.

Die Kathedrale hatte immer wieder Ausbesserungen erfahren. Als Josef Kranner damals die Strebepfeiler des Chores erneuerte, ließ er dafür eine ähnliche provisorische Bauhütte errichten, wie Signor Fulcanelli sie auf dem Georgsplatz aufgestellt hatte. Diese Werkstätte direkt neben dem Dom war unverzichtbar, denn der Bau war im vierzehnten Jahrhundert zwar nach den Vorbildern von Reims und Köln konzipiert, aber auf nicht sehr tiefen Fundamenten errichtet worden, so dass das Mauerwerk nach ein paar hundert Jahren unter dem Druck des Gewölbes mürbe wurde. Zu Kranners Zeit begannen der müden Kathedrale gefährlich die Füße wegzurutschen, und der Einsturz drohte. Heute war das Problem der Schwächung von unten überwunden. Das Gebäude war in seinem Kern bedroht.

Ich weiß nicht, woher Fulcanelli es erfahren hatte, aber eines Abends suchte er mich zu Hause auf, um mir folgende Geschichte zu erzählen: »Der Kreis mit den Hörnern tauchte zum ersten Mal zu Kranners Zeit auf. Ich kann Ihnen versichern, der Baumeister wusste, was das

Zeichen bedeutete, und vielleicht hielt er sich deswegen mehr in Wien als in Prag auf. Zu der Zeit starben viele Steinmetzen. An einem Lungenleiden, ihre Lungen waren voller Zement und Steinstaub. Doch Kranner fürchtete sich vor diesen Hörnern an dem Kreis, er war abergläubisch, ein echter *pagano*, verstehen Sie? Auch deshalb favorisierte er Wien vor Prag. Und die Bauarbeiter krepierten inzwischen wie die Fliegen. Freilich war alles gut organisiert. Der Dombauverein stiftete Geld und unterstützte die Not leidenden Kranken, allerdings waren da noch die Witwen und Waisen, und für die reichte es nicht. Der Baumeister zerbrach sich den Kopf, und schließlich hatte er die Lösung. Er raffte sich auf, fuhr nach Prag und gab neue Anweisungen. Die Männer sollten nur noch draußen arbeiten, damit der feine Staub sie nicht erstickte, und der Meister tat sich nach einem neuen Ort für den Steinabbau um. Es stellte sich heraus, dass der böhmische Sandstein ein *grano duro* ist, ganz grobkörnig, wissen Sie? Nun, und weil sein Staub schwer ist, flog er den Steinhauern nicht mehr so um die Köpfe und in ihre Lungen, sondern fiel zur Erde, wo er nur noch die Ratten störte. Und diese Entscheidung erwies sich als die beste. Kranner ließ alle fehlenden Köpfe und Büsten im Triforium komplettieren, restaurierte die angeschlagenen und schliff eigenhändig den gehörnten Kreis aus der Steinoberfläche heraus. Der Mut und der feste Wille hatten gesiegt. Dann war über hundert Jahre lang Ruhe. Jetzt ist der Kreis erneut aufgetaucht. Und wieder haben wir abgeschlagene Kiefer und Nasen. Erscheint Ihnen das nicht seltsam?«

»Und sogar eine abgeschlagene Hand. Ich kann mir nur zwei Motive des Täters vorstellen: Entweder er zieht irgendeinen Profit aus der Sache oder er ist wahnsinnig. Und vielleicht könnte ich mich noch zu einem dritten durchringen: Diese Verbrechen dienen nur als Vorwand.«

»Ich hege die Sorge, dass Sie eine Vernunft, eine Logik darin erkennen wollen. Sie haben selbst Angst. Denken Sie an Kranner, wie viele Menschen ihr Leben verloren, solange er Angst hatte. Vielleicht sollten Sie eher Ihr Herz als den Kopf befragen? Sie könnten herauskriegen, was der Polizei nicht gelingt. Die junge Frau gibt sich Mühe, aber sie kommt nicht weiter, wenn Sie ihr nicht helfen. Übrigens denke ich, dass sie sehr hübsch ist.«

»Warum sollte ausgerechnet ich helfen können? Täuschen Sie sich nicht in mir?«

»Die Dunkelheit der Seele, Dottore. Wissen Sie, ich bin mir immer noch nicht sicher, ob Sie nicht wegen irgendetwas auf Padre Kalandra wütend waren.«

»Ich? Das ist absurd. Außerdem hat mir jemand diesen Brief untergejubelt, sonst wäre ich nicht in der Kathedrale gewesen. Hauptsache, die Polizei hat einen Verdächtigen – mich.«

»Ja, absurd. Was ist zwischen diesem Priester und Ihnen gewesen? Er war Ihr Freund – und Sie haben keine Träne vergossen. Nicht ein kleines Tränchen.«

»Das bedeutet noch nicht …«

»Aber hören Sie, bitte seien Sie nicht gekränkt. Ich möchte Ihnen kein Geheimnis entlocken, ich weiß, das wäre ein Fehler. Nur denke ich, Sie könnten andere Geheimnisse aufdecken. Es braucht dafür einen Impuls. Ich habe hier dieses Buch, das wie ein Schlüssel ist, vielleicht auch nicht. Erschrecken Sie nicht über den Autor.«

Er zog einen alten Folianten in gelbbraunem Einband hervor. Der Titel war in roten Buchstaben geprägt: ›Das Mysterium der Kathedralen‹, darunter in kleineren schwarzen Lettern: ›Die esoterische Deutung der hermetischen Symbole des Großen Werks‹. Der Name des Autors bestand aus einem einzigen Wort: Fulcanelli.

Ich blickte zu ihm auf, und er schüttelte lächelnd den Kopf. »Nein, ich habe es nicht geschrieben. Mein Name ist echt, dieser hier erfunden. Und sie sind nur zufällig identisch.«

»Ist das nicht das Buch, das Benon mit sich herumträgt?«

»Ja, aber er hat sein eigenes Exemplar. Er hält mich tatsächlich für den Autor, ich kann es ihm nicht ausreden. Nun gut, ich kenne den Text, aber er, er ist richtiggehend *affascinato*, wissen Sie? Ich fürchte, er vernachlässigt seine Pflichten im Kloster.«

»Soll ich das lesen?«

»Wenn Sie möchten. Vielleicht kommt Ihnen darüber eine Idee. Oder auch nicht. Und in der Nacht sollten Sie sich nicht zur Nordwand der Kathedrale begeben.« Er lächelte.

»Warum nicht?«

»Sie ahnen es nicht? Wahrscheinlich doch. Wenn ich sage, Sie sollen nicht hingehen, weiß ich, dass Sie hingehen werden. Das Nette an Ihnen ist, dass Sie nicht ausweichen, und das Schlechte, dass Sie passiv bleiben. Einmal wird sich das ändern, und dann Vorsicht: Es wird nicht gut ausgehen, gar nicht gut. Noch ist Zeit. Wegen dieser Frau, die Sie verletzt hat, sehen Sie keine anderen. Sie sehen noch nichts. Lesen Sie mal hinein. Vielleicht weckt es Sie ein bisschen auf. Also auf Wiedersehen.«

Nachdem er gegangen war, ließ ich das ›Mysterium der Kathedralen‹ auf dem Tisch liegen und kehrte zu meinem ›Steinernen Wald‹ zurück. Aber ich hatte keine Ruhe mehr, Fulcanellis Buch stahl meine Aufmerksamkeit. Schließlich hielt ich es nicht mehr aus und schlug es an irgendeiner Stelle auf. Mein Blick fiel auf den Satz:

»Mündliche Unterweisungen, die der Meister dem Schüler erteilt, sind manchmal wertvoller als Geschriebenes.«

Ich blätterte die Seite um, und dort stand, oben auf der rechten Seite: »Das Unglück verwischt die Unterschiede.«

Das Unglück verwischt die Unterschiede. In dem Augenblick tauchte ein Gesicht aus einem Traum vor mir auf, den ich unlängst geträumt, aber seitdem vergessen hatte. Es war ein weibliches Gesicht. Das lange gewellte Haar, die hohe Stirn und die geschwungenen Lippen waren die von Sidonie. Die schmalen Augen, die breiten Backenknochen und die flache Nase gehörten Klára. Es war ein hässliches Gesicht.

Ein Bild meines Hochmuts. Eine Warnung vor dem Fall.

Er hatte mir einen Ersatzschlüssel zu seiner Wohnung geliehen und mir das Sofa bezogen. Damit ich abends nicht quer durch Prag und morgens gleich wieder retour zum Hradschin musste. Und wer weiß weshalb noch, hatte ich gedacht, aber er belehrte mich eines Besseren. Es könne sein, dass es ihm an den Kragen gehe, meinte er. Wenigstens konnte ich meinen schwarzen Prinzen so im Auge behalten. Und in seinen E-Mails herumschnüffeln. Eine dieser englischen Nachrichten öffnen. Sie lesen und anschließend löschen. Er würde nichts merken.

Ich wartete ab, bis er aus dem Haus war. Draußen vor dem Fenster flogen waagerecht Blätter vorbei. Sie mussten vom Úvoz oder aus den Gärten des Petřín hergeweht sein. Die ganze letzte Nacht hatte es geregnet, dann hatte ein kalter Föhn die Bürgersteige getrocknet. Es war früh dunkel geworden. Ein fahles Herz klebte am Fenster.

Ich knipste die Lampe an und setzte mich an den Tisch des Gelehrten. Der PC schlief, unter dem Bildschirm leuchtete ein kleines grünes Licht. Diesmal herrschte hier Ordnung. Dass er meinetwegen aufgeräumt hatte, war nicht sehr wahrscheinlich. Ein Buch lag da. Auf dem Umschlag der Name Fulcanelli. Diesmal ließ ich mich nicht zum Narren halten. Ich blätterte das Vorwort durch, es stammte von 1920. Also nicht von dem stämmigen Italiener. Das war allenfalls sein Uropa.

Ich fischte in meiner Tasche und holte das Kettchen heraus. Er hatte es mir am Nachmittag geschenkt. Der Maestro zeigte sein wahres Gesicht. Glaubte wohl, er wäre irgendwo in Bibione. Es lag in einer Schachtel mit einer Schleife. Er war ganz verlegen gewesen, ich ehrlich gesagt auch. Und ich machte den Fehler, dass ich das Dingelchen in die Hand nahm. Wo es doch so schön war. Ein kurzes Kettchen, das nicht aus einzelnen Gliedern, sondern aus verschlungenen Bronzeästchen bestand. Sie hatten winzige Dornen, die sich aber nicht gegen die Haut wendeten, das probierte ich gleich mit der Fingerkuppe aus. An den Zweigen wuchsen nach beiden Seiten hin Blüten und Knospen. So was hatte ich noch nie gesehen. Die Blüten waren rot und hatten in ihrem Kern klitzekleine Spiegel, in denen man die eigenen Augen sehen konnte, und die Knospen waren rosa, noch eingerollt und ohne Spiegel. Granate und Rosenquarze, sagte er. Warum er mir das gebe, schnauzte ich ihn an. Er sei wegen einer anderen Sache bei Unterwasser gewesen, und dieses Armband sei ihm ins Auge gesprungen. Der Alte hatte es ihm günstig verkauft, für fünfundzwanzigtausend, angeblich ein Schnäppchen. Ich solle es doch bitte behalten. Na prima, wo er mir gerade den Preis verraten hatte. Ich hielt es ihm hin, doch er versteckte seine Hände hinter dem Rücken und machte sich auf seinen

Kegelbeinchen davon. Ob das eine Anmache war? Der war etwa doppelt so alt wie ich. Vielleicht das mediterrane Temperament. Aber er war der Erste, der mir so etwas schenkte. Und so hatte ich es eingesteckt. Profi, der ich bin.

Ich schaute mir die Spiegelchen im Lampenlicht an, sie waren ein wenig trüb. Aber meine mongoloiden Glubschaugen waren ganz gut zu sehen. Dann schlug ich das ›Mysterium der Kathedralen‹ auf. Es ging um Kathedralen, *surprise, surprise.* Manche Seiten hatte Roman mit Klebezetteln markiert. Oft hatte er im Text etwas unterstrichen. Ich schaute auf die Uhr. Halb neun.

»In der Kathedrale«, las ich, »einem kalten und dunklen Ort, überkommt den Adepten ein merkwürdiges Gefühl, das ihm von der Stille aufgezwungen wird, das Gefühl einer mächtigen Einheit der Finsternis.« Ich hob den Kopf zum Fenster. Das Lindenblatt war weg. Der Lampenschein und meine geisterhafte Visage spiegelten sich dort wider. Ich las weiter.

»Kraft und Macht entfalten sich nicht im Licht, sondern im Schatten. Der Charakter einer Pflanze wird in der Erde festgelegt. Die wirkliche Kraft ist verborgen.«

Wieder schaute ich zum Fenster. Das Gesicht des strubbeligen Mädels war auf einmal ruhig. Es streckte mir die Zunge raus.

»Der Spiegel ist das Symbol der Erkenntnis, mithin der Weisheit. Er kann silbern sein, und er kann schwarz sein. Der silberne benötigt das Licht und reflektiert ein Gesicht. Der schwarze Spiegel braucht kein Licht und reflektiert, was sich hinter dem Gesicht befindet. Beweisen wir dies mit einem Experiment: Warten wir die Dunkelheit ab und löschen wir das Licht. Was geschieht? Wir hören auf, die Oberfläche der Dinge zu sehen, und blicken in die Finsternis hinein, beginnen die

Tiefe zu erforschen. Am Ende erblicken wir uns jedes Mal selbst.«

Auf der Straße fuhr ein Auto vorbei. Die bläulich weißen Halogenscheinwerfer überboten das Lampenlicht und warfen einen riesigen Schatten an die Zimmerdecke, von dem, was in der Vase zwischen dem Doppelfenster stand. Romans aufziehbare Rose.

Mir fiel auf, dass in der Mitte des Buchs ein Lesezeichen steckte. Es war kein grünes Klebezettelchen. Es war ein zuerst zerknüllter, dann glatt gestrichener Brief. Ein unsignierter Brief mit einer ähnlichen Schrift wie in jenem ersten, der Roman in die Kathedrale gelockt hatte. Einer Schrift, die man keinem Graphologen vorsetzen konnte, gepinselt mit roter und orangener Wasserfarbe. Und eine eilige Aufforderung: Oben würde ihn jene erwarten, auf die er so lange gewartet habe.

Verdammte Scheiße. Ich knallte die Tür hinter mir zu und fummelte mich im Laufen in meine Jacke hinein. Ich ließ das Licht drinnen brennen, boxte auch auf die Schalter in Küche und Klo, und als hinter mir die Wohnungstür zufiel, knipste ich im Hausflur an. Bloß keine Dunkelheit. In der Dunkelheit würde ich unter die Oberfläche der Dinge sehen und ganz unten mein abgestürztes Herz finden, im Finstern meiner Hose.

Sagt der Kopf Nein, neigt das Herz zum Ja. Ich hatte den Brief im ›Mysterium der Kathedralen‹ stecken lassen. Wenn ich nicht zurückkommen würde, würde Klára begreifen, weshalb ich in die Falle hatte gehen müssen.

Es war eine feuchtkalte Nacht, ein Regen voller Laub klatschte auf das glitschige Pflaster der Nerudagasse. Die Touristen waren vom Erdboden verschwunden. Vom

Fluss unten wehte ein unruhiger Wind herauf. Es tropfte in meinen Mantelkragen, und ich hatte steife Knochen von der Kälte und dem Luftzug. Doch je höher ich aufstieg, desto lauer und milder erschien der Wind, und sobald ich die Kurve unterhalb des Schwarzenberg-Palais passierte, legte sich der Sturm, als hätte er sich in den Luken der Kleinseitner Dächer verfangen. Vor dem Eingang zum Ersten Burghof hörte es auf zu regnen.

Das Tor stand weit offen, und so trat ich ein. Über mir neigten sich die Statuen der Giganten, der eine hob einen Dolch, der andere eine Keule. Ebenso unbewegt standen die Soldaten der Burgwache. Ich ging durch das Mathias-Tor in den Zweiten Burghof, und als ich den Brunnen erreichte, hörte das Wasser auf, aus den Düsen zu sprudeln. Was nichts Besonderes war, nachts stellten sie es immer aus. Der Hof war menschenleer. Meine Schritte hinterließen keinerlei Geräusch. Ich hob meinen Blick zum Mast über dem Präsidentenbüro. Die Fahne hing schlapp herab, der Mast wirkte wie gekrümmt. Ich bückte mich und fuhr mit den Fingern über die Bodenplatten. Etwas wuchs durch die hauchdünnen Fugen. In dem künstlichen Licht sah es aus wie schwarzes Moos. Das seltsame Unkraut des Herbstes.

Im Dritten Burghof bemerkte ich, dass in der Alten Propstei ein Fenster erleuchtet war. Im Büro des Prager Domkapitels befand sich also noch jemand. Und tatsächlich, unmittelbar darauf tauchte in dem gelben Fenster die Silhouette eines Mannes auf, der durch den Raum schritt und dabei in einem Buch blätterte. Guten Abend, Euer Wohlgeboren. Urban blickte hinaus, als hätte er mich gehört, und ich wich schnell in den Hauseingang zurück.

Vielleicht kam auch ihm das Dunkel im Hof sonderbar vor. Der Präsidentenpalast war zwar erleuchtet, doch dem weißen Scheinwerferlicht fehlte die Kraft, den Dunst zu durchdringen, der sich, wie mir schien, nur um das Gotteshaus herum erhob und mehr Rauch als Nebel glich. Allmählich erlosch die Beleuchtung der Kathedrale. Zwei verirrte Italiener mit zurückgelegten Köpfen knipsten mit ihren kleinen Kameras um die Wette.

Ich bog um den nordwestlichen Turm und gelangte durch die Vikářská zu dem Seiteneingang, für den ich den Schlüssel besaß. Ich schloss die Tür auf, öffnete sie und wollte schon hineingehen, als ich ein Stückchen weiter jemanden stehen sah. Ich hielt inne.

Mitten in dem Rauch, der nur eine Nuance heller war als die Nacht und leicht rötlich gefärbt, stand ein magerer Mann und blickte sich um. Er musste gut zwei Meter groß sein. Dann ging er in meine Richtung los, und ich stand wie in Trance und konnte mich auf einmal nicht rühren.

Mit jedem Schritt wuchs der Mann in die Höhe. Er hatte lang gestreckte Glieder und starke, sehnige Arme. Auf dem Kopf trug er einen breitkrempigen Hut, wie man ihn bei einem Dörfler aus dem vorletzten Jahrhundert erwartet hätte, darunter fielen wirre schwarze Haare auf seinen Rücken. Etwas entfernt von mir blieb er stehen. Er krempelte die Ärmel seines schwarzen Kittels auf, und ich war mir sicher, dass er sich schlagen wollte. Doch er bückte sich und krempelte auch seine Hosenbeine hoch; seine Beine waren braun und flechsig, sie steckten in Holzschuhen, die ebenso wie meine Schuhe kein Geräusch auf dem Boden machten. Als er sich aufrichtete, reichte sein Kopf bis zum Gewände der unteren Fensterreihe. Erst jetzt fiel mir auf, dass er eine Schürze trug, eine schmutzige, die früher jedoch einmal weiß gewesen sein musste. Mit der rechten Hand packte er sie von unten und bildete so einen Beutel. Einen leeren, schließlich hatte er nichts hineingetan. Aber nun, da er in den Beutel griff, fand er etwas darin und schöpfte es in die Hand. Unter der Krempe seines Huts glommen zwei glühende Kohlen auf. Er schwang seinen Arm, über den Boden stoben schwarze Körner. Ich bekam eine ganze Ladung ab. Der Schmerz holte mich aus meiner Erstarrung. Mir traten Tränen in die Augen, die das Zeug zum Glück herausschwemmten. Ich nahm schon die Beine in die Hand, als er vorüberging und eine weitere Handvoll Samen aus seiner Schürze fegte.

Vor der Westfassade verstreute der Säer noch einmal drei Ladungen, dann blieb er stehen. Nun reichte er höher als der Wimperg über dem Bronzeportal. Er hob seine Pranke, streckte sich und erreichte spielend den Laufgang. Einer der Wasserspeier schien ihn zu beschäftigen. Er packte ihn, riss ihn von seinem Absatz unter dem Geländer und besah sich aus der Nähe sein grimassierendes Maul. Ich vernahm kein Wort, und doch war ich Zeuge eines Gesprächs. Vielleicht stritten sie sich. Als der Riese den Speier zurücksetzte, fehlte dem Monstrum der Kopf.

Er schritt weiter entgegen dem Sonnenlauf durch den Hof und säte Unkraut rings um die Kathedrale. Ich blickte zur Alten Propstei, doch das Fenster war nicht mehr erleuchtet. Dann erklang irgendwo hinter mir mein Name, doch ich hatte nicht die Zeit, mich umzusehen. Ich verfolgte den Spuk. Als er an dem Granitmonolithen vorbeikam, hob er dessen stählerne Spitze ein wenig an und setzte sie wieder zurück, worauf sie jedoch nicht mehr nach oben, sondern zur Seite zeigte. Als er über die Statue des heiligen Georg hinüberschritt, streifte er mit seiner Schürze die Lanze des Heiligen, die sich verbog. Da war der seltsame Landmann bereits zur Höhe des Laufgangs angewachsen und blieb vor der Wenzelskapelle stehen. Eine Weile betrachtete er die Ausschmückung der Goldenen Pforte, als würde ihn die Darstellung der sich öffnenden Gräber gefangen nehmen, aus denen die Seelen zur linken Seite auf ein Zeichen der Engel hin emporstiegen und die zur rechten durch andere Engel hinabgeschickt wurden. Der Riese bespuckte das Mosaik. Er zielte auf Christus in der Mandorla und traf genau. Der Speichel auf dem Bild flammte auf und erlosch. Auf dem Gesicht des Erlösers blieb ein schwarzer Fleck zurück. Ich wartete darauf, dass der Dom in Flammen aufging.

Aber es geschah etwas anderes. Der Landmann begann sich zu verwandeln. Er wurde kleiner. Als er um den Kapellenkranz des Chors ging, war er so groß wie zu Beginn der Wanderung und trug keine Schürze mehr. Er hielt an der Ecke, an der sich die Kirchenschiffe kreuzten, sah sich ein letztes Mal um, drückte sich den Hut tief in die Stirn und begann die steinerne Mauer hinaufzuklettern. Ehe ich bis fünf zählen konnte, war er verschwunden. Im Schatten des Laufgangs blieb ein Wölkchen Rauch zurück, ein schwarzes Dreieck aus staubigen Spinnweben.

Ich kehrte zum Seitenportal zurück und machte mir erst jetzt bewusst, dass ich die Tür offen gelassen hatte. Jetzt war sie jedoch geschlossen, und der Schlüssel fehlte. Ich rüttelte an der Klinke, hämmerte gegen die Tür, aber es antwortete nur ein dumpfes Echo.

Der Eingang zur Kathedrale war mir verwehrt.

Ich erwischte ihn gerade, als er aufschloss. Er wollte schon hinein und ich hinterherschlüpfen. Aber er stutzte und sah sich um, nicht nach mir, sondern zur anderen Seite hin, wo es völlig dunkel war. Die Luft war abgestanden wie vor einem Gewitter, allerdings gewittert es im Oktober in Prag normalerweise nicht. Unten auf der Kleinseite hatte es nur so gepfiffen, und hier oben war es schwül. Auf einmal wurde ich hundemüde. Ich verstand nicht, wieso man überhaupt nichts hörte. Ich schlurfte mit meinen Turnschuhen über den Steinboden, damit Roman sich umguckte, aber es kam kein einziger Laut, nicht einmal, wenn ich aufstampfte.

Er machte kehrt, an mir vorbei. Ich war völlig durchsichtig für ihn. »Roman?«, versuchte ich ihn zu rufen, aber er bewegte sich wie ein Schlafwandler, obwohl kein Mond am Himmel zu sehen war. Vor dem Hauptportal blieb er stehen, schaute nach oben und ging wieder weiter, und so machte er es noch ein paar Mal. Ich folgte ihm fast um die ganze Kathedrale herum, und dann sah ich auf der anderen Seite hinter diesem Kapellenring zwei finstere Typen durch die Tür in den Dom witschen, die mein schwarzer Somnambule hatte offen stehen lassen.

Ich also los. Im Rennen fingere ich nach meiner Pistole. Sie ist schwer, demnach habe ich sie doch nicht zu laden vergessen. Jesses. Eine Fahrerin beschwert sich, dass ihr Wagen nicht fährt. Es stellt sich heraus, dass kein Benzin drin ist. Eine Polizistin reklamiert, dass ihre Donnerbüchse nicht schießt. Es stellt sich heraus, dass keine Kugeln drin sind. Hm. Von solchen Witzen hatte mein Ex-Lover einen ganzen Haufen auf Lager. Und ich habe jetzt einen Haufen Kugeln, gleich acht, und ordentlich Lust zu ballern.

Die Tür steht sperrangelweit offen, drinnen ist es finster wie im Walde. Und es stinkt nach Weihrauch, aber hallo. Ich hole den Schlüssel von draußen rein, dann schließe ich hinter mir ab. Echt professionell, die beiden müssen mich schon bemerkt haben. Ich gehe hinter den Säulen in Deckung wie ein Partisan hinter Bäumen, springe mit dem vorschriftsmäßigen Hupfer hin und her. Ich schaue nach oben, damit sie mir nicht von der Galerie aus einen Weihwedel oder ein Gebetbuch auf den Kopf werfen. In einer Seitenkapelle schwelt ein Weihrauchkessel vor sich hin. Über dem großen Altar leuchtet das kleine rote Licht, daneben brennen weiße Kerzen. Es herrscht Kirchenstille. Immerhin sind hier meine Schritte zu hören. Das beruhigt mich einigermaßen. Ich umkurve eine Reihe von Bänken. Gehe aufrecht. Bin nicht mehr auf der Hut. Sie müssen mich von ferne beobachten. Sie müssen mich doch sehen und reagieren, die sind doch nicht blind.

Ich schaue mich um. Im linken Teil des Chors steht ein Beichtstuhl wie ein Bahnwaggon. Scharlachrote kleine Vorhänge wie im Orient-Express. Zugezogen.

Diese Vorhänge bewegen sich jetzt. Aha. Gleich werde ich was erfahren. Ich gehe auf das Spiel ein. Begebe mich dorthin. Es gibt keinen Sitz da drin, man kann nur knien, aber mir geht eh der Arsch auf Grundeis. Ich knie mich hin in diesem engen Abteil und denke: Falls ich freiwillig in einen Sarg gestiegen bin, bin ich hier wenigstens nicht allein.

Direkt vor meiner Nase wird ein Türchen aufgeschoben. Dahinter taucht ein dichtes Holzgitter auf und dahinter ein silberner Kopf mit silbernem Gesicht und Augen und goldenen Haaren. Die Schultern sind ebenfalls golden, unterhalb des silbernen Halses schimmert ein roter Edelstein, und darunter befindet sich ein ovales violettes Fensterchen. Und darin fault irgendeine uralte Ferkelei.

Ich habe mich zu Tode erschreckt, dann pruste ich beinahe los. Ich bin gekommen, um es mit Kalandras Mörder aufzunehmen, und stoße auf diese Mickimaus hier.

Ich möchte sagen: »Die Maskerade ist wohl überflüssig«, und schmirgele mir schon meine Stimme tiefer. Aber ich schaffe es nur, den Mund zu öffnen. Er ist es, der spricht. Leise, flüsternd. »Die Würmer warten schon. Lass sie nicht warten. Dein Fleisch wird süß, Roman.«

Mir wird klar, dass er mich nicht sieht. Ich wurschtele mich aus dem Beichtstuhl heraus, versuche meine Beine zu beruhigen, damit sie fest auf dem Boden stehen. Aber meine Knie sind keine Knie, sondern Gelatine in Pulverform. Vor dem Beichtstuhl wartet der andere.

Auch er hat ein silbernes Gesicht, außerdem einen Bart unter der Nase und am Kinn. Auf seinem Kopf sitzt eine bauchige goldene Krone. Vorne führt ein rundes kleines Fenster in den Schädel, zum Glück kann man nicht reingucken. Seine Haare fallen in goldenen Wellen bis auf die Schultern. Seine Brust ist silbern, die Schultern sind von einem goldenen Mantel bedeckt. Das Ganze wird von kleinen silbernen Engeln getragen. Allerdings befindet sich darunter ein schwarzes Gewand. Und unter diesem Gewand gucken schwarze Halbschuhe hervor.

Der König schweigt. Seine Hände sind von schwarzen Handschuhen bedeckt. In ihnen hält er ein Zepter, einen mehr als einen halben Meter langen goldenen Arm, der an der Elle abgezwickt ist und auf dem blaue, rote und grüne Steine funkeln. An den Fingern löst sich die goldene Farbe, da schimmert es silbern durch.

»Es ist noch nicht zu spät«, flüstert der Lockenkopf, der inzwischen aus dem Beichtstuhl gestiegen ist und sich hinter mich gestellt hat. Auch sein Kopf und Brustkorb werden von Engelchen getragen. Aber unter der Maskerade steckt ein lebendiger Kerl. Der König ist kleiner. Unter der Maske könnte eine Frau sein. »Was wirst du tun, Roman?«

Ich will so lange schweigen, bis sie mehr sagen. Doch meine Nerven gehen mit mir durch und gleich nach ihnen meine Klappe.

»Roman scheißt euch was, das könnt ihr mir glauben.«

Ich hätte es nicht für möglich gehalten, aber ich sehe mit eigenen Augen, wie ihre Silbervisagen erstarren. Wie der Groschen fällt und sie zum Sprung ansetzen. Also schnappe ich mir die Pistole und feuere ohne Ziel drauflos, wer im Weg steht, hat Pech gehabt. Die Kugel prallt von der goldenen Krone ab und hinterlässt eine kleine silberne Kuhle. Sie hätte tiefer gehen sollen.

Der vergoldete, mit Fingern bestückte Arm hebt sich blitzartig, und bevor er mir mit der Kante des kleinen Fingers den Schädel einschlägt, nehme ich noch das rechteckige Loch mitten in der Handfläche wahr, in dem sich ein goldenes Schmuckgitter befindet, so was wie ein Auge, das im Unterschied zu mir genau zielt.

Maßwerk nennt Roman diese verzierten Öffnungen. Ich sehe mich selbst, wie ich unheimlich langsam in diese Dunkelheit eintauche, und ich sehe meine Pistole, plötzlich eine halbe Tonne schwer und doppelt so groß wie ich, wie sie wieder und wieder und wieder auf dem Boden aufschlägt, und dann noch einmal.

Als ich die Intensivstation des Zentralen Militärhospitals betrat, fiel mir ein, dass Kilián Urban schon vor ein paar Tagen aus dem Krankenhaus entlassen worden war und ich ihn weder dort noch bei ihm zu Hause besucht hatte. Ich legte im Stillen das Versprechen ab, dass ich es noch tun würde.

Aus einer Tür kam eine Frau in weißem Kittel, weißen Hosen und weißen Damenschuhen – ich wusste nicht, ob es eine Ärztin oder eine Schwester war – und verkündete mir, dass ich hier nichts zu suchen hätte. Ich sagte, ich käme Fräulein Brochová besuchen und brächte ihr Rosen mit, weil sie mir das Leben gerettet habe. Sie schickte mich in eine andere Abteilung. Klára schien sich erstaunlich schnell zu erholen.

Sie hatte ein Einzelzimmer. Sicher hatte es der »Boss« für sie arrangiert. Als ich anklopfte, sagte jemand an ihrer Stelle »Herein«. Das war er. Sie lachten darüber. Außer ihnen war da noch ein hoch aufgeschossener junger Mann mit einem kleinen runden Kopf. Er stellte sich mir als Mravenec vor. Das Fenster stand offen, im Zimmer war es kalt. Die beiden Männer hatten ihre Jacken anbehalten, und Klára war bis über das Kinn zugedeckt.

Die Rosen rührten sie. Sie hatte schwarze Ringe unter den Augen und an der Schläfe eine mit ein paar Stichen vernähte Wunde. Man hatte sie nicht verbunden, damit sie besser heilte. Dafür trug sie etwas weiter oben am Kopf einen Verband. Man hatte ihren Haaren einen Igelschnitt verpasst und die Haut um die Wunde herum ausrasiert.

Der Boss erhob sich lächelnd, sie wollten jetzt gehen. Ich fragte ihn, ob er Klára den Fall weiterhin überlasse. Selbstverständlich, antwortete er. Mravenec sah so aus, als wüsste er nicht, ob er sich freuen oder ärgern sollte. Die Patientin machte ihm eine lange Nase.

Als sie weg waren, bot ich ihr an, das Fenster zu schließen, doch sie wollte nicht. Sie könne den Krankenhausgeruch nicht ertragen. Ich setzte mich zu ihr aufs Bett und nahm ihre Hand. Sie fragte mich, wie mir ihr Nachthemd aus dem Spitalsbestand gefalle, und fügte hinzu, etwas so Schreckliches würde sie niemals freiwillig anziehen; zu Hause schlafe sie nackt. Sie streckte sich nach den Rosen aus und streute sie über ihre Decke.

»Auf Rosen gebettet«, bemerkte ich.

»So kann ich die Gänseblümchen, äh die Rosen, von unten anschauen.«

»Falls du nicht schlafen kannst, bringe ich dir etwas zu lesen. Zum Beispiel den ›Steinernen Wald‹.«

»Als Buch? Als Kopfkissen?«

»Das allemal.«

»Im schlimmsten Fall schiebst du's mir unter den Hintern.«

Ich blickte zu dem Bild an der Wand. Es war eine Reproduktion von Viktor Strettis ›Blick auf den Hradschin‹. Ich bat Klára, mir zu erzählen, was sich eigentlich in der Kathedrale ereignet hatte.

Und draußen, was ist da passiert?«, fragte ich zurück und erinnerte ihn daran, wie er um die Kirche geirrt war und mit großen Augen in die Dunkelheit gestarrt hatte. Er wurde ganz blass. Er gab zu, sich daran zu erinnern, konnte es aber nicht erklären. Dann fragte ich ihn, ob er Drogen nehme. Er solle es ruhig ausspucken, der Boss würde es nicht erfahren, dem hatte ich ja nicht mal von dem rituellen Gekreise um den Dom erzählt.

Er war erstaunt, dass ich überhaupt dorthin gekommen war. Es sei nicht seine Absicht gewesen, dass ihm jemand zum Dom folgte, den Brief habe er wohl in dem Buch gelassen, um sich unbewusst irgendwie abzusichern oder so.

»In dir drin sitzen zwei Typen, die sich darüber streiten, was werden soll. Ein Gestörter und ein Gelehrter. Ein Kopfloser und ein Vorsichtiger.«

Er sagte, er hoffe, das sei noch keine Schizophrenie, und ich sagte nicht, ich hoffte, es sei keine Schizophrenie, aber ich dachte es. Wenn ich in dem Moment nicht so scheußlich ausgesehen und so elend dran gewesen wäre, hätte ich ihn zu mir unter die Bettdecke gezogen, im eiskalten Bewusstsein, dass seine Frau im Jenseits oder über alle Berge war und seine Nutte in der Altstadt.

Ich erzählte ihm, was an dem Abend passiert war. Dann wollte er, dass ich ihm noch einmal die Masken beschrieb. Er fragte, ob die Polizei etwas herausgefunden habe.

Ich zuckte mit den Schultern. »Sie haben meine Aussage aufgenommen und fertig. Klar, sie fanden's merkwürdig. Meinten, dass da wohl irgendeine Sekte wütet.«

»Im Übrigen ist es nur eine Frage der Zeit.«

Ich begriff nicht. »Was denn?«

»Bis sie darauf kommen – auf die Herkunft dieser Masken.«

»Na, afrikanische waren's keine.«

»Nein«, er schüttelte den Kopf, »das ganz bestimmt nicht, trotzdem würde es mich weniger erstaunen, wenn sie aus Afrika gewesen wären.«

»Wieso?«

»Das erkläre ich dir, wenn sie dich entlassen.«

»Sie haben mich für dich gehalten. Angeblich wird dein Fleisch süß. Darf ich mal probieren?«

»Diese Sätze habe ich schon einmal gehört.«

»Wo?«

»Aus meinem Diktiergerät. Aufgenommen hinter dem Dom. Was soll's. Ich muss los, Klára. Wann lassen sie dich raus?«

»Frühestens übermorgen. Und wenn nicht, dann türme ich.«

»Komm mich dann besuchen. Falls mich diese beiden nicht inzwischen gekriegt haben.«

»Wenn ich das nicht schaffe, gelingt das denen erst recht nicht. Diese Schweine. Ich mach sie fertig.«

Er reichte mir die Hand. Ich fasste ihn beim Revers,

zog mich zu ihm hoch und verpasste ihm einen Kuss. Ich zielte auf den Mund, aber im allerletzten Moment wich er aus und bekam ihn auf die Backe.

Sollte er sich nur nicht wundern. Ihm einfach in die Hose greifen und mir die Mandeln kitzeln lassen, Mann, das hätte ich mir vorstellen können.

Ich schloss die Augen. Vielleicht hatten die mich nicht stark genug niedergeschlagen. Oder im Gegenteil zu stark.

Als ich sie wieder aufmachte, war Roman weg, und über mir stand die Schwester. Auf ihrem Tablett ein Hörnchen mit Margarine und kalter Kakao.

Inferno‹, vierzehnter Gesang, Vers 103–108:

Ein großer Greis steht aufrecht in dem Berge,
Der seine Schulter gen Damiette wendet
Und der nach Rom schaut wie in seinen Spiegel.
Aus feinem Golde ist sein Haupt gebildet,
Und Brust und Arme sind aus reinem Silber,
Aus Kupfer ist er dann bis zu den Lenden.

An diese Verse musste ich denken, als Klára von den metallenen Phantomen in der Kathedrale erzählte, und dann gingen sie mir lange nicht aus dem Kopf. Sie hatten eine Bedeutung. Auf irgendetwas wiesen sie hin. Nur auf was?

Die Sonne schien. Ich ging über den gewundenen Pfad vom Strahover Kloster zu den Gärten hinunter. Der Panoramablick auf Prag ließ mich gleichgültig, meine Aufmerksamkeit wurde ganz von einem Baum am Hang unter mir gefesselt. Es war ein hochgewachsener Ahorn, dessen Krone sich von unten nach oben gelb färbte, während der Wipfel selbst noch grün war. Er hatte Glück, er alterte vom Fuße her.

Im Schatten des Baumes stand Julius Maler. Die Polizei hatte ihn wegen des letzten bestürzenden Vorfalls in der Kathedrale vernommen, und es schien ihn zu beschäftigen, wer Klára dort so zugerichtet hatte. Wir hatten verabredet, dass wir gemeinsam den Kirchenschatz besichtigen würden – er als Vertreter der Prager Burgverwaltung, ich in der Funktion eines Denkmalpflegers. Vor der schwedischen Botschaft gesellte sich Leutnant Mravenec zu uns; die polizeiliche Begleitung war unter den gegebenen Umständen obligatorisch.

Auf dem Dritten Burghof läuteten wir an der Tür des Domkapitels. Als Emissär des Klerus wurde Zelenka geschickt, was ich im Grunde schon erwartet hatte. Als der Monsignore uns persönlich öffnen kam, begrüßten er und Maler sich so förmlich wie Diplomaten. Er teilte uns mit, der Erzdiakon nehme an einer bischöflichen Konferenz teil, auf der besprochen werde, ob die Kathedrale nach dem Schuss erneut zu weihen sei.

Wir traten gemeinsam in den Dom und stiegen einer nach dem anderen über Hilberts neugotische Treppe zu der steinernen Schatzkammer hinauf. Zelenka trug alle notwendigen Schlüssel bei sich und benötigte viel Zeit, das System von Schlössern zu öffnen. Maler verlor die Geduld und bot an, ihm zu helfen, und Zelenka sagte ohne sich umzudrehen, dass die Schlüssel des Kirchenschatzes nicht in unberufene Hände gelangen dürften. Maler antwortete, seine alten Hände seien berufener als Zelenkas junge, und er habe einen größeren Anspruch auf die Kleinodien. Mravenec mischte sich ein. Er fragte Maler, was er als Protestant denn mit diesen Reliquien anfangen wolle – ob er etwa mehr in ihnen sehe als in Gold gewickelte menschliche Knochen? Und Maler darauf: »Menschliche? Wenn man mich fragt, könnten sie von Eseln oder Affen stammen.«

Zelenka hielt im Aufschließen inne und wandte sich mit der Frage an Maler, ob er tatsächlich glaube, dass Kaiser Karl Kultgegenstände so zweifelhaften Ursprunges gesammelt habe. Mravenec sah auf seine Uhr.

Maler sagte, das glaube er selbstverständlich nicht, aber Monsignore müsse sich klarmachen, dass der Kaiser all diese Dinge niemals aufgegeben, sondern sie lediglich in der Kathedrale deponiert habe, und so solle Zelenka sich bitte nicht als Eigentümer der Reliquien geschweige denn dieser Schlüssel gerieren, de facto gehöre alles den Bürgern dieses Staates.

Die Mundwinkel des Monsignore hoben sich. »Ich sehe, dass Sie die Schätze gerne verstaatlichen würden. Ich bin überhaupt nicht dagegen, sofern es nicht zu ihrer Plünderung führt, sondern zur Vermehrung ihres Ruhmes.«

Maler sagte nichts mehr. Das letzte Schloss sprang auf, und wir traten ein. Zwischen Kreuzen, Kelchen, Tabernakeln, Stoffbehängen, Reliquienschreinen, Ostensorien, Schmuckkästen, Monstranzen und Ziborien standen in den Vitrinen große Büsten aus Edelmetallen – der heilige Veit, der heilige Wenzel und der heilige Adalbert – sowie zwei kleinere, die heilige Ludmila und die heilige Anna. Ludmila war vollständig vergoldet, einschließlich Haube, Gesicht und Schultern. Die Augen mit ihren dunklen Zentren blickten ein wenig spöttisch, und auch ihr Mund lächelte spitz.

Kláras Beschreibungen entsprachen dem Aussehen des goldhaarigen Veit und des bekrönten Wenzel. Zelenka und Maler untersuchten den böhmischen Nationalheiligen sorgfältig im Hinblick auf einen möglichen Schaden. Außer einer winzigen Vertiefung auf dem Reif der Krone über seinem linken Auge war die Büste jedoch unversehrt.

Mravenec meinte, eine polizeiliche Expertise sei in dem Fall nicht notwendig. Dann fragte er, wie es möglich sei, dass jemand die Büste trotz all der Türschlösser in die Kirche hinuntertragen und sie anschließend wieder zurückbringen konnte.

Zelenka sagte, es sei nicht möglich und für ihn sei der Fall eines solchen Eindringens unbegreiflich.

Maler bemerkte, die katholische Kirche habe doch eine Vorliebe für Wunder und ganz besonders für unbegreifliches Eindringen. Ich wartete darauf, dass er wieder von seiner Landwehr anfing, doch Mravenec rief uns zu einem Reliquienbehälter in Form eines erhobenen Armes. An der Handfläche, in der sich eine kantige Öffnung mit drei kleinen gotischen Fenstern befand, war Gold abgeblättert. Unten, wo der Ellbogen sein sollte, thronte eine kleine Madonna mit dem Jesuskind in einem Untersatz, der als edle Kammer mit Türmchen und Spitzbögen gestaltet war. Wie am Unterarm und an den Fingern funkelten auch hier Edelsteine.

»Können Sie sich ein prächtigeres Mordinstrument vorstellen?«, flüsterte ich Mravenec ins Ohr.

Er warf mir einen angewiderten Blick zu. Ich ging zum Schwert des heiligen Stefan hinüber und dann zu einigen anderen Gegenständen. Darunter gab es ein Brustreliquiar in Form einer Rose, deren Blütenblätter mit goldenen venezianischen Emaillezeichnungen verziert waren, ein Reliquienkreuz mit der Darstellung des jungen Karl IV., der von Papst Urban V. ein Stück des Lendentuchs Christi entgegennahm, das vermutlich in ebendiesem Kreuz enthalten war, und dann fielen mir noch zwei mächtige Reliquiare in Gestalt gotischer Türme ins Auge, deren kleinerer, der wie der goldene Turm einer Kathedrale mit Strebepfeilern und Fialen aussah und zwei gläserne Gehäuse enthielt, auf dem Sockel das Parler'sche Meisterzeichen trug, den wie ein zackiger Blitz gebrochenen Winkelhaken, während der größere eine kleine Goldskulptur der heiligen Katharina, die Schwert und Rad trug, in sich einschloss. Schließlich blieb mein Blick an einer Vase mit einem Strauß Rosen hängen. Vase, Blüten, Stängel und Blätter waren aus getriebenem Gold.

Mravenec hatte eine Polaroidkamera dabei und machte mehrere Fotos von den Büsten und dem Arm. Maler wies ihn darauf hin, dass er keinen Blitz verwenden sollte. Zelenka sagte, Maler sollte nicht so schnauben – auch Nässe bekomme den Reliquien nicht.

Wir verabschiedeten uns unten vor dem Presbyterium. Während sich meine drei Gefährten zum Ausgang begaben, steuerte ich, vielleicht wegen der hellen Sonnenstrahlen, die durch die hohen Südfenster in den Dom drangen, auf den Fuß des großen Turmes zu.

Ich brauchte zwei Minuten für den Weg nach oben. Auf dem Umgang in fünfzig Metern Höhe über dem Dritten Burghof stemmte sich mir der Westwind entgegen. Ich zog mich auf die windgeschützte Seite zurück und nahm überrascht die nahe Wetterfahne auf dem Dach des Querhauses wahr, einen Hahn mit offenem Schnabel, noch stumm vor Entsetzen über das Ritual, das seine lebenden Vorfahren direkt unter diesem Turm bei lebendigem Leibe in Stücke gerissen und ihr warmes Blut auf dem steinernen Altar vergossen hatte. Ich schaute zum blau-weiß zerwehten Himmel und über die Stadt, die an einem solchen Tag scharfe Konturen erhielt und Details enthüllte, welche bei anderem Wetter selbst aus der Nähe unsichtbar blieben. Tatsächlich erblickte ich etwas, und auf einmal wurde ich wohl so blass wie der kupferne Hahn.

In den Gärten unter dem Petřín zeichnete sich mitten auf einem herbstlich verblassenden Abhang eine kleine Gestalt ab. Der dunkle Punkt bewegte sich Richtung Kathedrale, den langen rötlichen Haaren nach war es eine Frau. Sie machte bei einer Bank halt und blickte auf die Stadt hinunter.

Ihre dunkle Jacke blähte sich im Wind wie ein langer Mantel.

Mir wurde schwarz vor Augen, ich musste mich auf das Geländer stützen. Der Blick auf den Petřín enthüllte zur Hälfte ein anderes Bild. Ich befand mich auf dem Umgang des Domturmes und zugleich in der Stube eines Hauses, in der ein junger Mann in dunklen Kleidern und dunkler Kappe am Fenster kniete und in seiner linken Hand, die auf dem Fensterbrett ruhte, das Bildnis eines Mädchens hielt. Er blickte es nicht an, auch nicht den weißen Hafen und die blaue Bucht draußen vor dem Fenster, stattdessen drehte er seinen Kopf denen zu, die ihn in seiner Meditation störten. Ein junger Mann mit grüner Kappe beugte sich zu ihm hinunter und fasste ihn an der Schulter. Vor der Tür standen ein alter Mann und eine junge Frau, die sich an den Händen hielten. Hinter einem roten Vorhang guckte das Bild einer Madonna mit Kind hervor, in der Diele befand sich ein kupfernes Waschbecken, und durch eine offene Tür konnte man in den Garten hinaussehen. Auf einem Bord über dem Fenster der Stube stand ein Stundenglas, rechts, gleich neben einem Tintenfass mit Schreibfeder, hing eine Armbrust. Den Raum unter dem Fensterbrett verdeckte normalerweise ein Vorhang, doch war er ein wenig zur Seite geschoben und eine efeuumrankte Zither mit einem Totenschädel kam zum Vorschein.

Dieses Aquarell hieß ›Erster Jahrestag des Todes von Beatrice‹, und sein Schöpfer war Dante Gabriel Rossetti.

Der kniende Mann am Fenster war Dante Alighieri. Aufgestört aus seiner Ruhe, entschuldigt er sich gerade bei seinen Freunden, dass er sie nicht ordentlich in seinem Haus empfangen hat, da er im Geiste bei ihr gewesen sei.

Die Zweitbelichtung verflüchtigte sich ebenso plötzlich, wie sie aufgetaucht war. Das Haus des Dichters war verschwunden und mit ihm die Pastelltöne. Vom Turm des Veitsdoms blickte ich auf den menschenleeren, unten noch grünen, oben schon gelb werdenden Park.

Er hatte sich wieder verändert, meinem Gefühl nach zum Schlechteren. Nicht dass ich geglaubt hätte, ich hätte ihn bereits am Wickel, aber eine langsame, vorsichtige Annäherung hatte es doch gegeben.

Ich ging automatisch zur Kathedrale, um dort meinen schwarzen kleinen Gott anzubeten, aber das Göttchen war nicht da, stattdessen palaverte der Italiener vom Gerüst herunter, wie froh er sei, mich zu sehen, und beinahe wäre er noch abgestürzt, so wie er sich da wand und den Bauch einzog oder seinen Kittel zufummelte oder was auch immer und seinem schnauzbärtigen Polen etwas zuschnatterte, und kurz drauf war er unten und gewaschen und umgezogen und parfümiert, nur in seinen Haaren klebte noch ein Stück Mörtel. Er küsste mir die Hand! Und bevor ich auch nur Piep sagen konnte, lud er mich in ein Café auf einen Espresso ein, der nach dem Krankenhauskaffee so wunderbar bitter war, dass ich mir gleich vier davon reinzog. Anscheinend war es nicht so passend, dass ich nach Roman fragte, wo er denn sei und so, denn Fulcanelli schüttelte den Kopf und wich meinem Blick aus, dem Doktor würde jemand nach dem Leben trachten, vielleicht bleibe er deshalb zu Hause, und wenn er auftauche, dann schweige er nur, und seine Hände würden zittern.

»Das magische Denken, da steckt das Problem bei diesen Leuten«, sagte er und tippte sich an die Stirn, er kenne das aus erster Quelle – von seinem eigenen Kopf.

»Sie wollen sagen, er ist nicht normal«, hakte ich nach, und er hob seine Schultern bis zu den Ohren und legte die Stirn in Falten: Es könne gefährlich sein, wenn mehrere solcher Menschen an einem magischen Ort zusammenträfen und sich zankten.

Ich wollte wissen, wer diese anderen seien, aber er hatte es auf einmal mit meiner Narbe und machte ein furchtbares Brimborium darum, und dann fragte er mich nach dem Kettchen, das er mir geschenkt hatte, und ich versuchte mich zu erinnern, und dann fiel mir ein, dass ich es wohl auf Romans Schreibtisch liegen gelassen hatte.

Es war die Wahrheit, aber wenn ich gewusst hätte, dass ihn das so fertigmachen würde, hätte ich gelogen und gesagt, dass es zu Hause in meiner Schmuckdose sei, als ob ich jemals so etwas besessen hätte.

Ich wusste immer noch nicht, was er an mir fand und weshalb er hinter mir her war, ich selbst hatte mir nie gefallen, und wäre ich ein Kerl gewesen, hätte ich mir sicher so eine Frau-Frau ausgesucht und nicht mich, aber der hier hatte offenbar ein Faible für meine Narben. Übrigens ließ ich ihn nicht meinen Kaffee zahlen, kam gar nicht in die Tüte, ich sauste los zu meiner Verabredung mit Mravenec und guckte mich nicht mehr nach Fulcanelli um, war aber auch zu viel verlangt, kaum eine Stunde aus dem Spital draußen und dann einen traurigen Italiener trösten.

Mravenec war schlecht gelaunt aus dem Domkapitel zurückgekehrt. Er war nicht mit diesem Vatikanagenten zurechtgekommen, konnte nicht begreifen, wie all die Schlüssel in die Hände von Unbefugten geraten waren und wieso der Kirchenschatz überhaupt in der Kathedrale aufbewahrt werden musste, wenn die so bescheuert bewacht wurde, warum nicht zwei breitschultrige Kerle vor den Portalen standen, und überhaupt, warum man dort nicht einfach Kopien der Kostbarkeiten aufbewahrte und die Originale, so Mravenec zu Zelenka, statt in der Schatzkammer der Kirche in einem unterirdischen Safe der Nationalbank tief unter der Prager Kanalisation lagerte. Aber Zelenka zeigte deutlich, wie stupide Mravenec doch war, »das sind nicht einfach nur Kleinodien, es sind vor allem Gegenstände, die zur Aufbewahrung von Reliquien angefertigt wurden, von echten Reliquien echter Heiliger«, betonte er, »und die wollen Sie unter der Erde verstecken, im Safe eines Wucherinstituts?« Er hatte vor Abscheu gezittert, und Mravenec dämmerte, dass es mit den Katholiken nicht so einfach werden würde.

Ich gab ihm, plötzlich von Roman inspiriert, einen Rippenstoß, hör mal, Mravi, sieh das Ganze als Kunst an, in diesen Büchsen sind nun mal Originale, die sich wirklich nicht durch Kopien ersetzen lassen, denn *wessen* Knochen sollte man da reintun? Er beruhigte sich ein bisschen, moserte aber weiter herum, wenn es nach ihm ginge, müsste in diesen goldenen Kreuzen und Armen und Schreinen und Türmchen überhaupt nichts drin sein, und so spielte er mir das Argument direkt in die Hand. »Und warum sollten solche leeren Behälter da überhaupt vor sich hinoxidieren, hm?« Und so gab er schließlich zu, dass die Polizei unseres Staates damit nichts zu schaffen habe. Wie mit allem anderen auch, sagte ich.

Ich wollte wissen, ob er mit Urban gesprochen hatte, aber von dem hatte es anscheinend geheißen, er sei bettlägerig und in schlechter Verfassung, er habe sich schon im Sterben geglaubt und Roman Rops zu sehen gewünscht, den Zelenka daraufhin angerufen hatte, und Rops hatte versprochen zu kommen, war aber nicht gekommen, und Urban ging es darauf noch schlechter, aber in den Himmel schwang er sich doch nicht auf.

»Komisch, dass er ihn erwähnt hat«, sagte ich, und Mravenec stimmte zu, dass Zelenka nicht unbedingt über ihn hätte reden müssen und ihn nur in Zusammenhang mit Urban genannt hatte, und seiner Meinung nach sei er, also Zelenka, auf Rops eifersüchtig, weil Urban ihn wichtig nahm, und es komme ihm auch unwürdig vor, dass sich ein ehemaliger Beichtvater seinem Pfarrkind so aufdränge.

»Vielleicht will Zelenka uns raten, mehr hinter Rops her zu sein, ihn verdächtigt er wohl am meisten«, meinte Mravenec, und so fragte ich ihn, was er denke, und er grinste, er werde die anderen abklopfen und Rops mir überlassen.

Hm. Sah man es mir so an?

Am Abend zog ich mich vor dem Spiegel aus und besah mir die Bohnenstange mit der geflickten Birne und den spärlichen Zotteln, na ja, unterm Nabel hatte ich tatsächlich mehr als auf dem Kopf, so wirst du bei Roman schlecht ankommen, sagte ich mir und begann schon zu schniefen, aber ich hörte gleich wieder auf, wenigstens diesem Kauz von Fulcanelli gefiel ich so, dass er mir Geschenke machte, und auf einmal vermisste ich das Armband.

Ich bekam ein Einschreiben mit dem Stempel des Erzbistums, schon das zweite diesen Herbst. Ich hielt es im Fenster gegen das Licht, und obwohl ich so nichts erkennen konnte, wollte ich lieber keinen Blick hineinwerfen und verbrannte den Umschlag samt ungelesenem Inhalt wie schon beim ersten Mal über einer Kerze, diesmal jedoch sofort. Meine Wohnung verließ ich nur nachts. Ich hatte das Telefonkabel aus der Steckdose gezogen und reagierte nicht auf die Türklingel. Klára sah mich einmal im Fenster stehen, als sie unten auf dem Bürgersteig mit dem schwarzen Gras auf mich wartete, wer weiß wie oft sie schon gekommen war, und obgleich ich wusste, wem ich die Ruhe verdankte, aus der mich nicht einmal die Polizei aufstörte, antwortete ich, der ich halb verborgen hinter dem leise knarrenden Kopf der eisernen Rose stand, nicht einmal ansatzweise auf ihr freudiges Winken. Ich nahm die Blume in die Hand und wiegte sie in meinen nackten Armen, bis sich das Öl mit Blut vermischte und Romano Furioso die verletzende Bestie gegen die Wand schleuderte, jedoch so, dass sie das Porträt nicht gefährdete. Dann riss ich den Vorhang vor dem Bild auf, fiel auf die Knie, bat um Vergebung, betete um Gnade und versprach lautstark alles Mögliche und zuallererst mich selbst – dies alles für eine Chance, die vergangenen Fehler wiedergutzumachen und Sidonie zurückzubekommen.

So verstrich der dritte Tag, als nach Stunden, die ich reglos am Schreibtisch zugebracht hatte, mein Blick auf das Armband aus verschlungenen Zweigchen mit seinen winzigen rosa Knospen und roten Blüten fiel. Ein Geschenk von Fulcanelli, aus Liebessehnsucht, wenn nicht aus Liebe. Das Kettchen lag auf dem Buch des anderen Fulcanelli, geschrieben in der Sehnsucht nach der geheimen Erkenntnis, wenn nicht aus Liebe zu ihr.

Da roch ich meine ungewaschene Haut und die ungewaschenen Kleider, zog mich aus und nahm in meiner Marmorwanne ein Bad, das Kettchen ums Handgelenk wie einen Rosenkranz, das ›Mysterium der Kathedralen‹ vor Augen. Im weißen Dampf, der aus der schwarzen Wanne aufstieg, zeichneten sich scharf umrissen die Buchstaben ab:

Haec est clara dies clararum clara dierum!

Ich las und wunderte mich nicht mehr. Ich wunderte mich nicht mehr über Schüsse in der Kathedrale, zerschlagene Skulpturen, abgehackte Menschenhände. Fulcanelli erschrak über Gewalt. Er rechtfertigte sie nicht, konnte sie jedoch auf geniale Weise erklären. Diese Erklärung war gleichzeitig schlicht und eigentlich längst bekannt, er holte sie nur aus dem Dunkel meines Vergessens. Ich schaltete das Diktiergerät ein, das auf dem Spiegelbord lag.

»Klára: Die Kathedrale ist das Abbild der Welt. Nach ihrer Fertigstellung bleibt sie ein offenes Werk; das Innere und die Ausschmückung der Fenster lassen sich immer wieder abwandeln und ergänzen, von außen betrachtet öffnet sich der Bau körperlich nach allen Seiten durch Kapellen, Türme und Treppen, vor allem aber durch die Strahlen der Rippen und Pfeiler, wobei er von oben weiterhin an ein Kreuz erinnert. Die Steine der Kathedrale liegen nicht einfach nur da, sie steigen Sims für Sims auf, verjüngen und verfeinern ihre Gestalt, lassen jedoch nicht nach und hören nicht auf, und falls es dem Auge so scheint, dass sie doch ein Ende haben, dann deshalb, weil sich der Betrachter tief unten befindet und niemals sieht, wie sich die höchsten Türmchen und Fialen unmerklich in die Höhe schrauben. Der Körper der Kathedrale überragt so immer die Bebauung der Umgebung, wetteifert jedoch nicht mit ihr; der erste Platz unter den Gebäuden der Stadt ist ihr sicher, darüber wurde schon zu Anfang entschieden. Mit der ästhetischen Funktion verhält es sich analog: Das Innere ist zwar wichtiger, das bedeutet jedoch nicht, dass der Mantel nur nackte Mauer sein soll. Hier sehe ich dann den größten Unterschied: Während eine weltliche Institution die Menschen in Kasten unterteilt und unter Vorwänden jene nicht einlässt, die sie für unwürdig erachtet, sollte die Kathedrale ein öffentliches Haus sein, das jedem offen steht. Und wenn ich jedem sage, meine ich damit auch Atheisten und Andersgläubige.

Die Kathedrale ist vom Wesen ihrer Form und ihres Inhalts her großzügig, und engherzige Verwalter schaden ihr. Sie mögen selbst die Weihe haben – solange sie sich berufen fühlen, das Tor zu schließen, ist ihre Berufung ein Irrtum.«

Roman sagte, ihn würde nichts mehr überraschen, ihm selbst bleibe aber noch Zeit. Im Lauf der Geschichte würden erst die Nebenfiguren sterben und zum Schluss die Protagonisten, das sei durch das *Wort* so vorgegeben. Dieser Fall hier stelle innerhalb des Genres nichts Neues dar, eher im Gegenteil, und doch sei etwas schrecklich Verqueres an ihm. Und er fügte ein kleines Detail hinzu, das ich dem Boss als eine gewisse Spur servieren konnte.

Die Suche nach Kalandras Mörder war nämlich ins Stocken geraten, und es hatte schon danach ausgesehen, dass wir entweder das Ganze nächstens ad acta legen würden oder am besten gleich einen weiteren Mord erflehten.

Und jemand erhörte uns.

Doch zunächst Romans Beobachtung. »Als ich gestern Abend die Kathedrale verließ, sah ich Henryk hineingehen. Der Dom war schon leer. Der Parlier hatte eine Skizze in der Hand, und es machte den Eindruck, als würde er nach etwas suchen. Kurz darauf ging noch eine Frau hinein. Ich dachte, es sei seine Verlobte. Aber das war sie wohl nicht.«

Ich war so oft dort, und ausgerechnet in dem Moment nicht. Ich hatte mir freigenommen. Von Mravenec, vom ollen Veit, von Roman, dem es besser ging, der mich aber nicht zu sich einlud, weil er aufholen müsse, was er versäumt hatte. Ich war hundemüde, übrigens wie immer vor Vollmond, als hätte man mir Schierling eingeträufelt. Aber noch nie hatte ich *so* gepennt. Und in dieser Zeit passierte es natürlich.

Die Allerseelenmesse dauerte zwei Stunden. Der Kirchenraum war nur von Kerzen erleuchtet, man sang, betete laut und leise, gedachte der Verstorbenen. Ganz normal wie in jedem Jahr, eben nur ohne künstliches Licht und mit einem Gerüst, das direkt über dem Hauptaltar aufragte.

Roman konnte sich nicht auf den Gottesdienst konzentrieren, wie er später erzählte, ständig musste er die riesigen Holzräder betrachten, auf denen Fulcanellis Crew das Monstrum kreuz und quer durch die Kathedrale schob, wenn keine Leute da waren. Und jetzt war das Gerüst durch irgendein Versehen im Altarraum stehen geblieben, obwohl sie es normalerweise vor den Messen in eine Ecke des Querhauses räumten. Und als dann die Feier vorbei war, murrten einige Gemeindemitglieder und beschwerten sich darüber, dass die Maurer es da stehen gelassen hätten, und Fulcanelli selbst sah ganz bestürzt aus und verteidigte sich nicht einmal. Auch Unterwasser war da, obwohl der mit der Kirche sonst nichts am Hut hatte, wie Roman meinte, und zusammen mit ihm Rut, und hinter ihnen kam, natürlich solo, Julius Maler, wer sonst. Rut frotzelte Fulcanelli gegenüber, er kenne sich mit mittelalterlicher Kunst ganz gut aus, aber nirgendwo, auf keiner einzigen Darstellung, habe er so ein fahrbares Gerüst gesehen, allenfalls eine Einrichtung zum Entladen von Schiffen auf einem hanseatischen Gemälde, so einen hölzernen Kran, der aussehe wie ein verwachsenes Huhn, und Fulcanelli regte sich auf – ein solches Gerüst habe man in Prag schon beim Bau der Hungermauer und der kleineren Kirchen in der Neustadt verwendet, und er appellierte an Romans Zeugenschaft, aber der guckte woandershin und zog die Schultern hoch, so wie das mein schwarzer Zauderer eben zu tun pflegte. Maler mischte sich ein und behauptete, dass es das Gerüst auf Rädern bereits in der alten Levante gegeben habe und auf einem Bild von der Belagerung der Jerusalemer Stadtmauern zu sehen sei, und Zelenka seufzte wohlig auf, das sei kein Gerüst, sondern ein Belagerungsgerät der Kreuzritter gewesen.

Und wie das nun mal so ist, spielte sich das Entscheidende nicht auf der Bühne ab, wie Roman sagte, sondern hinter den Kulissen. Das heißt, es hatte sich abgespielt, denn es war schon vorbei. Und niemand anderes als der alte Antiquar entdeckte es, unter allen Scharfsichtigen ausgerechnet er! Während sich die anderen kabbelten, schlappte Unterwasser aus dem Presbyterium, die anderen dachten, er müsse wohl mal oder so, doch er wollte »durch den Umgang mit den Kapellen spazieren, einmal den Silbersarg des heiligen Nepomuk angucken und die mit den Popos und den Flügelchen um ihn herum«, so hatten wir es im Protokoll stehen, und als er unter dem Balken über der Achsenkapelle hindurchging, an dem eine Kalvariengruppe baumelte, trat er in eine glitschige Pfütze und hob den Kopf und sah mit seinen zerquetschten Augäpfeln, dass an dem Kruzifix nicht nur einer, sondern gleich zwei hingen.

Er rief nach den anderen, die herbeieilten und im Halbdunkel mit ihm zusammenstießen, und dann kletterten Roman und Fulcanelli auf das Gerüst und schoben von dort eine Art Brücke über den Umgang, »tatsächlich so etwas Ähnliches wie die Rampe eines Belagerungsgeräts« (Rut), da war die dicke rote Lache, und sie holten den armen Henryk herunter, der dort, den Rücken treu an die Rückseite des Gekreuzigten geschmiegt, vor sich hinwelkte, »es war wie eine Rops'sche Szene« (Roman), »die Polen sind eben die leidenschaftlichsten unter den Katholiken« (Unterwasser), und das Schlimmste war, dass Henryk anscheinend noch lebte, seine Hände und Füße waren nur an dem Kreuz festgebunden, doch in der rechten Seite hatte er ein Loch so tief wie ein Höllenschlund, es ging durch die Leber hindurch bis in den linken Lungenflügel, ein unsauberer Durchstoß, seinen letzten Atemzug tat er im Rettungswagen, der mustergültig innerhalb von fünf Minuten erschien, »lerne die Herkunft der Metalle kennen« (Rut zu Roman), und Roman parierte: »Unwissenheit ist der Ursprung allen Leidens.« Unterwasser spitzte auf einmal die Ohren und kicherte nicht mehr, als er hinzufügte, dass »alles Körperliche gekreuzigt werden und sterben muss«. Rut griff es auf, »... damit das Unkörperliche wieder aufersteht und leben kann.« So eine Scheiße.

Alle waren grün im Gesicht, wie Roman bemerkte, nur Zelenka rot, und als würde ihn weniger die Tatsache betrüben, dass man den Polen erstochen hatte, als dass es zu einer schrecklichen Profanation gekommen war, stellte er fest: »Die Leute haben an Allerseelen zu einem lebenden Sünder gebetet!«, und Maler versuchte ihn zu trösten: »Wie üblich wussten sie nicht, was sie tun.« Am meisten machte dem Monsignore Sorgen, wie er es Urban unterbreiten sollte, der ja gerade erst seinen Infarkt überstanden hatte und Ruhe benötigte.

Später erinnerte sich Roman an die Frau, die Henryk am Vorabend in die Kathedrale gefolgt war, aber er konnte sie nicht näher beschreiben. Wenigstens hatte ich jetzt etwas für den Boss. Er putzte uns trotzdem runter, Mravenec und mich, und meine Kriegswunde rührte ihn kein bisschen.

Wir standen vor dem hohen Portal in der Goldenen Pforte und betrachteten die frische Aufschrift. Die Buchstaben waren ungleichmäßig groß, aber kantig und gerade. Unter ihnen prangte rot ein etwas schiefer, aber unbestreitbar mit Hörnern versehener Kreis.

Durch mich geht man hinein zur Stadt der Trauer,
Durch mich geht man hinein zum ewigen Schmerze,
Durch mich geht man zu dem verlornen Volke.
Gerechtigkeit trieb meinen hohen Schöpfer.

»›Inferno‹, dritter Gesang, Vers eins bis vier«, bemerkte ich.

Fulcanelli nickte zustimmend. Urban hob seinen Blick von dem Bodenbelag, aus dessen Fugen bräunliches Gras wucherte.

»Ein dummer Scherz. Eine Provokation. Wie die vorhergehenden.«

»Aber warum? In der ›Göttlichen Komödie‹ hat Dante die Aufschrift auf das Höllentor gesetzt. Es sind insgesamt neun Verse, und der letzte lautet ›Lasst jede Hoffnung, wenn ihr eingetreten.‹ Die Hölle selbst warnt die Eintretenden davor, was sie erwartet. Die Hölle selbst spricht, führt das Wort, hat ihre Sprache. Vielleicht auch hier.«

»In der Kathedrale?« Der Erzdiakon schüttelte den

Kopf. »Dann könnte da ja genauso gut auf Deutsch ›Arbeit macht frei‹ stehen.«

»Das Maß an Hoffnung ist in beiden Fällen gleich. Ihr Henryk hat schließlich auch hier gearbeitet«, wandte ich mich an den Baumeister.

»Und jetzt hat er frei«, sagte Fulcanelli traurig.

»Meine Herren!«, schrie Urban. »Könnten Sie diese Impertinenz wenigstens in meiner Anwesenheit unterlassen? Ich wundere mich über dich, Roman, und es bestätigt mir nur, in was für einen Sumpf du geraten bist. Und über Sie, Meister, wundere ich mich besonders – Sie haben schließlich Ihren liebsten Mitarbeiter verloren. Geben Sie acht, dass Sie nicht auch noch unser Vertrauen verlieren.« In seinen eingesunkenen Augen, unter denen dunkle Halbmonde aus Müdigkeit und Erbitterung lagen, schimmerten Tränen.

»Verzeihen Sie, Vater, aber was bleibt noch anderes als Galgenhumor? Henryk werde ich nicht mehr lebendig machen, und gestern habe ich bei seiner Verlobten bitter geweint. Ich wollte nicht, dass sie es über das Polizeitelefon erfährt.«

»Sie hätte Ihnen Henryk über kurz oder lang entführt, und nun ist es anders gekommen: Er ist in der Kathedrale geblieben«, sagte ich.

»Du bist dir da ja ganz schön sicher«, entgegnete Urban. »Woher nimmst du die Gewissheit, dass alle Frauen solche Macht über Männer ausüben wie eine bestimmte Frau über dich? Glaubst du, jeder würde alles vergessen, nur deshalb seine Hoffnungen und Chancen fahren lassen, um sich mit animalischer Gier seiner Dutzendleidenschaft zu ergeben? Ich bin überzeugt, dass Henryk Lukomski nach Beendigung der Restaurationsarbeiten mit Herrn Fulcanelli fortgegangen wäre und das Mädchen in Prag zurückgelassen hätte.«

»Bitte, das ist Ihre Meinung. Ich erinnere mich allerdings, wie unglücklich Henryk war, dass er sich zwischen den beiden entscheiden musste. Er war über beide Ohren verliebt, und als guter Katholik wollte er das Mädchen heiraten.«

»Das kann ich bestätigen«, fügte Fulcanelli hinzu. »Er war richtig *sdoppiato* ... verdoppelt, verstehen Sie?«

»Gespalten.«

»Genau. Ich habe ihm geraten, er soll sich in Prag niederlassen, er könne mir immer noch nach Deutschland oder Frankreich nachfolgen, wenn sie dann mal zwei, drei Kinder hätten. *Ovviamente* ...«, er sah sich auf dem Dritten Burghof um, den ein Kordon abzäunte, »falls mich hier nicht jemand vorher umbringt.«

»Sie?«, entgegnete Urban. »Warum sollte man Sie umbringen?«

»Und warum Henryk? Vielleicht gewinne auch ich allmählich Einblick in die Sache.«

»Ich weiß nicht, möglich ist wohl alles«, flüsterte der Alte und stützte sich gegen die glatte Wand des Chors. Doch gleich darauf richtete er sich wieder auf. »Kalt und weich, sehen Sie?« Widerwillig legte er den Zeigefinger auf den Stein. »Diese Kathedrale ist winzig klein, sie ist nicht mehr aus Sandstein, sondern aus versilbertem Plastik. Sie lässt sich biegen und macht sich am besten auf dem Regal über dem Fernseher.«

»Ich verstehe.« Ich blickte zu Fulcanelli. »Aber heute können wir uns nicht über Touristen beschweren.«

Vor dem Eingang standen zwei uniformierte Polizisten und beobachteten einen Mann in Steppjacke, der mit dem Pinsel über die neue Aufschrift fuhr und etwas untersuchte. Irgendwo hinter der schweren Tür befanden sich Klára und Mravenec mit einem ganzen Trupp von Kriminalbeamten.

»Möchtest du damit etwa andeuten, dass mir dieser Zustand behagt?«, fragte Urban leise.

»Ich wollte Sie nicht kränken«, versicherte ich ihm, und dann fügte ich ebenso leise wie er hinzu: »Aber vielleicht wollte es irgendetwas in mir.«

»Warum? Ich habe dir nichts getan.«

»Nein?«

»Ich wollte immer nur, dass du jemand Besseres bist. Du warst dazu geeignet, glaube mir. Du warst zu mehr geeignet als zu einer Frau und dem Zusammenschreibseln von schlechten Büchern. Es ist ein Jammer.«

Mit diesen Worten entfernte er sich von uns. Fulcanelli verabschiedete sich ebenfalls, er müsse die Gipsvorlagen für die neuen Büsten ansehen.

Es war noch nicht drei Uhr, und schon brach die Dämmerung herein. Es begann leicht zu nieseln. In der Hofeinfahrt stand ein Polizeiauto. Auf dem Wagendach blinkte ein längliches Blaulicht und beschien das dunkle Gras, das über die Mauern des Palastflügels zu den Fenstern und Sicherheitskameras hinaufkroch.

Etwas störte mich. Ich konnte nicht sagen, was. Ich kehrte deshalb noch einmal in das abgezäunte Gelände zurück und blieb vor der Südfassade des Domes stehen, unter dem Mosaik des Jüngsten Gerichts, das einst das mittlere Fenster der Kronkammer ersetzt hatte. Es wirkte wie von der Sonne ausgeblichen. Den Christus in der Mandorla überzog ein feiner Glitzerschleier, als wäre vor Kurzem eine Schnecke über ihn gekrochen. Die Konturen des ehemaligen Fensters zeichneten sich deutlich unter ihm ab, was sonst nur nach starkem Regen vorkam. Ich trat näher an das Bronzegitter in der Nische der südlichen Kirchenvorhalle heran, unter Parlers Gewölbe, das von einem vorgeschobenen Trumeaupfeiler gestützt wurde, einem Stamm, der sich in Luftrippen verzweigte wie in eine ausladende Baumkrone. Steinerne Eichen-, Beifuß- und Weinblätter schmückten die Schlusssteine. Doch irgendetwas fehlte. Hier hatte zuvor Kilián Urban gestanden und dort Angelo Fulcanelli. Und dort war das Bronzegitter, das der Baumeister mit seinem Rücken verdeckt hatte.

Ich sah es mir genau an. Tatsächlich. Hier, hier und hier. Ich zog mein Diktiergerät aus der Tasche und begann die Schäden aufzuzählen. »Klára, hier fehlen drei Figuren.«

Jemand hatte mich gerufen. Ganz bestimmt. »Klára …« Ich drehte mich um, aber nichts. Niemand war hinter mir. Der Boss ermahnte mich aufzupassen.

»Wir suchen nach Fehlern, die dem Täter unterlaufen sind, Brochová. Wir selbst haben schon genug Fehler gemacht, nicht wahr?«

»Aye, Sir.«

Mravenec lachte sich scheckig und lehnte sich gegen ein Rad von Fulcanellis Gerüst, um auszuprobieren, ob es sich bewegte. Es bewegte sich nicht. Der Boss wies den Fotografen an, hinaufzuklettern und das Kreuz von dort oben zu knipsen. Ich hob die Seile vom Boden, mit denen der Pole festgebunden gewesen war, und zeigte sie dem Boss, zusammen mit dem Senklot, das wir an einer durchgerissenen Schnur unter dem Gerüst gefunden hatten.

»Sie haben die Seile nicht kompliziert verknotet, nicht einmal doppelt. Man konnte sie leicht lösen, schrecklich schnell. Und doch hing er da die ganze Messe über, ruhig und still, als wollte er nicht stören. Er hat nichts versucht. Sie hatten ihn bereits durchbohrt, als sie ihn da aufhängten. Und woran sie das Lot gebunden haben – keine Ahnung; es ist sowieso abgerissen.«

»Wer hat ihn heruntergeholt?«

»Rops und Fulcanelli.«

»Schon wieder Rops? Dieser Stutzer zieht Katastrophen an.«

»Sie haben's getroffen, Chef. Aber er ist nicht böse. Der ist nur zu gebildet. Das tut keinem gut.«

»Machen Sie hier den Advocatus Diaboli, Brochová?«

»Ich denke nicht.«

»Das ist es ja gerade. Ich glaube jedenfalls, dass er nicht normal ist.«

»Das glaube ich auch.«

»Wahrscheinlich ein Homo, der Angst hat, es zuzugeben.«

»Das glaube ich nicht.«

»Ist Ihnen aufgefallen, was er im Aufschlag seines Mantels trägt?«

»Eine schwarze Rose. Zum Zeichen der Trauer. Als Kalandra umgebracht wurde, hat er eine dunkelrote getragen.«

Er schüttelte den Kopf. »Vielleicht hat er es diesmal getan und das letzte Mal jemand anders. Was, wenn es zwei Mörder gibt? Oder drei?«

»Das glaube ich nicht.«

»Sie wollen ihn also nicht aufs Präsidium bringen.«

»Das ist nicht nötig. Ich behalte ihn im Auge.«

»Es wundert mich, dass Lukomski den beiden nicht hinuntergefallen ist, als sie ihn da abnahmen. Er muss über achtzig Kilo gewogen haben.«

»Mit dem Gerüst ging es einfach. Ich wette meinen Kopf drum, dass er auf dem gleichen Weg an das Kreuz gelangt ist.«

»Und dieser Fulcanelli – wie hat er sich verhalten?«

»Der war völlig fertig. Die haben ja nicht nur seinen Freund kaltgemacht, sondern auch noch seine Technik missbraucht, und die ist ihm heilig.«

»Und er hat nicht selbst die Finger drin?«

»Da wäre er ja verrückt, wenn er derart auf sich selbst weisen würde. Dieses Gerüst ist sein Patent, man kommt damit fast überallhin, und der obere Teil lässt sich vergrößern und erweitern, probieren Sie's aus.«

»Oder er ist eben gerade nicht verrückt. Vielleicht rechnet er ja genau mit dieser Überlegung: Zur Durchführung der Tat wurde sein Gerüst benutzt, und er selbst würde es niemals zu etwas so Niederträchtigem gebrauchen. Womöglich spielt er so Schach mit uns.«

»Aber er hatte kein Motiv. Henryk wollte ihn zwar im Stich lassen, aber Fulcanelli ist kein bisschen rachsüchtig. Er hat ihm angeboten, dass er jederzeit wieder zu ihm zurückkommen kann.«

»Na gut. Sonst irgendwas Auffälliges?«

Ich packte meine Weisheiten aus, die ich von Roman aufgeschnappt hatte. »Diese Kapelle ist vielleicht nicht die wichtigste, aber besonders ist, dass sie als Einzige in der Achse der Kirche liegt, und interessanterweise können Sie gleich rechts daneben die Reliquienkapelle sehen.«

»Die, in der Rops Kalandras Hand gefunden hat?«

»Genau. Diese hier wurde der Jungfrau Maria geweiht, davor der Heiligsten Dreifaltigkeit, aber dann nannte man sie Kaiserkapelle, alldieweil Karl der Vierte sie erbauen ließ. Auf dem Balken hier über uns ist die Kalvariengruppe. Lukomski hing zusammen mit Jesus am Kreuz.«

Er starrte mich ziemlich stumpf an. Auf einmal war ich so groß wie er. Eins neunzig. »Und hat irgendetwas davon Ihrer Meinung nach eine Bedeutung?«

»Genau weiß ich es nicht. Ich würde sagen, die wollten zeigen, dass er eigentlich unschuldig ist. Aber Rops behauptet, dass in dieser Kirche hier einfach alles Bedeutung besitzt.«

»Das ist albernes Gewäsch, Brochová.«

»Kann schon sein. Aber Rops hat zu Hause ein ganzes Buch darüber. Ich habe schon mal reingeschaut und werde es wieder tun. Das gleiche Buch studiert übrigens dieser kleine Mönch, der überall seine Nase hineinsteckt. Ich dachte eigentlich, wenn es jemandem an den Kragen geht, dann ihm. Aber es war Henryk.«

»Ich will Fakten. Das hier sind keine Fakten.«

»Tja, mit den Fakten sieht's schlechter aus. Aber soweit ich mir die ganze Kirche angeguckt habe, ist das einzige Kreuz, mit dem man so eine Schweinerei veranstalten kann, dieses hier, am Balken der Kaiserkapelle. Der Mörder hat nämlich an die Gemeinde gedacht – die konnte Henryk selbst zwar nicht sehen, aber das Kreuz hinter dem Hauptaltar erahnen. Meiner Meinung nach ein teuflischer Scherz.«

»Und was soll das heißen?«

»Das Gleiche wie die Kringel mit den Hörnern draußen. Und diese rote Schmierage.«

»Dann machen Sie da mal weiter, Brochová. Und schauen Sie zu, dass Sie die Sache beschleunigen.«

»Werde ich machen. Ich hab heute noch nichts gegessen.«

»Und?«

»Dann würde ich jetzt gehen, ja? Ich lad Sie ein.«

»Gehen Sie mal allein.«

Ich verließ die Kathedrale. Im Torweg sah ich Roman. Ich lief ihm nach und tippte ihm auf die Schulter. Er fuhr zusammen vor Schreck. Ich schnappte mir seinen Ellbogen, nahm ihn fest und versprach Gnade, falls er mit mir ins Wirtshaus gehen würde. Aber er war wieder ganz in sich selbst versunken. Meinte, er müsse was nachschauen gehen. Wo denn, wollte ich wissen. In einem Buch. Im ›Mysterium der Kathedralen‹, riet ich. Er schüttelte den

Kopf. Aber ich könne ruhig mitkommen. Im Kühlschrank würde sich schon irgendwas auftreiben lassen. Ich ließ es auf einen Versuch ankommen.

Wein wollte sie keinen, also goss ich ihr zu der Zwiebelsuppe, die ich mit geriebenem Käse bestreut hatte, Orangensaft ein. Sie aß alles auf, ich selbst hatte keinen Appetit. Ich zog den Vorhang vor Sidonies Porträt zu und suchte in meiner Bibliothek den Bildband ›Der Prager Veitsdom‹ mit hundertunddreißig Schwarz-Weiß-Fotografien heraus. Ich übersprang die Panoramabilder und blätterte schnell nach Detailaufnahmen der Dekoration. Da waren sie: zwölf Fotografien der zwölf kleinen allegorischen Gruppen im Bronzegitter der Goldenen Pforte, darunter diejenigen, die nun jemand weggefeilt hatte. Vom Monat Oktober fehlte der Bauer, vom November – den hatten wir nun – die Bäuerin, und vom Dezember war das Schwein verschwunden. Das Gitter war 1935 geschmiedet und zwanzig Jahre später mit den Figuren versehen worden. Ich schaltete auf Aufnahme, begann mit dem Stichwort »Klára« (Klára, die am Tisch saß, drehte sich zu mir um) und beschrieb, wie die Figuren aussahen.

Dann drückte ich auf »Stop«. »Es will mir trotzdem nicht in den Kopf.«

»Was denn?«, fragte sie und spulte dabei einen geschmolzenen Käsefaden mit der Zunge auf.

»Ich kann über diese Frau nichts anderes sagen, als dass sie ein Kopftuch trug.«

»Du meinst die Frau, die gleich nach Henryk in den Dom ging?«

»Ja. Ich begreife immer noch nicht, weshalb er sie hineingelassen hat. Der Dom war schon geschlossen.«

»Vielleicht kannten sie sich. Oder sie hatte einen

Schlüssel. Wenn einer ohne die Türen aufzubrechen in die Schatzkammer gelangt, warum sollte er dann nicht auch ein Kirchenportal aufkriegen?«

»Die Schlösser waren aber bereits ausgetauscht worden, auch mein Schlüssel zum Nordzugang ist neu. Aber was ich sagen wollte, ist ... Ach nein. Das ist Unsinn.«

»Was?«

»Nichts.«

»Moment, jetzt musst du damit rausrücken. Hey, das macht doch nichts, wenn es Quatsch ist. Ich werde nicht über dich lachen.«

»Das beruhigt mich wirklich. Also ungeachtet dessen, dass es Quatsch ist, fiel es mir gerade über diesen Fotos auf. Die Frau sah dieser Dörflerin von der Goldenen Pforte hier ähnlich.«

Sie guckte verblüfft drein. Und so erklärte ich ihr, dass der Polizei wegen des zweiten Mordes ein weiterer Fall von Vandalismus entgangen war.

»Und du meinst, es gibt einen Zusammenhang?« Klára spähte in den Kochtopf und wischte ihn mit einem Hörnchen aus.

»Ich kann mir nicht vorstellen, welchen. Aber vor einiger Zeit habe ich diesen schwarzen Landmann dort gesehen. Es war die Nacht, in der dich die Maskierten überfallen haben, im Glauben, dass ich es wäre. Vielleicht hatte ich eine Halluzination, schließlich hast du selbst nichts draußen gesehen. Aber sieh dir dieses Bild hier an und präge es dir ein. Eine Ähnlichkeit ist da.«

Ich brachte ihr das Buch an den Tisch und setzte mich zu ihr. Sie betrachtete die Bronzefiguren, zunächst den Mann mit dem Hut, dann die Frau mit dem Kopftuch und schließlich das Schlachtschwein, das kopfüber an den Hinterbeinen aufgehängt war. Sie deutete darauf.

»Das Schwein hat einen aufgeschlitzten Bauch. Sie

werden es an Weihnachten häuten.« Es machte den Eindruck, als würde sie die Sache einsehen. »Sie werden's häuten, wenn die Adventszeit vorüber ist.«

Suppe konnte er also. Aber weiter bot er mir nichts an. Ich erzählte ihm von den Fingerabdrücken. »Auch deine waren da, auf dem Gerüst unter dem Kruzifix, auf dem Kreuz selbst nicht. Das Kreuz und auch den Christus hat ganz klar jemand anderes angefasst ... Fulcanelli. Allerdings hat er eine Erklärung dafür: Angeblich hat er geprüft, ob vom Jesus nicht der Lack abblättert. Mravenec hat eingeworfen, dass man so was wohl nicht mit bloßen Händen prüft, und Fulcanelli hat mit den Augen gelächelt und gemeint: Nur zu, dann solle er ihm doch mal beibringen, wie man so etwas prüft. Wenn der will, kann er ganz schön ausgefuchst sein und ein irres Tschechisch sprechen, was? Na, aber gerade die Tatsache, dass Fulcanelli so clever ist ... der würde verdammt aufpassen, keinen Fehler zu machen.«

Roman schüttelte den Kopf. »Ich sehe bei ihm keinen Grund, warum er Henryk ermorden sollte. Sie mochten sich.«

»Vielleicht zu sehr?«

»Das ist absurd. Fulcanelli war der Meister und Henryk sein Schüler. Ein archetypisches Verhältnis. Darüber hinaus waren sie befreundet.«

»Ich weiß ja auch nicht, was die beiden gegeneinander gehabt haben sollten.«

»Glaube mir Klára, nichts. Dafür waren sie sich zu ähnlich, die beiden haben sich gesucht und gefunden. Eine fixe und eine volatile Persönlichkeitsverbindung im gleichen Verhältnis und der gleichen Einheit, und erst Henryks Verlobung und das darauf folgende Dilemma hat die Harmonie des Ganzen gestört. Aber das ist als Mordmotiv zu wenig.«

»Fix? Volatil?«

»Ich rede schon wie Fulcanelli.«

»Würde ich nicht sagen.«

Er lachte auf. »Ich meine diesen Fulcanelli hier«, und er zeigte auf das Buch, in dem der anonyme Brief als Lesezeichen gesteckt hatte.

»Verdammt, was bedeutet volatil?«

»Unstet. Flatterhaft. Flüchtig. Eine Eigenschaft der allgemeinen Materie. Wie du siehst, habe ich es schon fertig gelesen. Ich kann es dir ausleihen.«

»Lieber nicht. Schwere Mystik, was?«

»Hermetik. Fulcanelli ist ein Hermetiker.«

»Welcher Fulcanelli?«

Er kniff die Augen zusammen. »Wahrscheinlich beide. Der Großmeister und dein Verehrer.«

»Lass das. Und Henryk?«

»Der war dabei, es zu lernen.«

»Und deshalb hat man ihn umgebracht! Stimmt's! ... Oder nicht? ... Eher nicht, oder?«

»Du bist zu hastig. Auf die Weise wirst du nichts verstehen. Wenn du verstehen willst, musst du langsam und geduldig vorgehen. Und vor allem vorsichtig.«

»Warum?«

»Weil ... Nein ... Ich sollte es dir lieber nicht sagen.«

»Und warum nicht?«

»Weil die Antwort bereits Bestandteil der nächsten Antwort sein wird.«

»Also ehrlich. So was nenne ich gaga.«

»Heute nennt man das vielleicht so.« Er lächelte mich an wie Daddy seinen Nachwuchs. Ganz mein Vater, würde ich sagen, wenn ich den gekannt hätte. »Aber ich zögere mit einer Erklärung, weil es gefährlich ist.«

»Mann, Roman, ich bin ein einziges geschwollenes Ohr, siehst du das nicht?«

»Doch. Hast du schon einmal davon gehört, dass alles mit allem zusammenhängt?«

»Mhm.«

»Es ist ein Klischee, noch dazu ein unwahres. Aber es existieren Zusammenhänge, die man mit dem Verstand nicht ergründen kann. Fulcanelli – Großmeister Fulcanelli – sagt im Grunde nicht viel mehr, als dass sich in jeder Einzelheit ein Körnchen des großen Ganzen verbirgt. Er spricht von den französischen Kathedralen. Erinnere dich daran, was Goethe über den Architekten des Straßburger Münsters gesagt hat.«

»Klar, kenne ich. Fällt mir nur rein zufällig gerade nicht ein.«

»Er hat gesagt: Vor diesem Dombaumeister haben einzelne Menschen einzelne Teile bearbeitet, doch er ist der Erste, nach dessen Vorstellungen diese Teile zu einem einzelnen Ganzen zusammengewachsen sind.«

»Und dieses Teilchen – dieses Körnchen muss man zuerst entdecken?«

»Darum geht es. Und dann wirst du die Wahrheit begreifen. Sieh mal, zum Beispiel mein Schreibtisch. Wenn du ein kleines Stück der Platte eingehend, wirklich sorgfältig untersuchst, erfährst du beinahe alles über jene im Wald wachsende Substanz.«

»Mannometer, ist das tiefsinnig. Wie zweilagiges Toilettenpapier.«

»Ganz richtig. Auch dafür haben wir einen geläufigen Namen. Aber wie wäre es … Wie wäre es zum Beispiel mit einem Imaginon?«

»Imaginon? Was soll das sein?«

»Ein erfundenes Wort, etwas Unbekanntes. Ein ungelesener Roman. Ein unaufgeklärter Mord.«

»Mit der Methode wird mich der Boss zu Tür hinauswerfen.«

»Und deshalb kommt er nicht weiter. Wenn du etwas aus Fulcanellis Buch lernen willst, dann wirst du verstehen, dass die polizeilichen Methoden nicht ausreichen werden, um den Mörder von Kalandra und Henryk aufzuspüren.«

»Was soll ich also machen?«

»Lesen.«

»Den Fulcanelli? Du hast doch gesagt, der ist zu schwer für mich.«

»Die Symbole lesen. Das kann man lernen. Angelo kann es. Henryk konnte es. Ich lerne es gerade.«

»Der Knabe wusste also was.«

»Ja.«

»Und ich muss herauskriegen, was.«

»Nur wirst du es nicht herauskriegen.«

»Also wirklich, Roman! Wir drehen uns im Kreis.«

»Genau der ist die Antwort.«

»Scheiße noch mal! Du machst mich fertig.«

»Ich verstehe, dass dich das frustriert. Vielleicht ist es richtig so. Und jetzt entschuldige mich bitte.«

Endlich stand er auf, um aufs Klo zu gehen. »Du hast mir noch nichts gesagt!«, zischte ich hinter ihm her, aber er ließ die Tür zuschnappen.

Ich sprang an den Computer, drückte eine Taste, der Bildschirm leuchtete auf, und ich stellte erleichtert fest, dass Outlook unten auf der Leiste war. Ich stürzte mich auf die gelöschten Mails und doppelklickte auf die letzte der ungelesenen Nachrichten aus England. Da war etwas.

Ich mache mir keine Illusionen, dass du mir gerade auf diese Mail antworten wirst, bin aber noch nicht ganz ohne Hoffnung. Falls du auch diesmal nicht antwortest, werde ich nicht mehr schreiben, sondern mich anders arrangieren. Man hat mir versichert, dass alles erledigt sei. Also hör auf, dich wie ein kleiner Junge zu verstecken. Du handelst dem Amtsentscheid zuwider. Du könntest auch in der geschlossenen Abteilung landen. S.

S.? Von der Toilette her war die Spülung zu hören.

Als Roman zurück ins Zimmer kam, saß ich wieder im Sessel und trank langsam mein Glas leer. Er guckte sich um, in der Luft waren noch die Bewegung und der aufgewirbelte Staub zu spüren. Ich schaute auf den Rechner. Er schwieg. Das Kontrolllämpchen des Monitors leuchtete nicht mehr. Ich hatte ihn ausschalten müssen, denn der Bildschirmschoner brauchte einige Zeit, und Roman hätte gemerkt, dass ich in seinen Dateien rumgeschnüffelt hatte. Jetzt schien er sich nicht sicher zu sein, ob das Ding vorher an gewesen war. Er zog die Stirn kraus. Guckte mich an. Und machte unweigerlich einen Schritt auf den Computer zu.

»Deine Rose!«, stieß ich aus. »Die ist doch nicht kaputt?« Ich stürzte zum Fenster, zog die Rose aus der Vase und hielt sie mir vor die Augen. Er kam einen Schritt auf mich zu, streckte die Hand aus, aber ich hatte schon den Finger in die Öse gehakt, zog daran und riss die Stahlsaite aus dem Stängel. Die eiserne Blüte, mit mörderischer Heftigkeit geschlossen, öffnete sich nicht mehr. Ohne dass ich es wollte, brach ein verborgener Kobold in mir in wildes Gelächter aus.

»Falls du nicht wegen polizeilicher Ermittlungen hier bist«, sagte Roman ziemlich leise, als er die beiden kalten Stücke entgegennahm, »dann gehst du jetzt besser.«

Mich guckte er nicht mehr an. Er glotzte auf die eiserne Faust, in die sich dieses Wunderding von Blume verwandelt hatte, wiegte sie in seinen nackten, zerstochenen Unterarmen, und über seine Hände rann Nähmaschinenöl.

Als ich die Tür hinter mir schloss, stand er immer noch so da.

Ich hätte mich ohrfeigen können.

Henryks Eltern kamen den Leichnam ihres Sohnes abholen, und der Baumeister der Kathedrale der Heiligen Wenzel, Adalbert und Veit fuhr mit ihnen, um seinen Parlier zur letzten Ruhestätte im heimatlichen Lublin zu begleiten. Er war vier Tage fort, als ich einen Brief aus Ostpolen bekam, darauf ein schwarzes Wachssiegel mit den Initialen A. F. in Form eines geöffneten Zirkels und einer rechtwinkligen Reißschiene.

Lieber Freund,
wenn Sie die Deutung der Symbole des Großen Werks, die mein Namensvetter verfasst hat, zu Ende gelesen haben, wissen Sie über Henryks Tod das Gleiche wie ich, und zwar dass sich das rote Blut der Kinder nur durch den Tod und die Verwesung vorübergehender Körper erneuern kann, damit das Agens aller metallischen Tinkturen erneut den Geist des Wirksamen erhält. Und so beklagen wir also nicht das Ende unseres jungen Gefährten, der nun schon seit zwei Tagen beerdigt ist und morgen die Seelenmesse erwartet, zu der auch ich einen bescheidenen Beitrag mit meiner Stimme leisten werde, damit unser *Beati sunt misericordes* auch zwei Meter unter der Erde zu hören ist. Nicht zufällig ist Henryk zusammen mit dem Gottessohn gekreuzigt worden, denn er erinnert an die Unsterblichkeit des wirksamen Geistes. Die Feuchtigkeit ist

vom toten Körper verdunstet und aufgestiegen, und nun fällt sie als himmlischer Tau auf die Erde und auf die lebendigen Körper und erfrischt uns. Ich erinnere mich daran, dass es auch geregnet hat, als wir uns das letzte Mal gesehen haben, und ich bitte Sie, dass Sie zu mir hinaufgehen und ein paar Runden um die Werkhütte drehen; die Steinmetzen haben frei, und ich fürchte um das Werkzeug und die Baudokumentation. Vielleicht sehen Sie dort einen Menschen, der nicht zu uns gehört. Verscheuchen Sie ihn nicht, sondern geben Sie mir Bescheid, wenn ich zurück bin, was er gemacht hat. Auf der Rückreise mache ich in Krakau halt, also sehen wir uns in circa einer Woche.

Mit innigem Gruß
Ihr ergebener Freund
Angelo Fulcanelli

Ich schlüpfte in meinen Mantel, zog den Regenschirm aus dem Ständer und ging die Treppe hinunter auf die Straße. Der Regen war mit dem Nordwind nach Prag gekommen, aber meinetwegen konnte auch Fulcanellis Version zutreffen und Henryk in Gestalt des himmlischen Taus auf die geliebte Kathedrale und die anliegende Bauhütte fallen, die ohne den Werkmeister ungewöhnlich still und verwaist war; sonst war das Klopfen der Hämmer und Meißel bis weit zu hören. Das Gatter im Zaun war nicht verschlossen. In der Werkstatt war Licht, ich vermutete, dass sich dort jemand zum Aufpassen aufhielt, und tatsächlich erblickte ich durch das beschlagene Fenster einen älteren Mann mit Tirolerhut und Pfeife im Mund. Aber es war noch jemand dort. Er stand neben einem Arbeitstisch und trug eine dunkle Kutte. Es war Benon. Seine Kapuze war auf die Schultern zurückgeworfen, unter dem Kinn wärmte ihn ein dicker Rollkragenpullover, und seine Füße steckten in nassen Gummistiefeln. Er hielt eine Aufrissskizze des Triforiums und des Kathedralendachs in der Hand, an den Rändern waren deutliche Linien und handschriftliche Bemerkungen zu erkennen. Auf der Werkbank vor dem jungen Mann lag ein Steinquader mit einem eingravierten Kreis. Letzterer mochte einen Durchmesser von etwa dreißig Zentimetern haben, außerdem ragten aus ihm zwei schräge Linien nach oben. Daneben lag quer über dem ganzen Tisch ein großer Wasserspeier, der keinen Kopf mehr hatte.

Ich entfernte mich leise vom Fenster, um Benon nicht zu stören. Aber es war keine besondere Vorsicht nötig, die Steinplatten unter meinen Füßen waren weich wie ein Teppich und dämpften meine Schritte. Ich blickte mich um. Der künstliche Schein der Laternen verdrängte die Schatten aus der Hofmitte in die äußeren Winkel des Kapellenkranzes, und in dieser trügerischen Beleuchtung sah das leere Gelände aus wie eine gewellte moosige Lichtung, auf der gestern noch Bäume gestanden haben mochten. Durch den Bogen des Brückengangs, der den Dom mit dem Alten Königspalast verband, erblickte ich eine Frau. Sie stand neben der Statue des heiligen Georg, vermutlich wartete sie auf jemanden. Ihr Gesicht war nicht zu erkennen, aber es schien, als blickte sie in die Richtung von Fulcanellis Hütte; mich konnte sie wohl nicht sehen. Ich ließ das Gatter zufallen und wollte meiner eigenen Wege gehen, als ich bemerkte, dass die Frau die Hände an ihr Kopftuch hob, welches sie vor dem Regen und dem Wind schützte. Sie zog es tiefer und enthüllte so welliges kastanienbraunes Haar. Sie fuhr mit den Fingern hindurch und setzte sich dann in Bewegung. Ich versteckte mich hinter einem Strebepfeiler des Chors und wartete dort im Dunkeln darauf, dass sie an mir vorbeikäme. Ich zählte bis zehn, dann bis zwanzig. Niemand ging unter dem Brückengang hindurch. Ich drückte mich an den steinernen Pfeiler und wagte einen Blick aus meinem Versteck hinaus. Die Frau stand höchstens zwei Meter von mir entfernt. Mit gesenktem Kopf zündete sie sich eine Zigarette an. Vielleicht spielten mir meine Augen einen Streich, doch sie steckte sich die Filterzigarette nicht in den Mund, der hinter dem Schutz des Kopftuchs verborgen lag, sondern in die Nase, die darüber hervorguckte. Das Feuerzeug wollte im Wind nicht brennen, sie versuchte es wiederholt, und es überraschte mich, dass ich das Wetzgeräusch des Zündsteins nicht hörte. Es war überhaupt nichts zu hören. Schließlich erfasste die Flamme den Tabak doch noch. Über das schmale Gesicht huschte ein befriedigter Ausdruck, sie hatte große und schöne, aber merkwürdig trockene Augen mit langen Wimpern. Jetzt ging sie weiter, zur Abwechslung so schnell, dass es mich verblüffte. Ich eilte hinter ihr her in die Jiřská, vorbei an der Georgsbasilika und weiter bergab. Ich dachte, sie würde zum Torbogen gehen, doch sie bog vorher in die schmale Passage mit der Steintreppe ab, die in das Goldene Gässchen mündet. Dort blieb sie stehen. Sie blickte zu einem Mann hinüber, der auf einem kleinen Platz zwischen den Häusern stand. Er war groß, auf seinem Kopf saß ein Hut mit breiter Krempe. Die Art, wie er dort wartete, locker breitbeinig und mit den Händen in den Taschen, ließ Selbstbewusstsein erkennen. Doch sie, kurz von seiner Gegenwart befremdet, ging in einem Bogen weiter. Ich tastete in der Manteltasche nach meinem Schlüsselbund. Ich umschloss ihn so, dass die gezackten Spitzen zwischen den geballten Fingern hervorragten. Der Mann streckte jedoch bereits seinen krummen Arm aus, sicher und lässig, als sie an ihm vorbeihuschte, und zog sie in die Dunkelheit seines Mantels. Ich vernahm ein höhnisches Lachen, ein nasales Schnauben. Sie stellte sich auf die Zehenspitzen, um ihn mit zurückgelegtem Kopf auf den Mund zu küssen, ihr feines Gesicht schräg in das Gesicht mit der Adlernase und dem spitzen Kinn versenkt. Und wie er sie umarmte, schlug ihr Mantel bis zu den Knien auf und entblößte die Haut der Beine, unter der Adern und Sehnen hervortraten. Die Beine waren entsetzlich dünn.

Madonna la secca hatte Fulcanelli jene Frau genannt, die immer wieder die Kathedrale umkreiste und sich nie hineintraute. Aber eine Unbekannte mit Kopftuch war Henryk dennoch in den Dom gefolgt.

Der Kuss dauerte lange. Ich trat den Rückzug an, um das Liebespaar nicht zu stören, und stolperte über einen hervorstehenden Pflasterstein. Der Mann beachtete mich nicht, die Frau sah sich um. Ihre großen Augen lächelten, in ihren Winkeln erkannte ich winzige Fältchen. Das Kopftuch war bis an ihre Kehle hinuntergerutscht. Zwischen Nase und Kinn besaß die Frau keinen Mund, nur weiße, zum Platzen gespannte Haut. Hinter dieser Haut regte sich etwas, die Kinnlade begann sich zu öffnen, vielleicht wollte sie ihre Zunge herausstrecken oder nur ein letztes Mal lachen, in diesem Augenblick platzte die Haut, es entstand ein langer Riss von Ohr zu Ohr, schwarz und ohne Zunge, der zwei Reihen trockener brauner Zähne präsentierte. Aus der Schwärze hinter ihnen wälzte sich Rauch hervor.

Ich ergriff die Flucht.

Wo der Teufel nicht hinkann, schickt er ein Weib vor. Die hier war erst gar nicht auf die Reise gegangen, um am Sarg ihres Liebsten Tränen zu vergießen, war ja auch weit, und seine Familie kannte sie eh nicht, doch an diesem Morgen war sie in der Kathedrale auf Mravenec zugestürzt und hatte verkündet, sie wisse, womit die Tat begangen worden sei. Mravenec rief mich an, sie würden auf mich warten, und als ich angehetzt kam, stellte sich mir die kleine Witwe mit mährischem Akzent als Blanka vor und führte uns zu Fulcanellis Bauhütte. Bis auf zwei Maurer, die Karten spielten, war es dort leer. Sie waren nicht gerade begeistert, uns zu sehen, aber dann erkannten sie Blanka und sprachen ihr ihr Beileid aus. Das hatte ich völlig vergessen. Blanka war ein ganz anderer Typ, als ich erwartet hatte. Ich hatte mir so ein mährisches Seelchen vorgestellt, das ihrem Liebsten auf ewig treu bleiben würde. Aber sie sah mehr nach Studentin aus, mit ihrem quadratischen Gesicht, den Korallen um den Hals und dem Marienkäfer aus Plastik im dunkelblonden Haar. Sie trug einen grünen Regenmantel und einen Kordminirock, darunter dicke Strumpfhosen im Rechts-Links-Strick. Keinerlei sichtbare Trauer. Eine Provinzintellektuelle. Ich fragte sie, ob sie gläubig sei, und klar wollte sie mich anfahren, dass mich das einen Scheiß angeht, und klar hauchte sie: selbstverständlich. Und dann hob sie einen halbmeterlangen eisernen Zirkel von der Werkbank hoch, einen Stechzirkel, wie sie sagte, und zog seine Schenkel yogamäßig auseinander, bis sie daraus ein meterlanges Bajonett mit zwei grausigen Spitzen fabriziert hatte, und auf einen dieser beiden Stachel deutete sie mit ausgestrecktem Finger. Jetzt bemerkten endlich auch wir, dass dieser Spieß mit gut zwanzig Zentimetern Rost bedeckt war. Und dann gingen wir gemeinsam zum Dom hinüber, schlitterten über den Boden des Burghofs, auf dem sich eine ähnliche schwarze Schicht ausgebreitet hatte wie bei mir zu Hause im Bad, und schlossen mit unserem eigenen Schlüssel die kleine Tür an der Südseite auf. Im Dom war es schaurig kalt. Wir kletterten Fulcanellis Gerüst hinauf, bis zum Spitzbogen über dem Hauptaltar. Blanka zeigte uns einen Riss direkt im Bogenscheitel, einen miserabel ausgeführten Schnitt, und ich fragte, wer das angerichtet hatte, und sie sagte: die Zeit, nichts anderes; als sie Henryk zum letzten Mal lebendig gesehen hatte, waren sie zusammen irgendwo essen gegangen, danach wollte er noch etwas fertig vermessen, sprach von einem gefährlichen Riss über dem Presbyterium, und Mravenec steckte jetzt seine Finger in den Spalt und pulte ein Stück Bindfaden daraus hervor, und wir sahen beide, dass er genauso aussah wie der, an den dieses Senklot gebunden gewesen war, das ich abgegeben hatte, und auch die Rissstelle war ähnlich zerfranst. Was das Lot betraf, so musste Henryk ganz normal damit gearbeitet haben, es war also kein Folterinstrument gewesen, grübelte ich laut, und das Mädel nickte nur, und dann dachte ich's zu Ende – er musste völlig in die Arbeit vertieft gewesen sein, wenn er den Mörder nicht gehört hatte, der hinter ihm auf das Gerüst geklettert kam und ihn mit dem Stechzirkel durchbohrte; der Typ hatte dann den hölzernen Laufsteg über den unteren Umgang hinweg auf den Balken mit der Kalvariengruppe geschoben und den noch lebenden Henryk an das Kreuz gehängt. Blanka nickte immer noch zu allem heftig und begann dabei vom Gerüst zu taumeln, im letzten Moment schnappten Mravenec und ich uns jeder eines ihrer Flügelchen und legten sie auf den gerippten Boden der Gerüstetage, und ich versetzte ihr drei Watschen, das brachte sie wieder zuverlässig zu sich. Allerdings fing sie an zu heulen und konnte nicht mehr aufhören, und ich redete ihr zu und war sauer, weil meine Stimme nicht rauskam. Schließlich schleppte ich sie auf einen Schnaps in die Touristenkneipe »U Hradeb« ab und schickte Mravenec ins Labor, wo er den Eisenspieß auf Blutspuren untersuchen lassen sollte. Dabei wussten wir beide, dass dieser Rost darauf nichts anderes war als getrocknetes Hämoglobin. Und nach dem zweiten Metaxa fragte ich Blanka, nur so zum Spaß, was sie denn an dem Abend gemacht hatte, als ihr Liebster abgemetzelt wurde, und sie antwortete todernst, dass sie kein Alibi habe, weil sie die ganze Zeit in ihrem Mietzimmer gelesen habe, und falls ich dächte, dass sie es sei, die nach Torschluss hinter Henryk in den Dom geschlichen sei, so könne sie das verstehen. Na ja, sagte ich, ich würde mich gern täuschen, mich würde nur interessieren, wie sie von diesem Stechzirkel wissen konnte. Blanka trank einen Schluck und nahm meine Hand: Sie habe einen Traum gehabt, in dem ein Kerl mit Hut ihr den offenen Zirkel in die Augen gerammt habe. Und wieder fing sie an zu weinen.

Wir begegneten uns zufällig, an einem Vormittag mitten in der Woche. Nachdem ich die ganze Nacht hindurch geschrieben hatte, machte ich einen Spaziergang im Seminargarten und blickte mit einer Zigarre im Mund durch die kahlen Kronen der Kirsch- und Pfirsichbäume und über das Dach der Maria-Victoria-Kirche hinweg auf den Altstädter Brückenturm. Dann ging ich in die Karmelitská hinunter, setzte mich in ein leeres Café, das vor einer Woche eröffnet worden war, und beobachtete, wie die blauen, grünen und weißen Minibusse der Reisebüros die Touristenladungen vor den Stufen ausschütteten, die zum Prager Jesulein hinaufführten.

Ich trank zwei Espressi, bezahlte bei einer verschlafenen Bedienung, und als ich auf das Trottoir hinausging, stand vor der Glasscheibe des Cafés eine zerzauste junge Frau. Ich wünschte ihr einen guten Morgen und erkundigte mich, ob sie »nach oben« gehe. Ich kam gar nicht auf die Idee, dass sie nicht verstehen könnte, was ich meinte, doch statt zu antworten, umarmte sie mich und küsste mich auf den Mund. Ich musste an das Paar unterhalb der Georgsbasilika denken; die beiden hatten dort so gestanden wie wir jetzt. Ich fasste sie bei den Schultern und hielt sie auf eine Armlänge von mir entfernt, um sicherzugehen, dass es nicht die Frau mit den dünnen Beinen und dem Loch im Gesicht war. Klára hatte lediglich geschwollene Augen mit dunklen Ringen darunter. Sie wich meinem Blick aus, schwieg, und ihre Finger wollten meinen Mantel nicht loslassen.

Ich tätschelte ihren Arm und legte ihr eine Hand um die Taille. Auf die Weise erreichten wir den Kleinseitner Ring und die Nikolauskirche, gingen dann die Nerudagasse hinauf bis zu meinem Haus.

»Schönen Tag«, sagte ich zum Abschied, und um sie meiner Freundschaft zu versichern, gab ich ihr einen Kuss auf die Stirn. »Am Samstag könnten wir in ein Orgelkonzert in der Jakobskirche gehen.«

Ich schloss das Haustor auf, und als ich es zumachte, stellte ich fest, dass Klára mit hereingekommen war. Im Hausflur war es dunkel. Auf der Treppe hörte ich ihre Schritte hinter mir. Es lag ein gewisser Trost darin. Ich schloss die Wohnungstür auf und lud sie ein hereinzukommen. Aber sie war schon drinnen. Sie sah sich um, als wäre sie zum ersten Mal bei mir. Sie zog ihre Jacke aus, wickelte sich den Schal ab und warf ihren Pullover auf den Sessel. Dann trat sie vor Sidonies Porträt und zog den Samtvorhang vor. Doch er verfing sich in der Schiene. Das erhabene Gesicht meiner Frau, nur zur Hälfte sichtbar, blickte mit einem eisigen Auge auf Klára hinab.

Die lachte, trat von einem Bein aufs andere, beugte

sich dann hinunter und zog ihre Wanderstiefel aus. Sie schaute sich nach mir um, sah mich aber nicht direkt an. Als sie den Reißverschluss ihrer Jeans aufzog, bemerkte ich, dass ihre Hände zitterten. Die Hose ließ sie auf dem Boden liegen. Sie stand vor mir in Wollsocken und einem grünen Hemdchen. Vorne auf dem weißen Schlüpfer stand in blauer Schrift *Keep smiling*.

Er zog eine fiese Grimasse, dann guckte er aus dem Fenster, schaute hinter mich, ging auf das Bild zu, ich stellte mich ihm in den Weg, er zog ein weißes Taschentuch hervor, ich streckte in meinem grünen Hemd den Busen raus, er schnäuzte sich ins Taschentuch, steckte es in die Tasche, umkreiste mit seinen Zeigefingern durch den Hemdstoff meine Brustwarzen. Er berührte sie gar nicht richtig, schwirrte nur so um sie herum wie ein Schlittschuhläufer ums dünne Eis, zog aufreizende Kurven, Achtung jetzt, sagte ich mir, ganz ruhig werden, sich entspannen und ihm folgen, erst wägen, dann wagen, verführen, aber sich führen lassen, oder führen, aber sich verführen lassen?, verflucht, keine Ahnung, ich wollte zu ihm, seine warmen Hände zogen meine Brüste an. Ich warf mich um seinen Hals, doch er fasste meine Handgelenke, ich versuchte mich zu entwinden, aber er drückte ganz schön fest, hob meine Hände an sein Hemd, legte sie auf die Knöpfe, so dass ich endlich kapierte und anfing einen nach dem anderen aufzufummeln. Er knöpfte seine Kordhose auf, zog ihn heraus und piekte mich von außen in den Blinddarm, das kitzelte und tat weh, und ich lachte, er packte mich an den Haaren über dem Ohr und drückte meinen Kopf gegen seinen Mund, aber er küsste mich auf die Augen, aufs rechte, dann aufs linke, leckte über meine Oberlippe und biss in die Unterlippe, ließ mich los, so dass ich fast hinfiel, schüttelte seine Hosen ab, kletterte aus ihnen heraus, das aufgeknöpfte Hemd weiterhin auf seinen Schultern, an seinem Hals schaukelte ein kleines Silberkreuz, das sonst verborgen blieb. Sein Bauch und seine Brust waren kräftig, aber weich, *no training*, also würde ich ihn außer Atem bringen, ich lupfte schon mein Gummiband, aber er fasste mich am Hintern und zog mich an sich, ich musste nach oben wie an einer Liane. Ich verhakte meine Finger hinter seinem Nacken und schwang mich an ihm hoch, er hatte einen breiten Hals, ich machte die Augen zu und stellte mir vor, ich hielte einen Schwanz so prall wie eine Regenrinne in den Händen, und so fasste ich ihm zwischen die Beine und steckte sein Ding zwischen meine, aber nicht hinein, und hüpfte auf ihm herum wie ein Affe am Trapez und stemmte ihm die Sporen in die Seiten, und erst jetzt zog er mir die Hose herunter, so über dem Boden schwebend hatte mich noch nie jemand ausgezogen, schade, dass Roman dieses komisch verzerrte Gesicht hatte, so etwas Grinsendes, vielleicht auch was Durchtriebenes, und so spannte ich meinen Po an und spreizte die Beine und rutschte mit den Knöcheln über seine Speckhüften und verhakelte die Fußspitzen hinter seinem Hintern, und jetzt konnte er nicht mehr anders als zu mir ins Warme, mit den Eiern, mit dem Fell, mit allem. Es stach im Unterleib, er lachte keuchend und bohrte mir die Finger in die Pobacken, und als er zum fünften Mal zustieß, lehnte ich mich zur Seite, und er musste einen Schritt machen, damit wir nicht hinfielen, und dadurch musste er sich zum Tisch hin- und vom Bild wegdrehen, eins zu null, Klein Klára hatte gewonnen, ihm die Nägel in die Schulter krallen, den Rücken durchbiegen und ihn gleich wieder krümmen, bis er Klein Klára auf Fulcanellis Deutung des Großen Werks absetzen musste und die Knöpfe der Computertastatur unter ihren Rippen klackerten und er noch wahnsinnig oft in sie hineinfuhr, und obwohl meine Beine ihn kein bisschen losließen, zog er ihn im letzten Moment aus mir heraus und taufte mich vom Nabel bis zum Kinn mit dem geweihten Schleim, was okay war, blöd war nur, dass ich die Augen nicht geschlossen hatte und mitkriegte, wie er irgendwo hinter mich guckte, und da kapierte ich, dass Klein Klára verloren hatte.

Ich schaute mich um, als er sich langsam zurückzog, und ließ mich von dem gemalten Auge der Sidonie Bornová verhöhnen, das völlig woanders war, als es sein sollte, nämlich in der Zimmerecke, über einem geschnitzten Hocker in dem alten Spiegel, an dem zwei silberne Kerzenleuchter befestigt waren.

Die Backpfeife musste bis auf den Hradschin zu hören gewesen sein, er holte heftig aus, um sie mir zurückzuzahlen, dann wurde seine Hand schlaff, und er fasste mich an den Schultern und führte mich in sein Mausoleum von Bad. Als ich geduscht wieder herauskam, stand er im schwarzen Morgenrock vor dem Herd und goss Wein in einen Topf mit Nudeln. Er drehte sich nach mir um, Spaghetti al dente mit gepellten Tomaten und Basilikum, die würden mir schmecken, er hoffe, ich sei nicht sauer und würde bleiben. Ich sagte nichts, ließ mir Zeit mit dem Anziehen, und als er mir die Spaghetti auf den Teller tat und mir ein Glas Wein reichte, machte ich einen großen Bogen um ihn und knallte die Tür hinter mir zu.

Wer während des Beischlafs in den Spiegel sieht, erblickt den Teufel hinter sich, hatte Sidonia von Bork gesagt. Den Standspiegel mit den beiden Leuchtern hatte Max Unterwasser in einem Antiquitätenladen auf der Londoner Portobello Road aufgetrieben. Er stammte tatsächlich aus der Hinterlassenschaft von D. G. Rossetti. Der Maler hatte ihn nach mittelalterlich-florentinischem Vorbild für sich anfertigen lassen und ihn dann auf einigen seiner Gemälde verewigt. Ein vergleichbares Stück besaß niemand. Max bot ihn damals Sidonie als Geschenk für mich an, sie konnte nicht widerstehen und kaufte ihn für teures Geld. Allerdings schenkte sie ihn mir erst, nachdem sie nach England abgereist war, und ich musste ihn mir selbst in Unterwassers Laden abholen. Ich packte ihn damals aus einem großen Pappkarton voller schneeweißer Styroporsternchen aus, auf dem *fragile* geschrieben stand, und las mir die Nachricht durch, ein Kärtchen, das mit der Reproduktion von Rossettis roter Taube aus dem Bild ›Beata Beatrix‹ verziert war. »Zur Versöhnung von deiner Lizzie, die dich als ihren besten Freund betrachtet«, stand darauf, und ich hob den Spiegel über meinen Kopf und war nahe dran, ihn auf dem Boden zu zerschmettern. Dann überlegte ich es mir anders. Ich besorgte mir ein Wachstuch und einen Armvoll Rosensetzlinge, hüllte den Spiegel in das Tuch und pflanzte die Rosen in das kleine Beet hinter dem Haus, und als ich mit dem Spaten die Erde umgrub, hob ich eine längliche Mulde aus und beerdigte Rossettis Spiegel darin. Als die Rosen aufgeblüht und verwelkt waren, zog ich sie heraus und holte auch den Spiegel aus der Erde. Ich wickelte das Wachstuch ab und stellte fest, dass das Silber nur wenig schwarz geworden war.

Denn wer während des Beischlafs in einen Spiegel blickt, der für einige Zeit unter der Erde gelegen hat, der sieht die Wahrheit über sich selbst und über die Person, die sich dort gemeinsam mit ihm spiegelt.

Der Laden war gerammelt voll mit Kram, aber bis auf den Besitzer menschenleer. Minimax saß hinter dem Ladentisch und lächelte. Wenn er sagen würde »Ich habe Sie erwartet«, würde ich ihm eine scheuern. Aber er lüpfte seinen Hintern, ging um die Kasse herum, verbeugte sich und küsste mir die Hand. »Was führt Sie zu mir, Fräulein?«

Ich zog das Spiegelarmband von Fulcanelli aus der Tasche und legte es auf den Ladentisch. »Wie viel geben Sie mir dafür? Und Vorsicht, ich weiß, dass es kein Strass ist.«

Er knipste eine Lampe an, auf deren gelbem Schirm ein Olympionike aus Messing stand, schob sich die schwarze Brille auf die Stirn und glotzte das Kettchen mit seinen zerschnittenen Augen groß an. »Ein alter Bekannter. Also bringt es doch nur Pech. Ich sehe, dass der Herr Dombaumeister kein Glück in der Liebe hat.«

»Warum sollte er?«

»Es ist sonderbar«, er kratzte sich am Schädel, »wie es sich immer neu wiederholt.«

»Was?«

»Die Inkompatibilität des Gefühls.« Ich schüttelte den Kopf. Er zeigte auf den Schmuck. »Der, den wir lieben, begegnet uns mit Gleichgültigkeit, und dem, der uns liebt, werfen wir Sand in die Augen.«

»Was geht Sie das an?«

»Mich nichts, Sie sehr viel. Konkret fünfundzwanzigtausend. So viel bekommen Sie von mir dafür.«

»Ich hatte halb so viel erwartet. Na, Sie sind aber ein schlechter Geschäftsmann, wenn Sie dabei nichts für sich rausschlagen. Dem Maestro haben Sie das Gleiche berechnet.«

»Ich bin nicht nur ein schlechter, sondern auch ein sentimentaler Geschäftsmann. Der Kunde ist für mich nicht nur König. Manche betrachte ich als Freunde.«

»Und Rops? Ist er ein Freund von Ihnen?«

»In Wahrheit sind Sie seinetwegen gekommen, nicht wahr? Da mussten Sie nicht erst mit dem Armband anfangen. Hier, behalten Sie es.«

»Will ich nicht. Lieber das Geld. Und Informationen.«

»Weshalb so geschäftsmäßig? Bitte, setzen Sie sich doch in den Sessel, ich stelle grad den Samowar an und bin sofort bei Ihnen.«

Ich war unnötig schroff gewesen, die schlüpfrigen Reden schien er sich heute zu schenken. Er kochte einen dicken Tee, der stank wie Hühneraugensalbe, und zeigte mir, wie man ihn auf georgische Weise mit einem Löffelchen Himbeermarmelade zu sich nimmt. Dann fiel sein Blick auf meine Handgelenke.

»Aber was haben wir denn da? Einen blauen Fleck? Und da noch einen – und hier... Hm, Sie waren auf einer Razzia, und jemand hat Sie an Ihren Händchen gepackt? Er hätte sie Ihnen brechen können.«

Da hatte er noch nicht den abgedrückten Fingersatz auf meinem Hintern gesehen, eine echte Ropsodie in Blau. »Ich hab mich halt mit jemandem geprügelt.«

»Tut es weh? Also deshalb sind Sie so traurig.«

»Das heißt, mit Rops haben Sie keinen Kontakt mehr?«

Unterwasser zuckte mit den Schultern. »Ja und nein. Früher standen wir uns näher, und dann hat er... Wie soll ich sagen? Aus bestimmten Gründen hat er begonnen meine Gesellschaft zu meiden.«

»Aus welchen Gründen?«

»Kennen Sie Félicien Rops?«

»Ein Verwandter von Roman?«

»Nein. Sie sind allerliebst, wissen Sie das? Obwohl Roman gerade das früher aus Spaß gerne behauptet hat – dass er sein Nachfahre sei. Er war ein französischer oder vielmehr belgischer Maler. Roman stieß auf ihn über sein Interesse für die englischen Präraffaeliten. Die Namensgleichheit faszinierte ihn, ebenfalls bedeutsam erschien ihm Féliciens Freundschaft mit Charles Baudelaire oder auch die Tatsache, dass sich der verheiratete Maler mit fünfunddreißig Jahren wie toll in zwei junge Mädchen verliebte und ihnen dreißig Jahre lang treu blieb ... bis zu seinem Tod. In diesem Punkt war Roman nicht mit ihm einverstanden – er war mit Sidonie Bornová zusammen und behauptete, dass es in seinem Leben keine andere Frau mehr geben könne.« Jetzt lachte der alte Schluri. »Und wie das ausging, wissen Sie ja wohl. Sie interessieren sich dafür, ob wir befreundet waren. Das waren wir, aber wissen Sie, jedes Mal spielte das Geschäft darin eine Rolle. Romans Begeisterung für den berühmten Namensvetter brachte mich dazu, mich auf dem Kunstmarkt einmal nach Rops-Grafiken umzusehen. Einem Sammler in Brünn kaufte ich für ihn die Serie ›Les Sataniques‹ ab. Roman hatte nicht genug Geld und verschuldete sich ziemlich, um sie von mir zu erwerben. Diese diabolischen Bilder bezauberten ihn; ein am Kreuz hängender Satan treibt sein Spiel mit einer nackten Odaliske, die ihren Kopf gegen seinen Hodensack schmiegt, eine nackte Frau klettert auf eine priapeische Statue des Satans, der einen Lorbeerkranz trägt, und dann sogar –«

»Was für eine Statue?«

»Eine Statue mit aufragendem Phallus.«

»Aha.«

»Sie besteigt die Statue, falls Sie mich verstehen. Und auf einem anderen Bild fliegt der Teufel durch die Abenddämmerung und trägt eine verlorene Dirne auf seinem Rücken, und damit sie ihm aus dieser Höhe nicht hinunterfällt, stößt er ihr einen Besenstiel zwischen die Beine. Glauben Sie mir, dass mich so schnell nichts schockiert. Aber als ich diese Bilder sah, bekam ich Angst, und bei Gott, mindestens ein halbes Jahr lang war ich ganz kleinlaut. Roman war von den Stichen verzückt. Einen davon ließ er sich in Gold rahmen: einen Riesen mit weitem Hut, der durch eine schlafende Landschaft schreitet und Unkraut sät.«

»Moment! Von so einem Typ mit Hut hat er was gesagt. Er hat ihn vor dem Dom gesehen.«

»Er hat ihn gesehen?«

»Genauso wie diese Frau mit dem Kopftuch, die hinter Lukomski in den Dom ging, bevor er umgebracht wurde. Und die zusammen mit dem Huttyp von diesem Bronzetor verschwunden ist.«

»Lieber Gott, mit dem Jungen steht es ja immer schlimmer.«

»Warum?«

»Der, der Unkraut sät, ist der Teufel. Und der Teufel wird gewöhnlich vom Tod begleitet.«

»Oh fuck.«

»Ich dachte, er wäre da wieder herausgekommen. Damit Sie Bescheid wissen, damals kam es zu diesem Schlamassel mit seinen Eltern. Sie waren gerade erst gestorben, und Roman verkündete beim Anblick von Rops' Grafiken, dass so die Zukunft aussehen werde. Er wurde von Schuldgefühlen gequält.«

»Fühlte er sich für ihren Tod verantwortlich?«

»Wahrscheinlich. Er sprach damals von seinem Vater, sagte etwas in dem Sinn, dass der arme Kerl seinetwegen ein weiteres Mal sterben würde. Merkwürdig. Dann begann er einen breiten Hut zu tragen, in dessen Deckel er mit einer Zigarre zwei Löcher gebrannt hatte. Das war allerdings eine Fehlinterpretation, und ich wies ihn darauf hin. Félicien Rops war kein Satanist, auch wenn das viele glauben. Er war ein sehr eigener, man kann sagen, gestörter Moralist. Seine Satansszenen waren keine Apologien des Bösen, sondern Ausdruck der Verzweiflung über dessen Macht, eine an den Spießbürger gerichtete Warnung. Roman klammerte sich an Sidonie wie an ein Wesen, das ihn aus der Sünde herausführen sollte. Er begann die Moral der Schönheit zu predigen. Damals lachten wir darüber, aber wer diese beiden anschaute, sah, dass sie füreinander geschaffen waren. Sie liebten sich – daran zweifelte niemand auf der Welt. Nur zeigte sich, dass seine Liebe anders war als ihre. Seine war fast zu groß, kam nicht zur Ruhe, brannte auf Berührung. Ihre hingegen glich dem Wasser und war nie genug.«

»Weshalb das Mädel es nicht ausgehalten hat und getürmt ist.«

»Mich wundert es nicht, diese Glut war schrecklich. Nun, und dann musste sie erlöschen. Er begann zu behaupten, dass Sidonie gestorben sei, ließ sogar eine Todesanzeige drucken und verschickte sie an seine Bekannten. Freilich war es ein Scherz, wenn auch ein etwas morbider. Ein wiederholter Scherz fängt an, lästig zu werden. Roman führte sich auf wie ein kauziger Witwer. Er veranstaltete Trauerhappenings. Einmal im Herbst mussten der Maler Rut und ich ihn zum Kleinseitner Friedhof in Smíchov begleiten, wo wir dann zu dritt an einem unkrautüberwachsenen Grab mit brüchigem Stein und fehlender Marmorplatte eine Totenfeier für Sidonie Bornová, verheiratete Ropsová abhielten. Das Gleiche wiederholte sich einen Monat später in Olšany an einem Grab mit der Aufschrift ›Familie Born‹, außerdem verteilte er dunkelrote Rosen an uns, deren Blütenblätter wir abreißen und auf dem Stein niederlegen mussten. Damals habe ich unvorsichtigerweise meinen Überdruss zum Ausdruck gebracht, und Roman wurde zornig und hätte mich fast zwischen den Grabsteinen k. o. geschlagen, Herr Rut konnte ihn nur mit Mühe zurückhalten. Nach Félicien Rops beschäftigten ihn überwiegend die englischen Präraffaeliten und vor allem Rossetti; natürlich verknüpfte er Sidonie mit dessen tragisch verstorbener Frau. Ich verkaufte ihm weiterhin Kunst und kaufte ihm welche ab, aber jenseits dieser kleinen Transaktionen war ich nicht mehr auf seine Gesellschaft erpicht, verstehen Sie? Seine Originalität hatte angefangen mich zu stören. Und nicht nur mich.«

»Er ist eben unglücklich«, sagte ich gegen meinen Willen.

Er quietschte mit den Lippen. »Jeder hat seinen Charme, wenn auch vielleicht nur für einen anderen. Offenkundig haben Sie jetzt mehr Erfahrungen mit ihm als ich. Aber meiner Meinung nach ist er ein verlorener Fall.« Er grabbelte das Kettchen von der Ladentheke, fuhr sich damit über den Hosenlatz und schob es in seine Tasche, sagte, dort sei es sicher. Mit der anderen Hand lärmte er an der eisernen Kasse herum, griff in die kleine Lade und zählte Geld ab. »Bitte sehr. Eine Rechnung brauchen Sie wohl nicht.«

»Sind Sie verrückt? Sechsundzwanzig? Sie haben mir zu viel gegeben.«

»Eine Aufmerksamkeit für den kleinen Strip kürzlich. Als Professionelle hätten Sie mehr bekommen. Diese Pailletten waren erbärmlich angenäht. Hat es Sie nicht gekratzt?«

»Diese bescheuerten Drähte – und Sie haben sich amüsiert, was?«

Er senkte den Blick, und ich schob mir die fünf Scheine in die Gesäßtasche. Den übrigen Tausender behielt ich in der Hand.

»Sie wissen, wo Sie sich den hinstecken können.«

»Mit Wonne lasse ich mich von Ihnen bedienen.«

Ich knüllte die Banknote zu einer kleinen Kugel zusammen und stopfte sie, als ich an der Auslage vorbeikam, in das Loch im Ziffernblatt einer vergoldeten Säulenuhr. Dabei brachen versehentlich die Zeiger ab.

Der Blick auf die Fenster im vorderen Teil des Veitsdoms gehört zu den ersten Erinnerungen in meinem Leben. Als Kind kam ich nur ihretwegen auf den Hradschin. Ich begann immer rechts, mit der Ludmila- und der Heiliggrabkapelle; in den blauroten Glasscheiben von Karel Svolinský und Max Švabinský konnte ich nur mit Mühe die gebrochenen Konturen der einzelnen Figuren und ihre Geschichten erkennen – die Ausgießung des Heiligen Geistes und die Werke der Barmherzigkeit –, aber allmählich lernte ich mich in ihnen zu orientieren wie in einem komplizierten, für einen erwachsenen Leser bestimmten Text.

Es war noch Morgen. Die Farbsplitter verstörten mich, sie taten mir in den Augen weh; ich blickte durch die Uranglasscherbe und versuchte herauszufinden, aus welchem Fenster sie gefallen sein mochte, und als ich dann zur Thunkapelle mit dem Katastrophenthema von František Kysela hinüberging, sah ich jetzt ebenso wie früher, dass es zum einen Gott gab, zum anderen die Versicherungsgesellschaft, die dieses Fenster gestiftet hatte, zwei Institutionen, die aus den schwersten Schiffbrüchen des Lebens herausführen konnten, doch auch hier passte das Glasstück nicht hin. Ich kehrte zum Eingang zurück und begann im linken Kirchenschiff mit der Bartoň-Dobenín-Kapelle und Kyselas Interpretation der Seligpreisungen, dann ging ich weiter zur Schwarzenbergkapelle, auf deren Fenstern Svolinský, wieder unter Einsatz des verrückten Blaus und Rots, an die Legende des Johannes von Nepomuk erinnerte. Als Letzte hob ich mir die Neue Erzbischöfliche Kapelle mit den grüngoldenen Glasarbeiten von Alfons Mucha auf – die Ankunft von Kyrill und Method –, bevölkert von gut erkennbaren Gestalten mit schönen Gesichtern und Gesten, die inmitten eines schattigen Hains den Glauben empfingen. In den gelbgrünen Scheiben fehlte kein einziges Stück Glas.

Das Hauptportal öffnete sich, mit der Silhouette des Kirchendieners drang eine Wolke aus Morgendunst in den Dom, die sich unter dem Gewölbe mit den Schwaden der letzten Ausräucherung mischte; die drei Kirchenschiffe wurden jetzt täglich mit Weihrauch gereinigt. Aus Gewohnheit blickte ich ins Weihwasserbecken und sah mich unter den verzweigten Pfeilern wie in einem Brunnen abgebildet. Der Schatten der Kathedrale aber ist der Schatten des ersten Waldes, er tröstet und beunruhigt zugleich, und als die Sonne durch die südöstlichen Fenster des hohen Chors wie durch die Ritzen zwischen den Bäumen drang und die Gesichter der zur Messe kommenden Menschen in einen Nebel aus blauen, feuerroten und goldenen Flecken eintauchten, der weiter über ihre Mäntel und ihre Haare glitt, lief mir ein Schauer über den Rücken.

Ich wartete. Ein paar alte Frauen kamen herein. Nach ihnen eine junge Frau, die einen altmodisch geschnittenen schwarzen Mantel trug. Auf ihrem Rücken leuchtete kein hellrotes Zipfelkreuz, und dennoch sah ich es dort. Sie warf in der Tür ihre Kapuze zurück und ging mit entblößtem Haupt an mir vorbei. Ich bedeckte meine Augen mit den Händen. Also doch.

Ein Tag voll Fulcanelli. Er hatte mir aus Polen eine Ansichtskarte geschickt. Ich fand sie am Vortag im Briefkasten, als ich von der Arbeit kam, ich wusste gar nicht, dass die Post auch samstags kommt. Er schrieb mir, dass er an das Armband denke und ob ich es wohl an meiner schönen linken oder meiner schönen rechten Hand trage – er hatte mir offenbar nicht unter die Nägel geguckt –, und er hoffe, dass er sich in den kleinen Spiegelchen einmal selbst sehen werde. Ich hob die Hände vor die Augen. Und sah ganz andere Dinge.

Dann kroch ich mit Fulcanelli ins Bett. Mravenec hatte das Buch dem Mönch gemopst, als der in der Bauhütte hinter dem Dom herumstromerte und es in einer Plastiktüte auf einem Steinblock liegen ließ. Roman hatte recht, ich verstand nicht die Bohne. Es ging hauptsächlich um Paris, und das Ganze war verquirlt mit Chemie, Planeten und Religion, da sollte sich einer auskennen. Ich schlief mit dem Gesicht im offenen Buch ein, das Papier stank nach Staub und Leim. Dann zuckte ich zusammen, ich hob meinen Kopf und sah, dass auf der Seite, die ich im Schlaf vollgesabbert hatte, ein Absatz mit einer dünnen, kaum wahrnehmbaren Bleistiftlinie angestrichen war. Nur war diese Markierung vorher garantiert nicht da gewesen! Auf einmal fror ich unter meiner Bettdecke. Ich fasste nach der Linie, sie bewegte sich und blieb an meinem Zeigefinger kleben. Ich hob sie hoch – es war ein Haar von meinem Zottelkopf. Ich setzte es wieder ab. Es kehrte genau dahin zurück, wo es gelegen hatte.

»Mitten im Reich des Schwefels befindet sich das deutlichste Warnsignal: ein Spiegel. Wer vor ihn tritt, kann, muss jedoch nicht die Quelle aller Weisheit begreifen. Wer sie begreift, wird zum Meister. Wer sie nicht begreift, zum Abtrünnigen. Im Spiegel leuchtet gewöhnlich das Paar Merkur-Venus, doch nur der törichte Forscher gewahrt nicht die schattige Erde hinter ihrem grellsten Strahl. Je stärker der Schein jener beiden, desto tiefer der Schatten dieser einen. Wenn die Erde einmal je Äon vollständig verdunkelt, kommt es zwischen Sonne und Jupiter zu einer totalen Finsternis, und die Planeten verschieben sich in einem unerforschlichen Zyklus. Die erhoffte metallische Synthese all dieser drei kann, muss aber nicht in eine Katastrophe münden, dies kommt auf die Blutdicke des Betrachters an. Kindliches Blut ist gefährlich, da es dickflüssig ist. Was macht das Blut der Kinder dünner? Die Bewegungen der Himmelskörper hängen von dem Willen des Einen ab. Der Spiegel macht diesen Willen offenbar. Der Spiegel teilt jedes Mal die Wahrheit mit, aber die Wahrheit kann, muss jedoch nicht richtig gelesen werden.«

Dickflüssiger Mist. Dann lieber zehn Jahre sitzen, statt so einen Stuss zu lernen. Ich verstand nicht, wozu der Restaurator eines Doms so etwas brauchte. Oder Benon. Die Kapuziner würden ihn ordentlich Mores lehren, wenn sie das hier bei ihm fänden. Oder Roman. So was konnte doch nur ein Verrückter lesen.

Es brachte mich so auf, dass ich nicht einschlafen konnte. Ich sah auf meine Uhr, es war elf. Da kam ich auf die Idee, Roman anzurufen, aber als ich über das Chaos auf meinem Nachttisch hinwegtastete, rammte ich mir einen Minenbleistift unter den kleinen Fingernagel. Die Mine brach ab, zwei schwarze Millimeter blieben in einem kleinen blutigen Kanal unter dem Nagel zurück und taten fieser weh als ein Zahnarztbohrer. In der Hausapotheke fand ich nichts Passendes, also tauchte ich den Finger in das Glas kalte Milch, das ich mir zur guten Nacht eingegossen hatte. Roman rief ich nicht an.

Ich setzte mich an den PC und sah meine Mailnachrichten durch. Von ihm natürlich nichts. Dafür von Fulcanelli. Die Nachricht war etwa eine Stunde alt, und er schrieb, dass er von Henryks Beerdigung im Ausland zurückgekommen sei, ob ich seine Karte gekriegt hätte und am nächsten Tag mit ihm abendessen gehen würde? Offenbar rechnete er damit, dass ich mitkommen würde, denn er erinnerte mich daran, das Armband anzulegen, das er mir geschenkt hatte.

Warum kapierte er nicht, wie schnuppe er mir war, wo ich doch das blöde Kettchen verkauft hatte. Warum verhielten sich verknallte Kerle wie Idioten? Frauen verhielten sich nicht so idiotisch.

Zur Strafe antwortete ich ihm nicht. Ich schaltete den Bildschirm aus und ging ins Bett. Aber es brachte nichts. Meine Augen wollten einfach nicht geschlossen bleiben, und so glotzte ich in die schwarze Dunkelheit und dachte an Roman Rops.

Der Nebel zerstreute sich im Sonnenlicht, das durch die Glasfenster gefiltert und von den Formen des Maßwerks zerschnitten wurde. Die Kirche hatte sich zur Hälfte mit Besuchern gefüllt, die Orgel erklang, die Messe begann. Ich saß in der fünften Bank links, sie in der zweiten rechts. Der Priester zog mit den Ministranten ein. Es war Pater Urban. Sein Gang war unsicher, und an seiner Seite ging Monsignore, bereit, ihn zu stützen. Beide waren in Weiß gekleidet, man feierte das Christkönigsfest. Wir erhoben uns. Die priesterliche Hand, die im Namen des Vaters, des Sohnes und des Heiligen Geistes das Zeichen des Kreuzes machte, war fest. Amen. Der Herr sei mit euch. Und mit deinem Geiste. Wir wurden aufgefordert, unsere Sünden zu bekennen. Meine Sünde kniete ein paar Meter vor mir. Diese Sünde ließ sich nicht bereuen, obwohl sie mit gesenktem Kopf, das Gesicht unter den Haarsträhnen verborgen, um Vergebung betete. Ich versuchte es ebenfalls: Ich bekenne vor Gott dem Allmächtigen und euch allen, dass ich oftmals in Gedanken, Worten und den schändlichsten Taten sündige, und was ich tun sollte, will mir nicht einmal einfallen. Es ist meine Schuld, meine Schuld, meine große, wunderbare Schuld, darum bitte ich die Mutter Gottes, die Jungfrau Maria, alle Engel und Heiligen und auch euch, Brüder und Schwestern, und vor allem dich, meine Schwester in der Sünde, nicht für mich zu beten, ihr würdet doch nicht erhört werden. Herr, erbarme dich. Herrin, erbarme dich. Wende deinen schönen Kopf den Gläubigen zu. Raffe deinen Mantel ohne Kreuz hoch und strecke deinen magnifizenten Arsch heraus, damit ich etwas zum Anbeten habe. Durch die Kirche ertönte der Lobgesang »Ehre sei Gott in der Höhe«, das letzte Mal vor dem Advent. Dann sprach Urban das Eingangsgebet, und die Gemeinde antwortete »Amen«. Er las aus dem ersten Johannesbrief, was eigentümlich war für diese Zeit, »ihr Lieben, wir wollen einander lieben, denn die Liebe ist aus Gott, und jeder, der liebt, stammt von Gott und erkennt Gott«, und auch »meine Kinder, wir wollen nicht mit Wort und Zunge lieben, sondern in Tat und Wahrheit. Daran werden wir erkennen, dass wir aus der Wahrheit sind, und werden unser Herz in seiner Gegenwart beruhigen. Denn wenn das Herz uns auch verurteilt – Gott ist größer als unser Herz, und er weiß alles«, wir hörten das Wort Gottes, Dank sei Gott, es folgten ein Psalm und die zweite Lesung, und die Frau in der zweiten Bank rechts drehte ein wenig den Kopf, im Schatten unter ihren rötlich braunen Locken funkelte grün und violett ein forschendes Auge. Sie ließ nicht erkennen, dass sie mich wahrgenommen hatte, und doch musste sie mich gesehen haben. Unmerklich nickte ich, aber als hätte sie einen anderen Blick verspürt, schaute sie vor sich. Kilián Urban sah sie mit traurigen Augen an, und als er »Der Herr sei mit euch« aussprach, sagte er es geradewegs zu ihr. »Und mit deinem Geiste«, antworteten wir. »Und auch mit deinem«, sagte eine Stimme in der fünften Reihe links, doch es konnte nicht bis zu ihr dringen. »Hören wir die Worte des heiligen Evangeliums nach Markus.« »Ehre sei dir, Herr«, brummte die Gemeinde; »Ehre sei dir, Herrin«, hörte ich es aus meinem Mund flüstern. Ich bekreuzigte mich auf der Stirn, denn ich wollte über alles nachdenken, was sie mir je mit ihren goldenen Lippen gesagt hatte. Gold ist die Farbe der Liebe. Ich bekreuzigte mich auf meinen weißen Lippen, denn ich wollte all ihre Worte bekennen, und Weiß ist die Farbe des Glaubens. Und ich bekreuzigte mich auf der Brust, weil ihre Worte mich auch nach Jahren mit der Klinge eines dünnen, smaragdbesetzten Messers schnitten. Grün ist die Farbe der Hoffnung. »Und er sprach: Was aus dem Menschen kommt, das macht ihn unrein; denn von innen, aus dem Herzen der Menschen, kommen heraus böse Gedanken, Unzucht, Diebstahl, Mord, Ehebruch, Habgier, Bosheit, Arglist, Ausschweifung, Missgunst, Lästerung, Hochmut, Unvernunft. All diese bösen Dinge kommen von innen heraus und machen den Menschen unrein.« Wir hörten das Wort Gottes. Lob sei dir, Christus. Und Lob sei dir, Schicksal.

Wir setzten uns, Urban machte den Mund auf. Er wankte. Griff sich ans Herz. Er blickte nach rechts. Wir schauten dorthin. Und da sahen wir ein Schwein, ein kleines flinkes Schwein, das aus dem Nordtrakt des Querhauses angerannt kam. Es stürmte auf den Altarraum zu und hielt dort inne, als wäre es ganz betäubt angesichts des prächtig gewandeten Pontifex. Auch das Schwein sah nicht übel aus – es trug ein schwarzes Band mit einer riesigen Schleife um den Hals.

»*Vade retro me Satana!*«, dröhnte es durch den Dom, und jemand fing an zu lachen. Kilián Urban ging nach dem Aufschrei in die Knie, doch Monsignore Zelenka bekam ihn geschickt zu fassen. Gleichzeitig versetzte er dem Tier einen Tritt in die Seite, das Borstenvieh kam zu sich und lief in die versammelte Gemeinde. Alle sprangen sogleich auf, einige flüchteten in die Seitenschiffe und ein paar Männer warfen sich dem Schwein mit ausgebreiteten Armen in den Weg. Aber es sauste im Zickzack zwischen ihren Beinen hindurch und jagte mit untrüglichem Instinkt für den Ausgang in Richtung Westen. Über seinen Buckel hinweg begegnete ich dem Blick der Dame in Schwarz. Sie wendete ihre Augen ab. Nicht weit hinter ihr stand blass und mitgenommen der Meister der Dombauhütte.

Der reaktionsschnelle Kirchendiener öffnete die Tür und entließ das Schwein in die Freiheit.

Beati, quorum tecta sunt peccata.

So ein dämlicher Morgen. Mravenec rief mich an und erzählte, dass zwei von unseren Leuten vor dem Präsidentenpalast ein verstörtes Schwein eingefangen hätten. Es kackte ihnen auf die Schuhe, und beinahe hätten sie es mit irgendeiner Schleife erdrosselt. Weil sie nicht wussten, wohin damit, schlossen sie es bei Fulcanelli ein. Der Maestro würde sich wundern. Geschah ihm recht. Er wollte eine Wutz, sollte er sie haben.

Ich putzte mir die Zähne, steckte ein paar Zuckerwürfel in meine Jackentaschen und fuhr, ohne gefrühstückt zu haben, mit der Straßenbahn auf den Hradschin. Auf dem Zweiten Burghof war keinerlei Schweinigelei zu sehen, sie hatten schon sauber gemacht. Ich ging zu der Bauhütte. Das Schwein befand sich in einem improvisierten Gehege aus acht Steinquadern, die eigentlich für den Dom bestimmt waren. In einer Wirtshausküche am Pohořelec hatte Mravenec einen Kohlkopf für das Vieh erbettelt. Während es fraß, dampfte es aus seinem Maul und tropfte aus dem Rüssel. Es sah zufrieden aus. Bei dieser Kälte stank es gar nicht.

Ich fragte Mravenec, was sie mit ihm anfangen wollten. Er zuckte mit den Schultern; das Büro der Burgverwaltung sei sonntags geschlossen. Er hatte mit Zelenka sprechen wollen, aber der war irgendwo bei Urban, man hatte einen Arzt rufen müssen, weil der Dekan eine heftige Kolik bekommen hatte, aber er würde sich schon erholen, er wollte nicht ins Spital.

Das wundert mich nicht, dachte ich und fasste an meinen vernähten Schädel.

Fulcanelli sei zurück, informierte mich Mravenec noch, und ich tat so, als wüsste ich das noch nicht. Er sei im Dom. Rops ebenfalls, fügte Mravenec lächelnd hinzu, bevor ich danach fragen konnte.

Im Veitsdom wimmelte es von asiatischen Touristen. Außerdem hörte man Polnisch, Russisch, Italienisch und irgendein skandinavisches Geholper. Wie sollte ich Roman in dem Gewusel finden?

Im Hauptschiff war er nicht, hinten im Umgang auch nicht. Ich stieg sogar in die Krypta hinunter und kletterte auf alle Türme hinauf. In einem fand ich ein steinernes Geländer, in das Vögel, Spinnen, Hirschkäfer, Hasen, Eidechsen, Eicheln und sogar Pilze gemeißelt waren, weiße gekrümmte Fliegenpilze aus Stein, die hier bestimmt heimlich von Rops gezüchtet wurden, der sie in den Nächten zu weißem Pulver zerstieß und in seinen Wein mischte.

Als ich wieder unten in der Kirche war und mich an das Geländer vor dem Mausoleum lehnte, wuselte dieser unvermeidliche Kapuzentyp an mir vorbei. Ich griff nach seinem Arm, er erschrak furchtbar. »Wo ist Doktor Rops?«, bedrängte ich ihn, und er nickte mit dem Kopf nach links, riss sich von mir los und sauste davon. Ich fand Roman auf der Stufe vor dem Thunaltar, für den wohl ein halber Wald hatte fallen müssen, er stand unter diesem schlecht geschnitzten Heiligen am Kreuz, der an einer wurmstichigen, über vier Meter hohen Holzplatte lehnte. Die Skulptur hatte einen eingefallenen Brustkorb und blinzelte mit ihren kurzsichtigen Augen nicht auf Roman, sondern auf mich, du armes Mädchen, sagte sie, und so guckte ich woandershin. Auf dem Altar lagen zwei geöffnete Bücher aus Holz, wahrscheinlich die Evangelien, hinter dem linken ragte ein abgesägter Ast anderthalb Meter in die Höhe und verwandelte sich zu Jesus' Füßen in einen Arm und schließlich in einen Handteller, der eine Schüssel hielt, damit das Blut aus der vom Nagel durchbohrten Hand hineintropfen konnte, aber statt Blut befand sich in der Schüssel eine dicke Kerze, die mit einer flackernden Flamme brannte, und in diese Flamme starrte wie hypnotisiert Roman.

Ich zog ihn am Ärmel. »Komm hier raus.«

Er guckte mich an, als würde er mich nicht erkennen, dann schüttelte er den Kopf. »Ich habe sie angezündet, und sie will nicht richtig brennen. Ich habe Angst, dass sie ausgeht.« Ich sah einen kleinen Jungen, der mit den Tränen kämpfte.

»Was ist mir dir? Hat dich das Schwein so mitgenommen?«

Er wandte den Blick ab, antwortete aber: »Glaubst du, dass das ein Zufall war? Ausgerechnet heute.«

»Hör mal, das war ja nicht der erste Spuk hier. Was ist

mit den Morden? Und mit den zerschlagenen Köpfen der Heiligen?«

»Und doch ist es heute anders.«

»Warum?«

»Weil sie zurückgekommen ist.«

»Wer?«

Auf diese Frage brauchte ich allerdings keine Antwort.

Nichts von dem, was das Leben bringt, vermag einen für das Leben zu begeistern. Man hat gesehen, was zu sehen war, gehört, was zu hören war, die Erlebnisse abgelegt und im Gedächtnis einbalsamiert. Es ist die Kunst, die zu zerstreuen vermag. Die Kunst und eine Frau. Die jedoch ist für immer verschwunden. Man stolpert resigniert auf den Tod zu, gewöhnt sich an den Zerfall, betrachtet Bilder, die sich nicht verändern. Doch was ist, wenn sie am Ende zurückkehrt? Wer könnte der neuen Hoffnung widerstehen, jenem kleinen Verbrechen, das wir an uns selbst begehen?

Ich habe also Hoffnung auf ein neues Leben. Auf ein funkelnagelneues, das auf das alte folgt. Wir dürfen alle hoffen. Wer wäre ich, dass ich es vollbrächte, nicht zu hoffen?

Rops. Nie hab ich etwas so gewollt wie diesen schwarzäugigen Meuchelmörder, und jemand anderes hat ihn bekommen. Jemand, der ihn weggestoßen und mir gnädig überlassen hat. Und ich greife zu, aber dann überlegt es sich dieser Jemand wieder anders.

Ohne Umschweife sie umarmen. Sie küssen. Sie liebkosen. Sie abküssen. Was ich nicht verliere, das macht mir keine Freude.

Mein Gott, warum kann ich ihn nicht haben? Nie hab ich etwas so gewollt wie ihn jetzt. Sonst habe ich nichts, nur mich, und mich finde ich zum Kotzen. Aber wenn ich eine Weile mit ihm zusammen bin, dann fang ich an mich zu mögen, bekomme Lust auf mich, verabrede mich mit mir. Ganz locker.

Auch mit ihr schlafen. Es morgens und abends in sie hineinmeißeln, jeden Tag in dieser gesegneten Adventszeit.

Nur ein Jahr. Ein Jahr mit ihm würde mir genügen. Und nach der Trennung die Nationalbank stürmen, mit einem Strumpf über dem Kopf und einer leeren Pistole in der Hand.

Am besten schwängern. Sie fesseln. Und nicht gehen lassen.

Mir genügt wenig. Ein halbes Jahr. Oder nur ein viertel. Ein Monat. Bloß. Wäre völlig okay.

Ob er sich da mal nicht getäuscht hat. Als sie fortgegangen war, hat Kilián Urban zu mir gesagt: Auch du hast nicht auf alles einen Anspruch. Trage deinen Schmerz in Demut und du wirst glücklich sein. Lehnst du den Schmerz ab, lehnst du alles ab, was die heilige Kirche lehrt.

Roman … Einmal ist sie dran, einmal ich, am Ende poppst du beide. Völlig okay. Aber mich nicht vergessen!

Jetzt ist sie zurückgekommen, Vater. Wie Ihr selbst seht, vergebe ich ihr, nehme sie schweigend auf. Ich kann nicht anders. Ich habe zerbrochenes Glas im Mund.

Ich sah es vom großen Turm aus. Mann, hatte ich eine Wut. Eine schreckliche, gefräßige, ekelhafte Wut auf diese hirnverbrannte Kuh von Klára. Und mit diesem Schlachtengetümmel im Kopf war ich den Turm hinaufgerannt. Wie der Blitz alle Treppen hoch, solange es in mir brodelte. So schnell war noch niemand da oben gewesen.

Draußen knallte mir das Licht in die Augen, Prag leuchtete in Postkartenfarben, und die Sonne trocknete den Reif von den Kleinseitner Dachgiebeln. Auf dem steilen Dach unter mir war der bläulich-schwarze Glanz bereits verschwunden, aber in den schattigen Winkeln auf der Nordseite hielt sich ein eisiger Schleim. Das wäre eine Rutschpartie. Fallen, fallen, fallen, ach ja, dann noch ein bisschen gleiten und hoppla, wie dieser finnische Knirps auf der großen Sprungschanze. Hier wäre es natürlich ein Fall auf eine ebene Fläche.

Ich lehnte mich vor und schaute nach links. Da hinten sah ich Mravenec vor der Bauhütte stehen. Er unterhielt sich mit dem Streifenpolizisten, der das ominöse Schwein bewachte. Mravi verharrte bewegungslos mit dem Kohlkopf in der Hand, ein Blatt hing vor dem Schweinerüssel, der es nicht erreichen konnte. Er blickte über den Platz. Ich sah nach unten.

Die glatten Bodenplatten des Dritten Burghofs sahen aus wie die Felder eines Brettspiels. Das kam von diesem schwarzen Schimmel in den Fugen. Es hatte was von einem Stern. In jedem seiner Zacken stand jetzt eine kleine Figur, reglos und wie angewurzelt, ich erkannte Fulcanelli und hätte ihm auf den Kopf spucken können. Dann bemerkte ich Benon mit seiner Kapuze vor dem Alten Königspalast. Neben dem Obelisken waren Urban und Zelenka stehen geblieben. Vor der Georgsstatue mit der krummen Lanze lehnte sich Roman ans Geländer. Unter dem Präsidentenbalkon war Maler zu sehen. Alle schauten zur Hofmitte hin, ins Zentrum des schimmeligen Sterns. Eine große, langhaarige Frau in einem schwarzen Mantel stand dort. Sie guckte weder zu Roman noch zu den anderen. Sie hatte den Kopf zurückgelegt und schaute den Turm hoch, direkt zu mir.

Als hätte sie gewusst, dass es passieren würde. Und es passierte. Alle fuhren zusammen, als die Glocke zu läuten begann, dieser Megakoloss, dessen kaputten Klöppel sie repariert hatten. Es dröhnte unter meinen Füßen, der Turm bebte in seinen Grundfesten, der ganze Dom sank in dem harmonischen Getöse zusammen. Ich klammerte mich wie eine Zecke ans Gitter und wollte nur noch nach unten, aber doch bitte sehr lieber über die Treppe.

Es läutete volle zehn Minuten lang. Als es vorbei war, drehte es sich in meinem Kopf, und mir war ganz schwummrig. Ich lehnte die Stirn an das Eisengitter und schaute hinunter. Etwas regte sich dort. Der schwarzhaarige Typ bewegte sich von seiner Statue auf die Frau im Mittelpunkt des Sterns zu. Alle Umstehenden schauten gespannt zu. Sie rührte sich nicht von der Stelle und verfolgte jeden seiner Schritte. Er trat an sie heran, sie sagten etwas zueinander, nur ein paar Worte. Dann küsste er sie auf die Wange. Sie hob die Hand und wuschelte in seinen Haaren herum. Er umarmte sie, und sie ihn. Er lehnte sich ein bisschen zurück und drehte seinen Kopf, um sie jetzt richtig zu küssen. Aber sie wich einen Schritt zurück. Mir schien, dass sie lächelte. Er rührte sich nicht mehr. Sie fasste ihn am Arm, ließ die Hand wieder sinken, guckte ihn an. Dann sagte sie etwas zu ihm. Aber er schaute zu der Stelle, wo sie vorher gestanden hatte. So blieb er stehen. Sie zuckte mit den Schultern und ging davon. Er blieb. Bewegte sich nicht mehr. Die Mantelschöße flatterten im Luftzug um seine Beine.

Die anderen Figuren regten sich jetzt, bis auf Maler. Urban, Zelenka, Benon und Fulcanelli eilten jeweils auf ihrer Achse in Richtung Sternmitte. Zelenka stützte Urban, weshalb die beiden zurückfielen. Benon hätte gewinnen können, wenn er es sich nicht auf halbem Wege anders überlegt hätte und stehen geblieben wäre, als ob er Fulcanelli den Vortritt lassen wollte, welcher Roman als Erster erreichte und an der Schulter fasste. Aber sobald er ihn berührte, sank Roman unter seiner Hand auf den schwärzlichen Boden. Ich war überzeugt, dass es aus mit ihm war.

Ich lag den dritten Tag auf dem Sofa, auf das Fulcanelli und Benon mich gelegt hatten. In der Zwischenzeit hatte ich graue Haare bekommen. Ich schloss auf einen kurzen Advent.

Ich aß nicht und trank nicht und hatte nicht die Absicht, aufzustehen. Auf dem Kaffee, den der Mönch für mich gekocht hatte, war nach zwei Tagen eine kleine pelzige Insel aufgetaucht, in dem daneben stehenden Glas verdunstete langsam der Fernet. Es war kalt in der Wohnung, ich hatte keine Lust, den Knauf der Heizung ein wenig hochzudrehen. Ich war froh, dass die beiden mir nicht die Schuhe ausgezogen hatten, und kauerte mich wie unter einer Bettdecke unter dem Mantel zusammen, den sie mir abgenommen hatten. Als ich nachts zur Toilette gegangen war, hatte ich den Telefonhörer abgehoben, die Wohnungstür abgeschlossen und den Schlüssel in einer Schublade versteckt. Befriedigt kehrte ich auf die Ottomane zurück.

Der Dombaumeister hatte mir eine Schachtel mit zwanzig Zigarillos auf den kleinen Tisch gelegt. Es war Dienstag kurz nach Morgengrauen, als ich den letzten von ihnen rauchte. Unter der Zimmerdecke wälzte sich eine giftige Wolke. Die Finger, die den Tabak an meine Lippen führten, waren dunkel und schrumpelig wie der Zigarillo. Mein Kopf tat mir weh.

Im Zimmer war es dämmerig, doch draußen wurde es Tag, von der Straße her hörte man das Donnern der Reifen auf dem Pflasterstein. Deshalb überraschte es mich, als ein Schatten ins Fenster fiel. Ich stützte mich auf den Ellenbogen und sah hinaus. Das milchige Licht der Nordseite drang nun wieder ungehindert durch die Scheiben, sogar die schneebestäubten Türme der Kathedrale waren zu sehen. Als ich mich wieder hinlegte, fiel erneut ein Schatten ins Zimmer. Zwei Schatten. Jetzt bewegte sich etwas im Spiegel mit den beiden Leuchtern. Ich kniff die Augen zusammen. Auf der oben abgerundeten, leicht schwarz angelaufenen Fläche erblickte ich hinter dem zweiten, gespiegelten Leuchter mich selbst auf dem Sofa – und jemanden im Fenster hinter mir. Ich drehte mich um und sah nur Licht. Ich blickte in den Spiegel und sah in seinem Rahmen den zweifachen Schatten. Dann beugte ich mich vor und schaute schräg in den Spiegel. Hinter dem Fenster zeichneten sich zwei Silhouetten ab, eine größere mit Hut und eine kleinere ohne. *Madonna la secca. L'angelo delle tenebre.*

Da klopfte jemand an die Tür. Die Dunkelheit in der Wohnung verdichtete sich, die Gestalten im Spiegel regten sich. Erneut ertönte ein Klopfen, drei energische Schläge von Fingerknöcheln auf Holz. Dieses Geräusch kannte ich. Nach dem dritten Klopfen steckte jemand einen Schlüssel ins Schloss und drehte ihn einmal, dann ein zweites Mal um. Die Klinke bewegte sich, und die Tür ging auf. Die Schatten im Fenster verflüchtigten sich, und der Morgen drang in die Wohnung. Auf der Schwelle stand sie.

Sie kam herein und schloss die Tür hinter sich. Sie begann sich den Mantel aufzuknöpfen, doch als sie die Atemwolken vor ihrem Mund bemerkte, ließ sie es bleiben.

»Hallo. Ich wusste, dass du das Schloss nicht auswechseln würdest.«

»Warum sollte ich es tun?«

»Hier muss mal gelüftet werden.« Sie ging zum Fenster und öffnete es. Damit sie auch die äußeren Flügel öffnen konnte, musste sie meine eiserne Rose woandershin stellen. Sie nahm sie in die Hände, betrachtete sie. »Sprichst du nicht mit mir?«, fragte sie mit dem Blick auf die geschlossene Blüte. Dann nahm sie eines der metallenen Blütenblätter zwischen die Finger und zog daran. Nichts geschah. Sie stemmte den Daumen dagegen und klappte es um. Erstaunt beobachtete ich sie. Die Rose mit Gewalt zu öffnen war mir nicht eingefallen. Ich betrachtete mich im Spiegel. Das Tuch, das ich mir um den schmerzenden Kopf gebunden hatte, sah aus wie ein orientalischer Turban. Die Kälte kroch ins Zimmer und in meine Nerven.

»Nach ›Amy Gaskell‹ von Burne-Jones entstand Picassos ›Mädchen mit Bluse‹, erinnerst du dich? Wir hatten an jenem letzten Abend davon gesprochen.«

»Ich versuche es die ganze Zeit zu vergessen.«

»Du hast behauptet«, fuhr ich fort, »dass sich sogar im ›Alten Gitarrenspieler‹ ein Modell von Burne-Jones verbirgt – in dem beängstigend langen Rumpf, in dem Winkel der Hände auf der Gitarre, in der todmüden Neigung des Nackens. Du hast gesagt, der Alte sei dir ähnlich, dass du auch einmal so aussehen wirst, falls du nicht jung stirbst. So hat Picasso zu Beginn des Jahrhunderts gemalt, und dann, 1907 – diese Monstren von Avignon. Von der totalen Schönheit führt kein Weg mehr weiter; höchstens zur Destruktion.«

»Genau so hast du damals gesprochen. Fang nicht wieder damit an. Du hast dich nicht verändert. Wahrscheinlich kannst du es nicht. Und führ dich nicht auf wie die Heilige Bestattungsgesellschaft von Prag. Schau, ich habe dir dein Spielzeug repariert.« Sie reichte mir die Rose. Die Blüte hatte sich unter ihren Fingern geöffnet. Etwas lag darin. Ich drehte die Rose mit dem Stiel nach oben. Eine eingetrocknete Wespe fiel auf den Tisch.

Sidonie schloss das Fenster und ging hinüber zum Herd, um Tee zu kochen.

»Ich will keinen.«

»Ich mache Tee, und du wirst ihn trinken. Und dann gehen wir frühstücken. Alle drei.«

»Drei?«

»Vor dem Haus wartet jemand auf mich. Schau, ich habe ein Handy in meiner Tasche, und ich muss nur eine Taste drücken, damit er hier erscheint.«

»Und warum?«

»Falls du auf irgendwelche Ideen kommst.«

»Du bist verrückt geworden.«

»Ich?«

»Hast du Angst vor mir?«

»Ich weiß nicht. Zuletzt vor dem Dom habe ich dir mitgeteilt, dass ich ein Kind bekomme, und du reagierst darauf mit Hungerstreik.«

»Wenn ich mich umbringen wollte, würde ich das Gas aufdrehen.«

»Trink das hier, mach dich ein bisschen frisch und komm uns dann nach. Wir sind in dem Bistro an der Ecke.«

»Du und wer?«

»Ich und mein Verlobter.«

»Dass ich nicht lache. Du bist doch verheiratet.«

»Schon seit Jahren nicht mehr. Alle wissen das, auch du. Aber du gibst als Einziger vor, dass es nicht so wäre. Verstehst du, warum ich hierherkommen musste? Weil du mich dazu gezwungen hast. Also gut. Ich bin hier. Da hast du, was du wolltest.«

»Du redest mit mir wie mit einem Feind, und dabei weißt du, dass ich immerzu auf dich gewartet habe. Jetzt sehe ich eine völlig andere Sidonie.«

»Ach was. Es ist die gleiche, eben nur in anderen Umständen. Wann kommst du? In einer halben Stunde? Ich lade dich ein. Und mache dich mit Patrick bekannt.« Sie zog die Schlüssel aus der Tasche und legte sie auf den Tisch. »Die brauche ich nicht mehr.« Sie zeigte auf meinen dreischneidigen Dolch. »Und du vergreif dich nicht wieder an dem hier.«

Ich weiß nicht, was ihn am meisten störte. Zwischendurch klang es so, als sei ihm Patricks fortschreitende Glatze am unerträglichsten. »Das musst du dir vorstellen«, wiederholte er immer wieder, »der Typ hat in der Kneipe die Mütze aufgelassen, noch dazu eine karierte, und dann hat er sie einmal abgenommen, um sich zu kratzen.« Außerdem sei er gut vier Jahre jünger und obendrein auch noch vom Fach, jedenfalls beinahe, er arbeite für das Auktionshaus Beardsley's und habe sich mit Max Unterwasser befreundet.

Wir umkreisten den Veitsdom. Es war kein Zufall, dass wir uns an der Goldenen Pforte getroffen hatten, *wer in sie tritt hinein, büßt seinen Kopf gleich ein*, er schon vor langer Zeit, ich hatte ihn gerade verloren, so eingehakt bei ihm, und dann konnten wir uns nicht mehr vom Dom lösen, wie immer. Wir liefen gegen den Uhrzeigersinn, das heißt von Süden nach Osten und von Osten nach Norden und von dort nach Westen und zurück nach Süden. Von Patrick erzählte er mir gleich während der ersten Runde.

»Er hat meine Artikel über die Kathedrale und die Kunst der vorletzten Jahrhundertwende gelesen, und stell dir vor, er hat sie ausnahmslos kritisiert. Sogar eine Polemik hat er geschrieben, ich weiß nur nicht, wo sie erschienen ist, das ist nie bis zu mir gedrungen. Verstehst du, dass dieser Mensch schon seit Ewigkeiten über mich Bescheid weiß? Und was Sidi ihm alles erzählt haben muss ...«

Er sagte – eigentlich schwor er es mir –, er habe nicht gewusst, dass er von ihr geschieden worden sei. Das gehe heutzutage leichter, selbst wenn es sich um eine Eheschließung vor dem Herrn handele, nach dem Motto »ein zuvor unbekanntes Ehehindernis« oder so, er selbst hätte nicht mit einem solchen Schachzug seiner Frau gerechnet. Er habe gedacht, dass so was bis nach Rom gehen müsse, schließlich hätte er sich niemals mit irgendeiner Lösung des Diözesangerichts einverstanden erklärt, aber offensichtlich hatte Sidi das Kind angebracht, das sie nicht hatten, und Roman hatte wirklich keins gewollt, und der Schlamassel war, dass sie einen Brief von ihm vorgelegt hatte aus der Zeit, als sie schon verheiratet waren und er nach Florenz zu irgendeinem Museum gereist war, von wo er ihr schrieb – und das stand dort Blau auf Weiß –, dass er nie Kinder haben wolle, dass er nur sie und die Kunst wolle. Wie es aber möglich war, dass man ihn nicht zu dem Verfahren vorgeladen hatte, das begriff er nicht, schließlich war der Brief schon alt und man hätte ihn doch zumindest fragen müssen, wie er heute zu der Kinderfrage stehe, seinetwegen hätte er Sidonie eben ein Kind gemacht, wenn es bedeutet hätte, sie nicht zu verlieren, überhaupt wäre er zu Opfern bereit gewesen, aber man hatte gar nicht mit ihm geredet, und das sei verdächtig, und die Sache stinke nach Weihrauch, da habe sicher Zelenka seine Finger drin. Logo, meinte ich, der kann Frauen nicht ausstehen, und da hat er eine prima Gelegenheit gehabt, euch beide zu trennen, und insgeheim steckte ich dem diensteifrigen Monsignore vor lauter Dankbarkeit meine Zunge ins Ohr.

Die ungeöffneten Briefe mit dem Stempel des Bistums, na klar, und die ungelesenen Mails aus England. Mein schwarzer Übermensch kämpfte eine von vornherein verlorene Schlacht, mit Patrick konnte er nicht mithalten, ich hatte sie ja gesehen, als sie aus dieser Bar herauskamen, zwei Tage und Nächte hatte ich mir im Auto unter Romans Fenster eins abgefroren, und endlich hatte es sich gelohnt. Mravenec überprüfte bereits die Identität des Engländers, aber mir war nicht entgangen, wie entschieden der Brite wirkte und mit welcher Selbstverständlichkeit er Sidonie um die Taille fasste. Roman wurde da ordentlich blass, Sidonie schmiegte sich an ihren Verlobten und legte ihre Hand auf seine Brust, und Roman trat ihnen einfach in den Weg, ganz schön peinlich. Der Gentleman von Beardsley's entfernte sich ein wenig, betrachtete ein Schaufenster mit Holzspielzeug und zündete sich eine Zigarette an, damit sich diese beiden prächtigen Exlover ausquatschen konnten, und nachdem sie es getan hatten, machte Roman kehrt marsch und lief Richtung Kathedrale und ich hinter ihm her und zur Goldenen Pforte, und so waren wir nun hier und spazierten im Kreis.

Es kam uns jemand entgegen. Zwei Leute Arm in Arm, die Köpfe im Gespräch geneigt, vielleicht hatten sie uns bemerkt, vielleicht auch nicht, und Roman blinzelte schnell nach oben, als würde er etwas ahnen, und zeigte auf den Rauch, der hoch über uns an einer Stelle unter dem steinernen Geländer aufstieg, als würde da jemand hinter der Mauer heftig qualmen oder in der Sakristei der Ofen nicht ziehen. »Das ist schlecht«, murmelte Roman, aber ich guckte nur auf das Mädchen vor uns, ihr Typ trug einen langen Mantel und die Haare à la Karel Hynek Mácha und gaffte ebenfalls nach oben. Sie starrte mich an, und je näher wir kamen, desto wärmer wurde es, bis ich mir die Jacke aufmachte, und ihr ging es wohl ähnlich, denn sie griff ebenfalls an ihren Reißverschluss. Sie sah jemandem scheußlich ähnlich, diese hellen Stoppeln, diese Plattnase, diese koreanischen Backen, ein dämlicher Scherz. Roman hob die Hand an seinen Mund, um nicht zu schreien, und der andere machte das Gleiche und heulte auf. Wir sahen sie an wie eine Erscheinung. Sie/Wir starrten uns/die beiden mit großen Augen an, aber sie machten nicht ganz die gleichen Bewegungen, R. Nummer zwei ging zur Tat über, er zog sofort seinen verzierten Dolch aus der Tasche und holte mit der Klinge gegen Nummer eins aus, der wich jedoch zurück und zerrte mich mit sich, und ich tastete in meinen Ärmel und zog die Neuner hervor, und K. zwo mit ihren aufgerissenen Augen zerrte diese schöne schwarze aggressive Kopie weg, der Dolch tauchte wieder ab, und mir sank die Hand in der plötzlichen Überzeugung, dass Schießen alles komplett verpfuschen würde, wir tänzelten wie auf dem Parkett um uns herum und entfernten uns voneinander ohne die Absicht, uns wieder anzunähern, Musik spielte keine, aber wenn es möglich ist, dass man ein Lächeln hören kann – und damit meine ich kein Lachen, sondern wirklich ein Lächeln –, dann grinste da jemand über uns auf der Nordseite, bis es ihm aus dem Maul qualmte.

»Komisches Messer, das du da mit dir herumträgst«, sagte ich heiser.

»Ein Misericord«, sagte Roman, und seiner Stimme ging es nicht viel besser. »Italienische Arbeit, er diente lediglich zum Stechen – um dem gefallenen Feind den Todesstoß zu versetzen. Er hat einmal einem Bischof gehört. Dann hat Unterwasser ihn mir verkauft. Gerade habe ich ihn zum ersten Mal benutzt. Beinahe.«

»Hättest du's nur getan«, sagte ich darauf, aber so, dass er es nicht hörte.

›Wie sie sich selbst trafen‹ heißt eine frühe Zeichnung von Rossetti, die einmal in meinem Zimmer über dem Bett hing. Sie zeigt einen jungen Mann und eine Frau, Paolo und Francesca, die nach der Mode der Hochgotik gekleidet sind. Bei einem Stelldichein im Garten treffen sie auf ihre Doppelgänger, die mit der gleichen Angst, mit dem gleichen Lebenswillen ihre Augen aufreißen und sich zum Fliehen oder zur Verteidigung anschicken. Ich hatte immer das unbestimmte Gefühl, dass mir einmal so etwas passieren würde, dass auch ich einmal meinem Doppelgänger begegnen würde, voller Todesahnung wie er, doch die Frau an meiner Seite, die neben meinem Spiegelbild sich selbst erblicken würde, sollte eine Licht bringende Schönheit aus Rossettis Gemälden sein, und nicht dieses Mädchen mit dem losen Mundwerk.

Am nächsten Tag suchte mich Patrick Simon auf.

»Schickt meine Frau Sie her?«, fragte ich ihn.

»Nein, Ihre frühere Frau schickt mich nicht zu Ihnen. Ich war bei Herrn Unterwasser.«

»Das hätte ich mir denken können. Er hat Ihnen wohl von meiner Sammlung erzählt.«

»Richtig. Wo ich nun schon in Prag bin, sollte ich sie sehen.«

»Und gegebenenfalls etwas kaufen.«

»Falls Sie denn verkaufen.«

»Geht es Ihnen um Félicien Rops?«

»Um ›Les Sataniques‹.«

»Aber ich bin nicht mit ihm verwandt.«

»Vielleicht wissen Sie nur nichts davon. Es heißt, Sie besitzen ›L'idole‹ und ›Le calvaire‹.«

»Ich habe sie schon verkauft.«

»Trotzdem würde ich mir Ihre Sammlung sehr gerne ansehen.«

»Wenn Sie kürzlich nicht unten vor dem Haus geblieben wäre, würden Sie sie bereits kennen.«

»Da waren Sie krank. Zu einem Kranken gehen nur der Arzt und die Pflegerin.«

»Sidi hat mir einen Tee gekocht. Falls sie jemanden pflegt, dann wohl Sie.«

»Sie haben dieses Porträt von ihr.«

»Na endlich!«, lachte ich auf. »Warum sollten Sie an Rops interessiert sein, wo doch sie hier ist?«

»Die Arbeit soll außerordentlich gelungen sein.«

»Und Sie sollen recht reich sein.«

»Ich würde das Porträt gerne haben.«

»Sidonie mag es nicht, und Sie werden es hassen.«

»Wir werden sehen.«

Ich stattete ihr in ihrer Pension am Stadtrand von Prag einen Überraschungsbesuch ab. Ihr Typ war nicht da. Sie hatte gerade geschlafen. So verstrubbelt sah sie gar nicht so toll aus. Einfach eine hübsche Plusdreißigerin mit kleinen Fältchen um die Augen. Sie war nicht sauer, dass ich sie geweckt hatte. Dass ich von der Polizei bin, sagte ich ihr erst hinterher. Sie dachte, ich wäre Romans Freundin. An der Rezeption würden wir einen Kaffee bekommen, meinte sie und zog sich einen selbst gestrickten Pulli mit Schneelandschaft über ihr Shirt. Sie sah wirklich ganz anders aus als auf dem verrückten Gemälde. Auf ihrem Nachttisch lag die Schachtel von einem Schwangerschaftstest. An der Wand eine farbige Ansicht vom Hradschin mit dem Veitsdom. Wahrscheinlich Staatsvermögen, sagte ich und zeigte darauf, sie lachte, vielleicht würde es ihr Verlobter ja für sie kaufen. Sie gefiel mir. Sie hatte gar nichts Düsteres an sich. Ich fragte an der Rezeption, was sie zu trinken dahätten. Französischen Wein für sechshundert, hieß es. Sidi hörte es und sagte, das gehe auf ihre Rechnung. Braves Mädel.

Es ist etwas Verhängnisvolles in ihrer Schönheit«, sagte ich, »und doch könnte sie noch schöner sein.«

Patrick, der zehn Minuten lang regungslos vor Sidonies Porträt gestanden hatte, fuhr zusammen. »Das bezweifle ich. Und meiner Meinung nach ist an ihr nichts Unheilvolles.«

Ich zeigte durch das Fenster auf die Kathedrale. »Ich meinte diese *belle dame sans merci.* Wissen Sie, dass ich von ihr geträumt habe? Sie bewegte sich. Und leuchtete golden in der Dunkelheit. Es war zugleich der Dom und eine hölzerne Königskrone, aus der Türme und Rippen herausragten. Sie saß auf dem Kopf eines Mannes, der den Mund geöffnet hatte. Dieser Mund war stumm, Zweige trieben aus ihm heraus. Es gab kein Entkommen von diesem dunklen Ort, und doch schritt der Mann durch die Finsternis.«

»Aha«, sagte er trocken, aber mir entging nicht, dass er leicht bebte. Er ging ans Fenster und schaute ohne Interesse hinaus. Über der Silhouette der Kleinseitner Dächer erhoben sich die Türme des Doms.

»Man kann dem leicht verfallen«, sagte ich und zündete mir eine Zigarre an. Patrick setzte sich an den Tisch. Rossettis Spiegel warf seinen kahl werdenden Scheitel zurück.

»Wir haben jeder unsere Obsessionen.«

»Sie hat behauptet, dass sie ein Kind bekommt.«

»Sie hat es behauptet, weil Sie Angst vor Ihnen hat.«

»Ich habe ihr nichts getan.«

»Sie haben doch diese anonymen Briefe bekommen.«

»Hat Unterwasser Ihnen davon erzählt? Ich weiß wirklich nicht, wie ich mich mit diesem Menschen befreunden konnte.«

Er zuckte mit den Schultern. »Ehrlich gesagt kann selbst Sidonie es nicht begreifen.«

»Hat sie zufällig von …?«

»… von diesem Abend damals erzählt? Ja.«

»Wissen Sie, wie viele Jahre das her ist? Solche Dummheiten mache ich schon lange nicht mehr.«

»Aber es war einer der Gründe, warum sie Sie verlassen hat. Einer von vielen.«

»Ach ja, einer von vielen?«

»Regen Sie sich nicht auf. Sie hat es halt so gesagt. Im Grunde verstehe ich Sie. Ihre Einstellung. Ihre Situation. Eine Frau wie Sidonie zu verlieren ... Sehen Sie, ich möchte nur das Bild, dann lasse ich Sie in Ruhe.«

Ich zog die Uranglasscherbe aus der Schublade. »Was meinen Sie, was das hier wert ist?«

Er nahm das kleine grüne Dreieck zwischen Daumen und Zeigefinger und hielt es gegen das Licht. »Viel«, lachte er, »wenn Sie es zu verwenden wissen. In dieser Form hier freilich nichts.«

»Ist es ein sehr hartes Glas?«

»Wie ein Diamant. Aber einen Diamanten können Sie daraus nicht machen.«

»Und andere Edelsteine?«

Er gab es mir zurück. »Einige. Es lässt sich färben und nach Belieben schleifen. Wo haben Sie das her?«

»Im Dom gefunden«, ich zeigte in die Richtung. »Ich dachte, es stammt vielleicht aus einem der Fenster.«

»Im Dom?« Patrick schüttelte den Kopf. »Solches Glas gibt es dort nicht. Sehen Sie, in England war unlängst etwas über gefälschte Edelsteine zu lesen, die mithilfe dieses Glases hergestellt wurden. Erstklassige Steine wurden unter Wert verkauft, und nicht einmal die Lupe eines Goldschmieds kam ihnen auf die Schliche. Wunderschöne neue Saphire, Smaragde, Opale und Rubine wechselten schnell den Besitzer und brachten jemandem ordentlich Geld ein, bis die Sache aufflog. Sie waren aus Uranglas.«

»Zu einem Diamanten aber reicht so eine Scherbe nicht aus, wie Sie sagen.«

»Nein, diese schlichte Reinheit kann das Glas nicht

imitieren. Mit Farben dagegen lässt sich allerhand Zauberwerk treiben.«

»Danke. Das war es, was ich wissen wollte.« Ich holte seine sportliche Steppjacke von der Garderobe. Er lächelte mit einem Mundwinkel.

»Geben Sie mir Bescheid, wie Sie sich entschieden haben?«, fragte er.

»Lieben Sie sie denn nicht?«

»Was hat das damit zu tun?«

»Wenn Sie sie nur halb so sehr lieben würden wie ich, würden Sie wissen, dass es für eine Entscheidung längst zu spät ist. Adieu. Richten Sie ihr meine Grüße aus, wenn Sie sie im Hotelzimmer entkleiden.«

Er war damals besessen von ihr. Und er war es immer noch. Das hatte sie nie gewollt. Schön sei es im ersten halben Jahr gewesen. Dann nur noch irgendwie abgefahren. Und er fürchtete sich vor einem Kind, hatte Angst, dass es sie von ihm entfremden könnte. »Das ist ziemlich normal«, versicherte ich ihr total erfahren, und darauf sie, bei ihm nicht, weil er an Romantitis leide. »Woran?«, fragte ich. »Nun, das ist so eine Art permanente Verliebtheit, eine chemische Störung; wenn jemand mit der Verliebtheit nicht mehr aufhören kann und eigentlich auch nicht will – wenn er sich ans Gefühl klammert wie an die einzig sichere Sache im Leben, verstehst du?« »Klar«, sagte ich und schüttelte den Kopf, und sie: »Ich dachte damals, wenn ich ihn heirate, wird es mit der Zeit vergehen, und er wird normal. Aber es verging nicht, jedenfalls nicht bei ihm, nur bei mir. Dann kamen diese Exzesse. Auf die hatte ich schon gewartet. Seine Freunde Rut und Unterwasser waren schuld daran, Roman bestimmt nicht. Alle verehrten diesen Félicien, das war so ein Kult zwischen ihnen, und dann brachte Rut einmal so ein grünes Zeug mit, das sie in ihre Zigaretten drehten, und dann redeten sie von Sadomaso als typischem Merkmal tschechischer Kunst« – Sidi lachte, genau deshalb hätten die Dekadenz-Maler Hlaváček, Pirner, Adámek, Panuška, Schweiger, Jenewein, Kobliha, Váchal und andere den finsteren Belgier so gut verstanden. Sie wusste nicht mehr, von wem der Einfall kam, ein lebendes Rops-Gemälde nachzustellen, wahrscheinlich von Unterwasser, jedenfalls überredeten sie Sidi mitzumachen, sie sollte sich nur auf den Tisch stellen und sich die Augen verbinden lassen, dann gaben sie ihr eine Schnur in die Hand, und Roman band sich das andere Ende um den Hals, baute aus dem umgedrehten Sofa einen kleinen Stall und kroch an der Schnur über den Boden und leckte über Sidonies Füße und über die Sohle zwischen den Zehen, dann legte er sich unter sie, und sie musste mit Absätzen auf ihm hin und her laufen, und Unterwasser hielt sie dabei fest, und Rut fotografierte das Ganze, und dann trank Roman von ihrem Blut – buchstäblich, fügte sie nach einer Pause hinzu. Buchstäblich? Er hatte extra einen vergoldeten Kelch dafür, erzählte sie, natürlich von Unterwasser, von wem sonst, und er hatte sie um dieses Monatsblut gebeten, ja darum gebettelt, also hatte sie ihm welches gegeben, und damit zelebrierte er dann vor dem Gemälde eine Messe, und die anderen ministrierten, und schließlich trank er in Trance davon, und sie nahm noch in der gleichen Nacht Reißaus.

Nein, vom Leib der Herrin habe er nicht gegessen, beantwortete sie hastig die Frage, die ich noch gar nicht stellen konnte, und gleich darauf wollte sie wissen, ob er mir nicht auch von Rossetti erzählt habe, und ich, mhm, das ist der, der seiner toten Liebsten seine unveröffentlichten Verse ins Grab geworfen hat, und Sidi nickte nur mit dem Kopf. »Da hat er dir aber nicht alles erzählt, es ist zwar eine wahre Geschichte, aber sie hatte noch ein Nachspiel: Sieben Jahre nach der Beerdigung brauchte Rossetti Geld, weil er süchtig nach Chloral war, und das war teuer, und so ordnete er an, die Exhumierung vorzunehmen, seine Gedichte herauszuholen und sie abzuschreiben, aber er selbst war so ein Scheißkerl, dass er bei all dem nicht anwesend war und sich irgendwo am See herumfläzte, als sie die Tote aus dem Grab holten, den Sarg öffneten und vermodertes Recyclingpapier herauszogen.«

Das hat mir Roman wirklich nicht erzählt, musste ich zugeben und darauf erst mal einen Schnaps kippen, sie ebenfalls, und schließlich sagte sie: »Alle schwere Romantik erweist sich am Ende als Reinfall.«

Indem er sich so hartnäckig um die Symmetrie und die Reinheit des hochgotischen Stils bemühte, hatte Josef Mocker die Kathedrale verdorben. Ich mochte die von ihm entworfene Westfassade nicht, die Türme und der Giebel wirkten massiv und streng, und wenn man unten vor ihnen stand, konnte das Auge sie nicht als unverzerrtes Ganzes wahrnehmen. In seinen frühen Entwürfen hatte Mocker die Westtürme entweder völlig weggelassen oder sie nur angedeutet, damit sie den zweiten äußeren Laufgang nicht überragten und das Dach des Hauptsschiffs hervortreten ließen. Ebenso hatte sich auch Mockers Vorgänger Kranner schon nicht entscheiden können, unter seinen überlieferten Entwürfen gab es gute und schlechte Arbeiten, die schlechtesten sahen eine gewaltige Überdachung vor, eine Abgeschlossenheit und Fixierung, als wären nicht Luftigkeit und Zartheit bei einer gotischen Kirche am wichtigsten, der Durchblick zwischen den Rippen des Strebesystems und die dornigen Fialen, welche an kleine Leitern erinnerten, die sich mit paradiesischer Willkür erklettern ließen. Kranner wie Mocker wollten den großen Turm regotisieren, ihn um ein Drittel verlängern und zu einer Spitze nach Art des Wiener Stephansturmes zurechtschneiden. Dieses rein ästhetische Vorhaben wurde nie verwirklicht. Über den Historismus siegte die Historie und mit ihr die Hässlichkeit, ein gotischer Knorren umgeben von einer Renaissancegalerie, bekrönt mit einer aufgeschnittenen grünen Zwiebel. Dieser Turm war auf pittoreske Weise unvollkommen, doch fehlte ihm das Überzeitliche, und einmal würde er anders aussehen. Von ihm ließ ich meinen Blick am liebsten zu einem stilistisch reinen und dennoch nicht starren architektonischen Element hinuntergleiten: zu Parlers Spindeltreppe mit den kleeblattförmigen Arkaden, die zerbrechlich wirkte und doch schon beinahe siebenhundert Jahre in den südöstlichen Pfeiler des Querschiffs integriert war. Wegen der wechselnden Drehrichtung waren die Stufen wie in Bewegung versetzt und eine Provokation, die Treppe erinnerte an Tatlins futuristischen Turm der III. Internationale, ein atemberaubendes Modell, das jedoch nie realisiert wurde. Sie war ein Denkmal der katholischen Träume von der kirchlichen Vereinigung Europas.

Es herrschte mittägliche Ruhe. Ich stieg mit Fulcanelli über diese Treppe auf die Südseite des äußeren Laufgangs, wo in der Nacht ein weiterer Kreis mit Hörnern aufgetaucht war. Auch Benon war dabei, in den letzten Tagen hatte ich ihn oft zusammen mit Angelo gesehen. Er trug jetzt eine stärkere Brille. Offenbar sah er dadurch tatsächlich schärfer, denn er blieb plötzlich stehen und zeigte auf die Galerie des großen Turms. »Schauen Sie.«

Ich sah zu der vergitterten Loggia hinauf und erblickte

meine Frau. Sie schaute nicht zu uns, sie schaute nicht auf die Stadt und sie schaute auch nicht nach unten in den Hof. Sie hatte ihre Augen geschlossen und war nicht allein. Sie küsste ihren Geliebten.

»Vorsicht, Dottore«, Fulcanelli drückte meine Schulter, »dass Ihnen nur nicht schwindelig wird.«

Das Tageslicht verdüsterte sich vor meinen Augen. Über die gewundene Treppe kroch langsam ein Schatten, verästelte sich wie Efeu in der prächtigen Verschlungenheit eines Sezessionsmusters und bestätigte meinen Augen, was meine anderen Sinne ablehnten. Secessio bedeutet Trennung.

Der Alte hatte alles verdorben. Kam sich hier aufspielen. Gerade als ich Roman mal wieder so weit hatte. Er war ziemlich schlecht drauf gewesen, was ich ausgenutzt hatte, warum auch nicht, aber er kam mir entgegen und war so jammervoll wie wohl jeder, der erfahren hat, dass er nicht nur betrogen, sondern auch noch geschieden wurde. Er nahm mich mit zu sich, schloss die Tür ab, leerte den bitteren Kelch und sagte, das ist also das Ende, und ich machte mir schon die Jeans auf und dachte darüber nach, ob ich das blaue Höschen anhatte, das wenigstens neu aussah, oder das vietnamesische, auf dem kiss kiss kiss stand, das Keepsmiling-Ding hatte ich schon weggeworfen. Aber es war noch nicht das Ende, denn jemand klingelte, und ich sagte scheiß drauf, aber nun machte er erst recht auf, und in der Tür stand Julius Maler. Der war ganz schön erstaunt, mich zu sehen, angeblich kam er zufällig gerade vorbei, er war auf dem Weg zur Burg, wohin sonst, und man hatte ihn soeben zum Vorsitzenden des Ökumenischen Kirchenrats ernannt, und am Samstag dem dreizehnten, dem Tag der heiligen Lucia, würde er einen ökumenischen Adventsgottesdienst abhalten, wir *müssten* unbedingt kommen. Roman gratulierte ihm und kochte Kaffee, als wäre er froh, dass er nicht mit mir schlafen musste, und ich hätte meine rechte Brust für eine Kippe gegeben, und die linke noch dazu wie diese sympathische Katholikin, die heilige Agathe. Die zwei beachteten mich nicht, und so schnappte ich mir die Rose im Fenster und sah, dass er ihren Kopf repariert hatte. Roman versprach, dass wir ganz bestimmt kommen würden, und ich versicherte, dass sämtliche Prager Polizisten da sein und alles fantastisch beaufsichtigen würden. Dann machte sich der alte Wichtigtuer aus dem Staub, und bei der Gelegenheit bat Roman mich in besserer Laune und mit schamloser Höflichkeit, ebenfalls zu gehen, er müsse etwas aufschreiben.

Ich lief gleich in Richtung Hradschin los, und zwar mit einem Affenzahn, und in der Kurve erblickte ich Maler, der ans Geländer gelehnt genau auf mich zu warten schien, aber ehe ich ihn erreichte, klingelte bei uns beiden das Handy in der Tasche, bei mir mit ›Schau, die Rose blüht‹, bei ihm war es ›Im Dunkel der Kathedrale‹. Er hob sein Ericsson, ich mein Motorola ans Ohr, und beide hörten wir jeweils im gleichen Moment die gleiche Nachricht.

»Sie haben den Vandalen geschnappt«, erzählte Mravenec, »den mit den Kreisen. Direkt in der Kathedrale.«

»Bestimmt dieser Wühler Benon«, zischte Maler und eilte davon.

Mich interessierte mächtig, wer ihm die Sache gesteckt hatte, aber ich konnte ihn nicht fragen, er wieselte bereits auf verjüngten Beinen den Hügel hinauf, und ich nahm die Abkürzung über die Rathausstiege, doch das war der längere Weg, außerdem spukte mir der Handyohrwurm des Alten im Kopf herum: »Du magst dir manches erträumen, eine Landschaft mit Goldbarrenbäumen, bonbonsüßes Salz, trocknen Regen, oder Hennen, die Pfannkuchen legen. Ich aber träum schon am Morgen von einem Ort, an dem ich geborgen. Dort könnt ich mich ewig aalen – im Dunkel der Kathedralen.« Quasimodo hatte mich wirklich mit der Leier angesteckt, und nur deswegen erreichte er die Kirche als magischer Sieger und machte mir vom Portal aus eine lange Nase. Schau nur, wie deine Rose blüht.

Es war ein schweigsamer junger Mann. Er hieß Radim. Ich erinnerte mich, dass ich unlängst ein paar Worte mit ihm in der Bauhütte gewechselt hatte. Ich vermutete, dass die Hütte ihn so bald wie möglich loswerden wollte, es war jedoch Zelenka, der ihn bei der Tat ertappt hatte, und das war die schlimmste Variante des Inflagrantis. Der Fall ließ sich nicht vor dem Domkapitel verheimlichen, doch Angelo bestand darauf, die Sache alleine mit Radim zu regeln; er wollte mit ihm reden und ihm womöglich noch eine Chance geben.

Radim stammte aus Jihlava. Als man ihn im letzten Jahr von der Schule geworfen hatte, hatte er sich zu sehr geschämt, um nach Hause zurückzukehren. Er war gerade volljährig und nahm sein Schicksal in die eigene Hand. Ein paar Mal übernachtete er unter der Wärmeleitung hinter dem neuen Bahnhofsgebäude. Über die Caritas, die kostenlose Mittagessen anbot, erfuhr er von der Restaurierung der Kathedrale und dass Meister Fulcanelli neue Arbeitskräfte anheuere. Radim meldete sich bei Henryk Lukomski, bekam Gelegenheit, sein Geschick im Umgang mit Stein zu beweisen, und wurde unter den Hüttenmitarbeitern aufgenommen. Es hieß, er habe vorgehabt, in der Gruppe zu bleiben, bis der Meister zu einer anderen Kirche gerufen würde.

Fulcanelli war verärgert darüber, auf welche Weise Radim sich ihm erkenntlich gezeigt hatte, dennoch setzte er sich für ihn ein. Die Sache geriet zu einem Streitfall, mit dessen Lösung sich das Kollegium der Domherren unter Leitung des Erzdiakons befasste. Auch der Baumeister wurde vorgeladen. Der musste erst seinen Vertrag ins Feld führen, nach dem er für die Hüttenmitarbeiter verantwortlich war, denn der Rat wollte den Schuldigen der Polizei übergeben. Monsignore Zelenka meinte, der Zusammenhang mit den anderen Verbrechen im Veitsdom springe ins Auge. Doch der Erzdiakon unterstützte Fulcanelli, der auf seinem Recht bestand, selbst über seinen Angestellten zu entscheiden. Radim zeigte sich reuevoll, bat das Domkapitel und seinen Meister um Vergebung. Als Zelenka ihn jedoch fragte, ob die Schändung des Gotteshauses reines Vandalentum gewesen sei oder ob ihn jemand dafür bezahlt habe, verweigerte er die Antwort.

Klára konnte es nicht fassen, dass die Hütte nicht gegen Radim Klage erheben wollte und die Mitglieder des Domkapitels ebenfalls zögerten, doch für sie war es von Vorteil; sie würde einen ihrer Leute auf den Jungen ansetzen und ihn beobachten lassen. Noch im Dom versuchte sie, wenigstens sein Motiv zu erfahren, doch es führte zu nichts, er wollte nicht antworten. Zelenka beharrte darauf, dass er von der Polizei abgeholt werden solle, und Mravenec dankte dem Monsignore für seine Mitarbeit und deutete ihm an, dass er nun seinen eigenen Angelegenheiten nachgehen solle.

Nach der Kapitelversammlung wurde Radim in Angelos Werkstatt eskortiert, wo ihn der Meister der Bauhütte sowie Klára und Mravenec einem langen Verhör unterzogen. Sie erfuhren nichts Neues.

Angelo Fulcanelli verzieh ihm. Diese Haltung musste ich bewundern und respektieren, und gleichzeitig hegte ich den Verdacht, dass die Ratschlüsse meines Freundes zumindest merkwürdig waren.

Seine Angst, mich zu verlieren, hat bewirkt, dass er mich verloren hat«, sagte Sidi in der Lucerna-Bar, in die wir nach dem Film eingekehrt waren. Patrick hatte keine Lust auf Kino gehabt, und so hatte sie mich gefragt. »Dann kamen diese Exzentrizitäten, und auf einmal war es nicht mehr mit ihm auszuhalten. Er hatte mir gefallen, weil er schön ist, und er hatte mich interessiert, weil er interessant ist. Aber er streifte freiwillig alles Eigene außer seinem Äußeren ab, um meine Person zu verherrlichen, und was immer ich gesagt oder getan habe, kam wie in einem Spiegel zu mir zurück. Und ich konnte mich auf einmal nicht mehr sehen.«

»Du bist halt noch schöner als er, das genügt ihm wohl. Der ist wie vereitert damit.«

»Dann müssen wir ihn heilen.«

»Klar, das wär's.«

»Aber ich will ihn nicht.«

»Ich weiß.«

»Vor mir hat ihn noch nie jemand abgewiesen. Er braucht das wie ein Schwein das Schubbern. Hinter diesem Kerl wären die Frauen nur so her, wenn er einen anderen Charakter hätte. Ich nicht.«

»Er war immer hinter dir her.«

»Und er hat sich wie verrückt benommen. Als ich nicht mehr mit ihm schlafen wollte und er alles Mögliche versuchte, um mich ins Bett zu kriegen, fing er mit dem Zaubern an.«

»Unsinn.«

»Doch wirklich. Er hatte zu Hause ein Haar von mir gefunden, stell dir das vor, und dieses Haar hat er in einen Taschenspiegel gesteckt. Dann lief er mit diesem Spiegelchen so lange durch Prag, bis er auf Hunde stieß, die sich paarten. Er versteckte sich hinter einer Ecke und richtete den Spiegel so aus, dass die Köter sich in ihm reflektierten. Dann ging er nach Hause und verwahrte ihn unter dem Kissen. Er dachte, ich würde durch die Macht des Spiegels zu ihm zurückkehren.«

»So ein Quatsch.«

»Ich schwöre es dir. Er hat es mir dann selber in einem Brief nach England geschrieben. Romantitis, gleiche Endung wie Syphilis. Man sollte ihn auf die Intensivstation stecken.«

»Da müsste dann jeder hin, und die Versicherung käme auf den Hund. Ehrlich gesagt verstehe ich ihn. Wenn du jemanden ganz arg willst und er schlicht auf dich pfeift, brennen dir allmählich die Sicherungen durch. Auch dir würde das so gehen.«

»Patrick hat seine Theorie dazu: Bei Roman sei das im Grunde ein religiöses Problem. Er sucht Gott, hat aber das Gefühl, dass Gott sich vor ihm verbirgt. Und umso verzweifelter fahndet er nach ihm.«

»Rätst du mir jetzt, wie man mit ihm umgehen soll?«

»Hast du schon einmal jemanden abgewiesen?«

Das war direkt. Ich hatte Lust, ihr den Wein ins Gesicht zu spritzen. Aber dann würde ich wohl nur noch mit dem Gummiknüppel zu ihr können. Von solchen, die von Klára abgewiesen wurden, gab's nicht gerade viele.

»Erst kürzlich diesen Italiener.«

»Tatsächlich? Und war er traurig?«

»Ich allerdings auch. Wenn es Roman nicht gäbe, würde ich den am Ende vielleicht sogar nehmen, wer weiß.«

»Das ist ergreifend.«

»Ach was.«

»Doch. Guck mal, was mir Roman bei Unterwasser gekauft hat.« Sie zog einen weißen Briefumschlag aus ihrer Tasche und schüttete Fulcanellis beziehungsweise mein Blütenarmband auf den Tisch.

Ich muss ein ziemlich dämliches Gesicht gemacht haben, denn Sidi sagte: »Schön, nicht wahr? Max hat mir verraten, dass er es ihm für vierzigtausend verkauft hat, und siehst du, Roman bekommt dafür überhaupt nichts. Jedenfalls nicht von mir.«

»Meine Güte. Das funkelt vielleicht ...«

»Nicht wahr? Und ich würd's am liebsten in den Mülleimer werfen.«

»Mach keinen Unsinn. Du kannst es doch verkaufen. Das Geld für was Wohltätiges spenden.«

»Und wenn ich es dir schenken würde?«

»Das wär natürlich super wohltätig. Du bist eine echte Malteserin. Aber es passt nicht zu mir.«

»Das stimmt, aber trotzdem – nimm es.«

»Vergiss es.«

»Nein, wirklich.«

»Also gut, danke. So was Tolles habe ich noch nie gehabt.« Ich steckte das Kettchen in die Tasche, stand auf und fragte Sidonie, ob sie vielleicht den Wein für mich bezahlen könnte. Sie rief die Bedienung und forderte mich auf, das Prachtstück doch einmal anzulegen. Vielleicht hatte Roman es ja mit einem Zauber belegt.

Benon. Er wollte unbedingt, dass ich ihn aufs Chortriforium mitnahm. Ich willigte ein, doch ich begann, mir um das naseweise Kerlchen Sorgen zu machen. Wie er mir selbst erzählt hatte, hatte der Ordensvorstand ihm mit Ausschluss gedroht, und als er dann in Zivilkleidung

Pater Urban begegnet war, hatte der ihm trocken verkündet, dass er ihm leidtue.

Benon grämte sich deswegen nicht. »Ich habe ja Meister Fulcanelli. Und noch haben mich die Kapuziner nicht davongejagt. Hier fühle ich mich sowieso am wohlsten.« Mithilfe einer Lupe untersuchten wir die Spitzhammerrillen auf einer kleinen gotischen Skulpturengruppe, die kämpfende Tiere darstellte, einen Hund und eine Katze. Ich fotografierte die Restspuren der ursprünglichen Farben – blaugrüne auf dem Hund, rötliche auf der Katze – und diktierte den Grad ihrer Beschädigung ins Aufnahmegerät.

Benon liebte die Kathedrale nicht deshalb, weil man in ihr den Namen Gottes lobpreiste. Er liebte sie, weil er sie als geheimnisvolles Werk Gottes betrachtete. Ich ließ die Bemerkung fallen, dass er seinen dauerhaften Verbleib im Kloster gründlich abwägen sollte.

Er ließ den Kopf hängen. »Mir wird wohl nichts anderes übrig bleiben, als zu gehen. Wissen Sie, wie Maler mich gestern im Turm tituliert hat, als wir gemeinsam die Glocke läuteten? Exmönch!«

Ich fragte ihn, ob er noch im ›Mysterium der Kathedralen‹ lese. Er schüttelte den Kopf: Parlers Zeichnungen seien so wunderbar klar, doch die Kabbala des Steines verwirre und erschrecke ihn, und sobald man sie verstehe, folge die Strafe auf dem Fuß und man verliere ein kostbares Buch.

Es sagte es in so bedrücktem Ton, dass ich vom Rund des Vergrößerungsglases zu ihm aufschaute.

»Eine Strafe?«

»Vor Kurzem, als wir uns diesen Kreis anschauten …«

Sidonie in Patricks Umarmung auf der Galerie des großen Turms tauchte wieder vor mir auf. »Ist Ihnen da etwas aufgefallen?«

»Der wievielte Kreis war es?«

»Warten Sie. Ich glaube, der achte. Dann kam noch einer hinzu. Warum?«

»Nur so. Mehr werden es nicht werden.«

»Das sollte man meinen, schließlich hat man Radim erwischt.«

»Und was ist, wenn er nicht alleine dahintersteckt?«

Ich zuckte mit den Schultern. »Wir wissen ja bis jetzt nicht einmal, warum er es getan hat.«

»Man hat alles auf ihn geschoben.«

»So etwas kommt vor. Das Domkapitel denkt immer noch über eine Klage nach.«

»Also soll Radim auch den gevierteilten Hahn auf dem Gewissen haben? Und die Tauben an der Schnur? Die Wandschmierereien? Herr Doktor...«

»Können Sie es sich nicht vorstellen?«

»Was heißt ich? Gestern hat mich diese junge Polizistin aufgesucht. Wir haben unter anderem über Radim gesprochen. Sie meinte, der Junge habe eine miserable Bildung.«

»Als Steinmetz braucht er keinen Universitätsabschluss.«

»Das hat sie auch nicht behauptet. Aber sie zitierte diese Verse: ›Durch mich geht man hinein zur Stadt der Trauer, durch mich geht man hinein zum ewigen Schmerze.‹«

»Ach so. Hm, das konnte Radim wirklich nicht kennen. Das heißt, es muss jemand anders geschrieben haben?«

»Sie erwähnte, dass *Sie* ein großer Verehrer Dantes seien.«

»Also war sie meinetwegen bei Ihnen. Nein, Benon, ich habe das wirklich nicht da hingeschrieben.«

»Ich verdächtige Sie nicht. Mir graust es nur vor demjenigen, der es getan hat. Denn nicht Radim, sondern genau dieser Mensch ist der Mörder. Falls es überhaupt ein Mensch ist.«

»Wie meinen Sie das?«

»Es ist nur so ein Gefühl, nicht mehr. Und nach der Lektüre des ›Mysteriums der Kathedralen‹ hat sich dieses Gefühl verschlimmert.«

»Hatten Sie Angst, es zu Ende zu lesen? Haben Sie befürchtet, Sie könnten darin mehr erfahren, als Ihnen lieb ist?«

»So ähnlich. Aber ich kenne es ganz.«

»Ich habe es ebenfalls fertig gelesen.«

»Also wissen Sie besser als ich, dass die ganze Wahrheit in jedem Splitter Wirklichkeit steckt.«

»Die ganze Welt steckt darin«, sagte ich, ohne dass ich so etwas hatte aussprechen wollen.

»Alle Menschen.«

»Auch das über den Menschen.« Wieder überraschten mich meine Worte.

»Und auch das unter den Menschen.«

Mir drehte sich der Kopf. Ich schüttelte ihn, um wieder zu mir zu kommen. Doch ich stand immer noch unter den kämpfenden Tieren auf dem Domtriforium und hielt dem unverwandten Blick des Mönchs stand, der so erschrocken war wie meine eigene Stimme. »Benon – was hat das zu bedeuten? Was sagen wir da?«

»Was wir sagen müssen. Ich habe Sie nämlich hier gefunden.«

»Mich? Na und? Jedermann weiß, dass ich mich hier Tag und Nacht aufhalte. Ich muss so bald wie möglich mein Buch fertig kriegen.«

»Aber ich habe Sie –«, er zeigte auf die Katze und den Hund, »– in dieser Art hier gefunden.«

»Lieber Himmel, wo?«

»Am Eingang zur Wenzelskapelle. Kommen Sie, ich zeigen Ihnen … Sie selbst.«

»Also auf halbem Weg zur Hölle … Pater Urban haben Sie bereits gesehen?«, fragte ich.

»Ja. Der heilige Sigismund – die Ähnlichkeit springt ins Auge. Aber er befindet sich auf dem äußeren Triforium.«

»Kommen Sie zuerst mit mir. Ich zeige Ihnen noch jemanden, der sich draußen auf dem Triforium befindet. Aber wir müssen unten entlang, anders kommen wir nicht dorthin.«

Wir begaben uns nach unten zur Sigismundkapelle. Von dort gelangten wir über die Wendeltreppe im Mauerwerk wieder nach oben und traten aufs äußere Triforium hinaus, von wo aus eine Treppe in Form einer offenen Spindelgalerie noch weiter nach oben führte. An ihrem Ende, im feuchten, modrig riechenden Schatten, wo kaum einmal Licht hingelangte, kauerte die abscheulichste Büste der Sankt-Veits-Kathedrale, ein bis zur Unkenntlichkeit dezimierter Steinmetz. Fulcanelli hatte ihn nicht restauriert. Anstelle von Augen besaß er nur ausgemeißelte Höhlen, die eine groß und die andere klein, darunter einen Mund mit zerschlagenen Lippen, die Nase fehlte. Und diese schwarze Farbe des Steins … als hätte jemand die Skulptur einst angezündet.

»Er hat zwar kein Gesicht«, sagte ich, »aber die auf die Schultern geworfene Kapuze und auch die nach hinten gekämmten Haare lassen vermuten, dass dies einmal ein zweites Selbstporträt des Dombaumeisters war. Peter höchstselbst.«

»Merkwürdig. Warum sollte er sich für ein Bauwerk gleich zweimal verewigt haben?«

»Sein Meisterzeichen ist ebenfalls mehrfach vorhanden.«

»Aber zwei Bildnisse. Gleich zwei!«

»Ich hätte vielleicht eine Erklärung dafür, Benon. Dieses Porträt hier draußen ist das Opferlamm für die Büste drinnen.«

»Ein von starker Hitze verbranntes Gesicht.«

»Eine von der Flamme des Bösen versengte Seele.«

»Vielleicht von der Flamme der Eifersucht? Man blickt mehr in eine Seele als in ein Gesicht hinein.«

»Und doch erinnert das Gesicht Sie an jemanden …«

»An Herrn Maler!«

»Mir geht es genauso. Und jetzt zeigen Sie mir den verehrten Doktor Rops.«

Er führte mich wieder ins Kirchenschiff hinunter, ging auf die andere Seite hinüber und blieb vor der Wenzelskapelle stehen, ohne sie jedoch zu betreten. Er zeigte nach oben, auf den Kragstein des nördlichen Portals. Dort befand sich eine Figur. Ein fliegender Dämon mit wilder Fratze und Glotzaugen entführte in seinen Armen einen beklagenswerten Kerl mit wehendem Haar, er tauchte seine dünnhäutige Pratze in dessen Mund und zerrte etwas daraus hervor … die Stimme, die Zunge, die Seele, die Hoffnung.

Benon brauchte nichts zu sagen. Vor sechshundertfünfzig Jahren hatte Parler oder einer seiner Steinmetzen hier meinen Doppelgänger aus dem Stein gehauen.

Ich musste meinen Blick abwenden. Und sah durch die offene Tür in der vor Gold und kostbaren Steinen funkelnden Kapelle noch weitere Gesichter. Hinter einem turmförmigen Tabernakel in der südöstlichen Ecke schimmerte matt golden die auf dem Kopf eines Waldmenschen ruhende Konsole. Er sah mich direkt an, in seinem Blick lagen Furcht und Groll. Aus seinem offenen Mund wucherten belaubte Zweige. Von der südwestlichen Konsole aus wurde der Waldmensch von einem anderen grausigen Kopf beobachtet. Es war ein vergoldeter Teufel mit unversöhnlich zusammengepressten Lippen.

Lehre uns, Herr, unsere Tage zu zählen‹ nannte sich das Ganze. Der ökumenische Adventsgottesdienst mit den vielen Lichtern, Samstagnachmittag an Santa Lucia. Mravenec erzählte, er habe einen Weihnachtsbaum gesehen, als er am Morgen um die Kathedrale strich. Einen Weihnachtsbaum, wunderte ich mich, so früh vor Heiligabend? Aber er beharrte darauf, es sei eine ordentliche grüne Tanne gewesen, die schon für Weihnachten hergerichtet war und draußen an der Nordwand lehnte. Schon vor der Veranstaltung wurde der Dom von zehn Bullen bewacht, und jetzt am Nachmittag hatten wir die Anzahl verdoppelt, wegen der Morde und weil man weitere Anschläge befürchtete, und falls noch jemand anderes als mein rühriger Genosse diese Tanne gesehen hatte, war er jedenfalls nicht auf die Idee gekommen, es zu melden. Warum auch.

Die Feier begann um vier Uhr. Es waren nicht viele Leute gekommen, höchstens zweihundert. Der hintere Teil war geschlossen, für die nichtkatholischen Mitwirkenden war es da wohl zu katholisch, und deshalb marschierten sie beim Einzug in das Niemandsterritorium im Kreuzpunkt der Schiffe, alle in Mänteln und steif vor Kälte, und ließen sich auf die vorbereiteten Stühle fallen, die in einem neutralen Halbkreis aufgestellt waren, nur zwei der Stühle standen etwas abseits, und die besetzten der Erzbischof und der Erzdiakon, und als Schlusslicht kontrollierte das Ganze der in einen Pelz gemummelte Julius Maler. Sie sahen alle betroffen aus, so als müssten sie auf Befehl eine Ehrenwache abhalten. Der Kardinal begrüßte uns als Bischof des Veitsdoms und verkündete, dass man nun zusammen mit den anderen Brüdern und Schwestern im Glauben einen ökumenischen Gottesdienst feiern werde, um gemeinsam kundzutun, dass uns das Schicksal unserer Republik am Herzen liege, und um gemeinsam den Segen für sie und ihren Schutz zu erbitten und zu geloben, dass wir uns mit allen Kräften und auf die uns eigene Weise um das gute Ende, ja das Endgute unseres Landes und seiner Bewohner bemühen wollten. Mann, ich dachte schon, der fährt noch mit irgendeiner Endlösung auf, und weil hinten an der Tür schlecht zu hören war, ging ich weiter nach vorne.

Es ertönten Trompeten und Fanfaren, oben auf der Empore sang der Kathedralenchor, unten ein gemischter evangelischer Chor. Dann klimperte eine Harfe, und dazu rezitierte irgendein Typ etwas von den Söhnen Adams ins Mikro, und eine Frau von den Böhmischen Brüdern löste ihn ab, rief zum Gebet auf und erinnerte uns daran, dass wir sterblich seien, danach forderte wieder der Rezitator den Herrn auf: »Herr, lehre uns unsere Tage zu zählen, auf dass unser Herz klug werde.« Anschließend bekannte der Vorsitzende der Brüderkirche unser ewiges Versagen und bat um Vergebung, die Liebe sei geschmäht, die Gerechtigkeit mit Füßen getreten worden, dabei warf er einen Blick auf den Kardinal, Zelenka und Urban, doch der Primas achtete nicht auf ihn, aber als der Vorsitzende hinzufügte: »Auch durch unsere Schuld«, nickte Zelenka unmerklich mit dem Kopf. Dann sagte der Rezitator: »Fördere das Werk unserer Hände«, und nach ihm trat ein rotblondes Mädchen nach vorne, mit einer Gitarre und einem Lied über einen Fährmann, der sie einmal mitnehmen werde, und es sei nicht lange dahin, und sie würde neu geboren. Als sie fertig war, klatschte niemand, irgendwie wusste man nicht, wie es weitergehen sollte, alle waren betreten und furchtbar traurig, und so stand der Erzbischof der Orthodoxen auf, kraulte seinen Bart und las aus dem Brief des Apostel Paulus: »Lasst nicht die Sonne über eurem Zorn untergehen und verzeihet einander, wie auch Christus unser Gott euch verzieh«, und ich guckte mich nach Roman um und konnte ihn nirgends sehen.

Anschließend folgten vorne nacheinander ein Patriarch der tschechoslowakischen Hussiten, ein Vorsitzender der Brüdergemeinde, ein Vertreter der apostolischen Kirche und ein Adventist des siebten Tages, schließlich auch ein Superintendent der evangelischen Methodisten und ein altkatholischer Bischof, bis auf den Letzten allesamt bebrillt, todernst und zugeknöpft. Sie forderten uns auf, für die Ewigkeit vorzusorgen und nicht für uns selbst auf dieser Welt, schließlich habe ein Sarg keine Taschen und das Leben weder Länge noch Breite, nur diese Tiefe, und dabei saßen alle wie bei einer Vigilie, und als aus den Evangelien vorgelesen wurde, standen alle in der Kirche auf, ich ebenfalls, allerdings wanderten die Touristen an uns vorbei und hatten keinen Schimmer, um was für eine wichtige Veranstaltung es sich hier handelte, dann folgte wieder eine Pause und ein leises Verhandeln zwischen den Adventisten, Superintendenten, Katholiken, und mitten hinein kollerte unerwartet der Chor. Noch bevor er ausgesungen hatte, erhob sich der frischgebackene Vorsitzende des Ökumenischen Kirchenrats Julius Maler, packte das Mikrofon und beglückte uns, wie er sagte, mit Sankt Lukas, auch wenn ich den nicht von den anderen hätte unterscheiden können, und bei den letzten Zeilen seiner Lektüre wandte er sich direkt an den Kardinal, an Urban und Zelenka: »Du Narr! Diese Nacht wird man deine Seele von dir fordern; und wem wird dann gehören, was du angehäuft hast? So geht es dem, der sich Schätze sammelt und ist nicht reich bei Gott! Bei Gott nicht!!«

Zelenka wurde rot, Urban blass, der Kardinal zuckte nicht mit der Wimper, und Maler setzte sich nicht mehr zu den anderen; völlig aufgebläht, vielleicht hatte er zu viele Bohnen gegessen, klappte er das Evangelium zu und ging durch den Mittelgang davon, und wieder rettete der Chor die Situation, mit drei Stücken nacheinander und schön rein gesungen, worauf Urban die Versammlung beendete und dazu aufrief, freudig der Geburt des Erlösers zu harren und nun gemeinsam ein letztes Gebet in aller Stille zu sprechen. Plötzlich hörte man eine Tür knarren, und irgendwo schrie eine Frauenstimme.

Und wie ein schwarzer Vampir stürzte Roman Rops durch den spärlichen Halbkreis der Prälaten.

Vielleicht lag es an dem krampfhaften Bemühen, den ökumenischen Gottesdienst zugleich würdig und offen zu gestalten, jedem zugänglich, der gerade vorbeikam. So hatte die Kathedrale die ganze Zeit offen gestanden, und jeder hatte kommen und gehen können. Von den anfangs noch an die zweihundertfünfzig Besuchern blieben am Ende nicht einmal mehr ein Drittel, und schon während der Zeremonie spazierten die Touristen paarweise und in kleinen Grüppchen durch den Dom, fotografierten und filmten, bis sie entdeckten, dass sie, wenn sie um die Sänger herumgingen, in den Chorumgang gelangten, wo keiner aufpasste oder Eintrittsgeld verlangte. Eine Frau bemerkte dabei, dass die Tür zur alten Sakristei – jene Tür, über der vor nicht ganz einem Jahr an Dreikönig die Aufschrift S + S + S + S + S aufgetaucht war – einen Spalt offen stand. Sie gab ihr einen Schubs, öffnete sie weit, hob den Fotoapparat ans Auge und schrie gellend auf.

Vor dem Gottesdienst war ich mit Benon und Fulcanelli in der Thunkapelle verabredet gewesen, doch keiner von beiden war erschienen. Als aus dem Presbyterium der Aufschrei erklang, lief ich los und nahm als kürzesten Weg die Diagonale, mitten durch die ökumenische Versammlung hindurch. Aber ich war nicht als Erster in der Sakristei. Neben der am Boden liegenden Frau kniete bereits Leutnant Mravenec und versuchte, sie zu Bewusstsein zu bringen.

Ich blickte zur Decke hoch und erinnerte mich sogleich an alles, was ich im ›Steinernen Wald‹ über die Sakristei geschrieben hatte: »Es handelt sich um einen Raum mit zwei Gewölbefeldern, die durch einen mächtigen Mittelpfeiler getrennt werden. Das östliche Feld hat noch Matthias von Arras, der erste Baumeister der Kathedrale, eingewölbt, das westliche ist das Werk seines Nachfolgers Peter Parler. Beide Felder haben in ihrem Scheitel, im Kreuzpunkt der Rippen, ein einzigartiges Element, das die Engländer erfunden und die Baumeister des Veitsdoms in Avignon und Straßburg abgeguckt hatten. Beide Gewölbe münden einige Meter über der Erde in einen Hängeschlussstein mit einer Blütendekoration, in der die vom Wölbgrund gelösten Rippen zusammenlaufen. Die Decke wirkt, als würde sie durch nichts gestützt, als schwebte sie wie ein federleichter Baldachin in der Luft. Das linke und das rechte Feld sind unterschiedlich gewölbt. Während Matthias nur vier Rippen mit dem Schlussstein verband und sein steinerner Stern an das komplizierte geometrische Muster eines Kaleidoskops erinnert, setzte Peter auf Schlichtheit und Helle, führte jedoch doppelt so viele schlanke Strahlen zu dem Schlussstein herab. Das Muster des Matthias ist mächtiger, das des Peter eleganter, bei Matthias schwebt der Stern in den Wolken, bei Peter am klaren Himmel.«

Jetzt waren beide Abhänglinge steinerne Inbilder des Zorns Gottes geworden. Von dem westlichen, Parler'schen Schlussstein hing an einem Seil der verfrühte Weihnachtsbaum herab, eine schön gewachsene kleine Tanne, die sich effektvoll im Luftzug der offenen Tür drehte. Der Baum war einerseits ramponiert, andererseits mit einem eigentümlichen Geschmack herausstaffiert worden, mit einem seltenen Sinn für Proportionen und Symmetrie. An den unteren Zweigen waren die Dekorationen schwerer und größer, an den oberen leichter und eher klein, auf die abgebrochenen Zweige gespießt wie Speckwürste vor dem Rösten. Sie glänzten leicht. Eine Leber und eine Lunge hingen in Stücke gehackt dort, die Nieren waren ganz geblieben, ebenso ein Magen und eine Blase, die beide geschickt verknotet waren, damit sie nicht ausliefen – sie erinnerten noch am ehesten an Schmuckkugeln aus farbigem Glas. Der formlose Klumpen an einem Zweig in der Mitte mochte eine Bauchspeicheldrüse oder Milz sein, das wusste ich nicht zu sagen, aber das auf einem oberen Zweig aufgepiekte und mit einem Faden zusammengeschnürte Säckchen mit zwei runden Wölbungen ließ mir keine Zweifel. Die um die Tanne gewundene Weihnachtskette war erstaunlich lang und aus einem unten dickeren, oben ganz dünnen Darm fabriziert worden. Die Krönung des Baumschmucks bildete ein kleines schwarzrotes, von weißen Häutchen durchzogenes Herz, das auf den zugespitzten Stamm gerammt worden war.

Wir versammelten uns vor dem Baum. Paarige Organe befanden sich paarweise dort, einzelne allein. Ich zählte fieberhaft. Ich begriff, dass sie zu einem, nicht zu zwei Körpern gehörten, doch ob Benon oder Fulcanelli sie in sich getragen hatten, konnte ich nicht feststellen. Am östlichen Schlussstein des Matthias hing an seiner schwarzen Schleife das Schwein. Es drehte sich nicht. Man hatte es nicht wie ein Schlachtvieh an den Hinterbeinen aufgehängt, sondern am Kopf. Dennoch war sein Bauch von oben bis unten aufgeschlitzt. In die Wunde ließ sich nicht hineinsehen, und in mir regte sich die Hoffnung, dass der Schmuck des Weihnachtsbaumes nicht aus den Körpern meiner Freunde, sondern von ebendort stammte.

Das Gleiche musste Pater Urban durch den Kopf gegangen sein, der jetzt wie ein Mondsüchtiger von der Tür aus zum Schwein schritt und ohne zu zögern seine Hand in die lange Wunde tauchte. »Gott sei Dank, der Bauch ist leer«, sagte er mit leiser Stimme. Er war jedoch nicht einmal bis zur Hälfte des Rumpfes gelangt.

Mravenec trat zu dem hängenden Tier und bildete aus seinen zusammengefalteten Händen einen Steigbügel. Klára stützte sich auf seine Schulter, stellte ihren Fuß in seine Hände und zog sich nach oben; im Besteigen von Männern war sie geschickt. Sie packte das Ferkel an den Rändern seiner Wunde wie einen Betrunkenen am Jackenaufschlag und stieß ihm mit aller Kraft ihre Hand unter die Rippen.

Sie fluchte. Zelenka begann zu stöhnen. Urban verbarg seine Augen unter den Händen, und ich verspürte einen Stich im Brustkorb.

»Dieses verdammte Herz ...«, nuschelte Klára, »da ist es, da ist es, ganz rund, das haben sie als Einziges dringelassen ...« Sie zog ihre Hand aus dem Tier und zeigte mit einem blutigen Finger auf das andere Herz – das auf der Baumspitze. Mravenec begann unter ihr zu schwanken, und sie sprang auf den Boden der Sakristei herab.

Ich wandte mich ab und bemerkte erst jetzt, dass in der Ecke ein zerlegbarer Flaschenzug stand, ein Bestandteil von Fulcanellis phänomenalem Gerüst.

Wir suchten lange, am Abend wurden wir fündig. Roman hatte die Idee. Wir waren aus der Krypta heraufgestiegen, in der ich den armen Kerl vermutet hatte, wo er aber nicht war. Wir hatten auch alle Türme durchforstet, selbst den kleinen in der Mitte. Wir hatten den ganzen Veitsdom durchsucht, solange die Taschenlampen durchhielten. Mein schwarzer Tragöde war die ganze Zeit davon überzeugt, dass wir die Leiche im Dom finden würden. Um halb zehn ließ Mravenec Pizza holen. Ich bot Roman davon an, aber er sagte, er habe schon in seinem letzten Leben damit aufgehört, Teigfladen vor dem Altar zu konsumieren. Der konnte mir den Buckel runterrutschen. Es war Pizza mit Pilzen, die mag ich am liebsten. In dem Moment kam zum x-ten Mal Zelenka vorbei, zum xten Mal aufgeregt, aber unser Gefuttere störte ihn nicht. Eine Weile suchte er auf eigene Faust nach dem Ausgeweideten, dann eilte er davon, um Urban zu besuchen, der Erzdiakon hatte schon wieder eingeliefert werden müssen. Ich rief hinter ihm her, wir würden Polizeihunde kommen lassen müssen, er solle schon mal eine große Menge Weihwasser zum Aussegnen bestellen. Roman wurde plötzlich starr wie ein schwarzer Schäferhund und sagte: »Es hat mit der Segenshand begonnen.«

»Na und?«, sagte ich darauf mit vollem Mund, aber er stürmte nach hinten zu den schlecht beleuchteten Kapellen und holte sich zwei unserer Jungs zur Verstärkung, und Mravenec und ich liefen mit unserer Pizza in der Hand hinter ihnen her. Sie tauchten hinter dem großen Hauptaltar mit den vielen Türmchen ab, der aussieht wie eine Minikathedrale, ein Puppenhaus für kleine Schwarzröcke, samt Türmen, Treppen, Geländern und Terrassen und lila Vorhängen und kleinen Kammern, davon gleich eine ganze Gruppe, und dort führte uns Roman hin, wo niemand zuvor nachgeguckt hatte, und dort stank es auch, und schon zogen wir einen Holzsarg heraus. Roman stieß sein unpraktisches Stichelmesser unter den Deckel und, hey, der Dolch funktionierte, der Sarg war zum Glück nicht fest vernagelt. Ein nackter Mann lag darin mit einem faustgroßen schwarzen Loch in der Brust. Es war nicht der Italiener, auch nicht der Mönch. Es war Fulcanellis kleiner Judas. Radim. Quer über seine mageren Hüften lag ein gezacktes Steinmetzbeil voller Blut.

»In der Untersuchungshaft würde er noch leben«, sagte Roman und rauschte davon.

Das regte mich tierisch auf. Und so bellte ich hinter ihm her, herzlichen Glückwunsch, jetzt sei er wieder die Nummer eins unter den Verdächtigen, und hiermit würde ich ihm Hausarrest aufbrummen.

Verdammt, als könnte ich etwas dafür, dass sie Radim hierbehalten hatten und sich sogar für ihn verbürgt hatten. Aber natürlich war Roman nicht die Nummer eins unter den Verdächtigen. Ich trug Mravenec auf, um jeden Preis diesen Fulcanelli zu finden, ihm eine hübsche Eskorte anzubieten und die stählernen Armbänder anzulegen. Ha ... ich würde dem Italiener seinen Schmuck plus Zinsen zurückgeben.

Am nächsten Morgen stieg die Sonne über Prag auf und glättete die scharfen Konturen des Veitsdoms. Ich setzte mich an den Computer und öffnete, bevor ich zu schreiben begann, meine Mailpost. Nur eine Nachricht war gekommen.

Mein lieber Dante, Dante Gabriel, Roman,

wir reisen ab. Ob es Dir gefällt oder nicht, wir beide sind unwiderruflich und endgültig voneinander geschieden. Ich werde mit Patrick in London leben, und Du wirst nichts daran ändern können, also versuche es auch nicht. Ich habe Dich immer noch gern, aber es ist kein Gefühl von Liebe. Wenn das Kleine zur Welt kommt, schicke ich Dir ein Foto. (Ja, es ist endlich ein positives Ergebnis.) Wenn Dein ›Steinerner Wald‹ herauskommt, kaufe ich mir ein Exemplar, und irgendwann wirst Du es mir signieren. Ich wünsche Dir, und eigentlich auch mir, dass Dir auch andere Dinge neben der Arbeit Freude machen; Deine Unzufriedenheit hat etwas Gestörtes. Ich denke oft an Dich, auch wenn Du mir das vielleicht nicht glaubst. Mir fallen immer wieder die Verse von Christina Rossetti, der Schwester Deines Lieblings, ein. So wie Du war sie bestürzt über das Leben und versuchte sich aus ihrer Ratlosigkeit und ihren Zweifeln herauszuschreiben:

I lock my door upon myself
And bar them out
But who shall wall
Self from myself
Most loathed of all?

Deine Schwester spricht hier für Dich! Keine Angst, ich weiß, dass Du nicht dieses mörderische Phantom bist. Allerdings fühle ich mich in Deiner Anwesenheit noch unsicherer als früher, während Patrick mir von Anfang an ein Halt ist. Es stimmt, er beschäftigt sich wie Du mit Kunst, und wie Du verdient er sein Geld damit – nicht als Schöpfer, sondern als ein Bote, ein

Vermittler, aber nie hat er sich in sie eingeschlossen wie in eine verkleidete Schmuckschatulle, und das schätze ich an ihm.

Wir zwei können dennoch Freunde bleiben. Mir liegt daran. Ich bitte Dich darum.

Deine
weder Beatrice noch Lizzie, sondern Sidonie

Ich stand vom Tisch auf, griff nach dem Misericord und stach ihn meiner Frau ins Auge. Doch der dreischneidige Dolch weigerte sich das Bild zu zerschneiden, und so steckte ich meine Finger in die Öffnung und zog daran. Die Fasern knackten, spannten sich und brachen. Dort, wo Sidonies Gesicht gewesen war, klaffte jetzt ein leeres weißes Dreieck.

Eigentlich hatte ich frei, aber ich fuhr aufs Präsidium, um mir Fulcanelli vorzuknöpfen. Er war vorläufig festgenommen und saß ganz ruhig da, blitzsauber, mit gestutztem Bart, so als würde er sich aufs Gefängnis freuen. Ich ließ ihn ins Verhörzimmer bringen. Und noch bevor ich den Mund öffnen konnte, fing er von selbst an.

»Es gibt da ein Buch, es heißt ›Das Mysterium der Kathedralen‹.«

»Das Benon, Sie und Roman Rops gelesen haben.«

»Ja. Und noch andere haben es gelesen.«

»Ihr Name steht darauf.«

»Das ist nur ein Zufall.«

»Also, was ist mit dem Buch?«

»Ich glaube, dass schlechtes Lesen zu einer schlechten Interpretation führt. Die Todesfälle weisen darauf hin.«

»Das heißt also, Ihr Büchlein hat die Morde auf dem Gewissen, und Sie sind so unschuldig wie ich mit zehn Jahren?«

»Wie bitte?«

»Mit elf nicht mehr. Eigentlich weiß ich es nicht mehr genau, ist ja auch scheißegal.«

»Ich verstehe Sie nicht. Entschuldigen Sie. Und es ist nicht mein Buch. Der Name Fulcanelli ist in Norditalien verbreitet.«

»Vergessen Sie's. Also, Ihrer Meinung nach hat das Buch zu den Morden geführt.«

»Seine schlechte Interpretation hat sie bewirkt. Das passiert den bedeutendsten Texten, der Bibel, dem Koran. Ein Missbrauch, verstehen Sie? Man kann alles missbrauchen. Sei es aus Gewinnsucht oder aus Dunkelheit der Seele. Der Leser ist ein gefährlicher Mensch. Er trägt Schuld. Herr Rops weiß das sehr gut. Ich weiß es ebenfalls.«

»Herr Rops? Merken Sie sich, dass alles, was Sie sagen, gegen Sie verwendet werden kann, und eine falsche Zeugenaussage gleich doppelt.«

»Ich merke es mir.«

»Also heraus damit. Sie wollen ihn mit reinreiten?«

»Reiten?«

»Herrgott! Ich frage Sie, ob Sie Rops als Ihren Komplizen bezeichnen. Ob er mit Ihnen drinsteckt, Mann!«

»Aha. Nun, bis zu einem gewissen Grad ist Ihre Hypothese richtig. Er und ich denken ähnlich. Aber dann gibt es noch jemanden, und auf den sollten Sie achtgeben.«

»Das ist also ein Geständnis? Haben Sie, Rops und noch jemand die Morde begangen?«

»Ich mache in keinster Weise ein Geständnis. Ich habe noch nie gemordet, aber ein bisschen bin ich doch schuld. An dem letzten Mord, verstehen Sie? Wenn ich den Jungen hätte verhaften lassen, könnte er noch leben. Ich habe es jedoch der Kathedrale überlassen. Und die hat ihre eigene Lösung gefunden.«

»Und was ist mit ihm?«

»Mit dem Dottore? Ich zweifele daran. Aber wie gesagt, auch er trägt eine Schuld. Eine große. Eine sehr große.«

»Sie behaupten aber, dass er keinen Mord begangen hat.«

»Ich glaube nicht.«

»Und wer dann?«

»Dieser andere. Ich kenne ihn nicht. Vor dem würde ich mich in Acht nehmen, selbst als Polizistin.«

»Danke. Na, wenigstens etwas können wir protokollieren. Der Verdächtigte A. Fulcanelli bestreitet seinen Anteil an den Morden, bekennt jedoch seine Schuld. Da wird sich der Boss freuen. Und der Richter auch.«

»Der Richter? So weit wird es nicht kommen. Aber mein Beichtvater, wissen Sie – der tut mir leid. Und jetzt laufen Sie schnell zurück. Ich glaube, Ihrem *amore* droht eine Gefahr, seiner Herrin eine andere.«

Es klingelte. Überzeugt davon, dass am Lauf der Dinge nun nichts mehr zu ändern war, bemühte ich mich gar nicht erst zu fragen, wer da sei, sondern öffnete ohne Zögern die Tür. Es war Benon. In Kordjacke und Jeans, mit einer blauen Strickmütze auf dem Kopf, einer neuen Brille auf der Nase und rasiertem Kinn. Beinahe hätte ich ihn nicht erkannt, seine Scheu und Unsicherheit waren verschwunden, und eine wunderliche Autorität ging von ihm aus. Er sagte etwas Seltsames: »Die Botschaft des Großmeisters ist folgende: Das kindliche Blut muss verdünnt werden.« Es klang wie eine vereinbarte Losung, aber ich kannte keine Antwort darauf.

Ich bat ihn herein, doch er schüttelte den Kopf, ich solle mit ihm kommen, er bitte mich darum. Ich wollte wissen, wohin. Und er, mit einem ernsten Ausdruck in seinen klaren Augen, antwortete wiederum mit einem Rätsel: »Wenn das Wasser belebt werden muss, wo sollte man dies tun?«

»Das haben Sie aus dem Fulcanelli«, fiel mir ein.

Er nickte. »Aus ihm und von ihm. Von beiden.«

Ich zog mich an und ging mit ihm in den eisigen Abend hinaus. Ich fragte schon nicht mehr, was unser Ziel sei. Ich machte ihn nur darauf aufmerksam, dass ich nicht vorhätte, der Polizei ins Handwerk zu pfuschen. Er konterte, die Polizei sei am Ende und wenn ich weitere Gewalttaten verhindern wolle – sie könnten jemanden betreffen, der mir teuer sei –, bleibe mir nichts anderes übrig, als mit hinaufzukommen. Ein Rat von Herrn Fulcanelli.

Unterwegs teilte er mir mit, dass er nicht mehr Benon heiße, sondern wieder Michal Pešina, ja, wie der Gründer des Dombauvereins, und ja, er habe den Orden endgültig verlassen, wenn ich mich allerdings schon daran gewöhnt hätte, ihn Benon zu nennen, könne ich es gerne weiterhin tun. Danach erklärte er mir die Situation: Angelo Fulcanelli war zwar verhaftet worden, doch eigentlich besaß er für den Mordtag ein Alibi, Benon war nämlich die ganze Zeit mit ihm zusammen gewesen; sie hatten über das ›Mysterium der Kathedralen‹ gesprochen. Sie waren bis zu der Passage über das dicke Blut der Kinder und über die Verschiebung der Planeten gelangt, zu denen die Türme der Kirche wiesen. Und der Baumeister hatte begriffen, dass er jetzt nicht in die Kathedrale zurückkehren durfte, andernfalls würde die Kathedrale ihn vernichten.

Ich empörte mich darüber, dass Benon Angelos Alibi nicht bestätigt hatte, doch er schwor, dass der Meister es so gewollt und ihn um Schweigen gebeten habe, ihm liege an der Vollendung des Großen Werks mehr als an seinem Leben, und deshalb müsse er sein Leben retten. Er hatte Benon einen Auftrag erteilt – Doktor Rops abzuholen und gemeinsam mit ihm das Lösungsmittel zu suchen, jenes wirksame Agens aller metallischen Elemente; dann würden die Veitsdom-Morde ein Ende finden.

Ich schwieg. Ich musste diese Dinge erst einmal verdauen. Also: Fulcanellis Botschaft war absonderlich und zugleich klar. Er hatte in dem Buch über seinen Tod gelesen, so wie ich vor einiger Zeit über meinen. Der Baumeister war dem Konflikt geschickt ausgewichen. Ich konnte das nicht tun. Mir blieb nichts, als das Lösungsmittel der Metalle zu finden, oder wenigstens ein Blutverdünnungsmittel. Ideal würde sein, wenn es sich um einen einzigen Stoff handelte.

Vor dem Dom fasste Benon meine Schulter und lenkte meine Schritte zu dem kleinen Portal unter dem Brückengang. Er zog einen Schlüssel aus der Tasche und steckte ihn ins Schloss. Ich fragte ihn, woher er ihn habe, doch er schüttelte den Kopf – ich würde gleich verstehen, weshalb wir hier durchgingen.

Ich trat hinter ihm ein und fand mich in den tiefen Schatten unter dem Königlichen Oratorium wieder. Benon machte die Tür weit auf, als wollte er etwas vom hellen Lichtschein des Burghofs in den Dom hereinlassen. Es glückte. Mich überraschte nur, dass die Alarmanlage ausgeschaltet war. Er drehte mich an den Schultern und zeigte über meinen Kopf auf den frei aus dem Gewölbe herabgelassenen Schlussstein, auf die plastische Dekoration aus verschlungenem Geäst. Es war ein gutes Zeichen; wir sahen die fünf Gewölbekappen wie fünf Quellen der Vegetation, die Wörter kamen uns in Bildern näher. Ja, es würde gehen. Ich bedauerte lediglich, dass wir nur zu zweit waren, denn die Interpretation des esoterischen Textes erforderte drei Magier. Ich verstand, was von mir verlangt wurde, und äußerte meine Zweifel, ob ich der Richtige sei. Aber er zuckte mit den Schultern: Solange Meister Fulcanelli seine Künste schütze, müsse ich meine zur Verfügung stellen. Er bat mich voranzugehen und ihn auf dem Weg ins Hellere zu führen.

Ich trat also voller Zweifel ins Kircheninnere, machte fünf Schritte und blieb überrascht stehen. Am Hauptaltar brannten vier Kerzen, über ihnen leuchtete das ewige Licht. Sonst war es in der Kirche dunkel. Neben der Umzäunung des königlichen Mausoleums im Zentrum des Chors stand jemand. Jemand, der mir schmerzlich vertraut war. Sidonie. Ich erkannte sie an dem Widerschein des Lichts auf ihrem Haar. Wir gingen zu ihr hin. Sie war nicht überrascht. Sie lächelte uns an, doch als sie meinen Gesichtsausdruck sah, wurde sie ernst.

»Was tust du hier?«, fragte ich sie. »Wie bist du hier hereinkommen?«

»Natürlich mit dem Schlüssel, den du mir ins Hotel geschickt hast. Hier ist der Brief.« Sie hob ein Blatt Papier hoch und faltete es auseinander. Benon fasste mich an der Schulter. In seinem Blick lag plötzlich Angst.

»Der ist ja nicht unterschrieben. Warum hast du gedacht, dass er von mir wäre?«

»Weil du mich darin bittest, dass wir uns in der Kirche voneinander verabschieden, in der wir geheiratet haben. Es geht ja um eine Art kleine Beerdigung, wie du hier schreibst. Wenn du das auf diese Weise brauchst – ich habe nichts dagegen. Hauptsache, es wirkt. Wer sonst hätte das schreiben können?«

»Vermutlich der, der bereits mir geschrieben hat. Komm, ich bringe dich hier heraus und begleite dich zum Hradschiner Platz. Dort wirst du dich in ein Taxi setzen und zu Patrick fahren. Schnell. Hier darfst du nicht bleiben. Das ist eine Falle, und du bist ihr auf den Leim gegangen.« Ich fasste sie bei der Hand.

Sie war beleidigt. »Schon wieder erfindest du etwas. Lass mich los. Ich habe genug davon. Ich werde allein gehen. Diesen Scherz nehme ich dir übel, Roman.«

Sie entfernte sich. Wir beobachteten, wo sie hinging. Sie steuerte auf die Tür der Kapitelbibliothek zu. In diesem Moment bewegten sich hoch über ihr, hinter dem gigantischen Fenster des südlichen Transeptteils, hinter Švabinskýs Glasbildern mit der Szene des Jüngsten Gerichts, zwei große Schatten, zwei dunkle Köpfe. Der eine trug einen breitkrempigen Hut, der andere ein umgebundenes Tuch. Draußen, jenseits des steinernen Maßwerks und der farbigen Scheiben, lauerten Sidi zwei Riesen auf. Ich wusste nicht, ob Benon sie wahrgenommen hatte, aber ich sah ihre Silhouetten ganz deutlich und hatte nicht die Absicht, ihnen Sidi auszuliefern.

Ich holte sie ein. Entschuldigte mich. Ich log ihr vor, dass ich tatsächlich den Brief geschrieben hätte.

Sie nahm mich an der Hand und führte mich auf die Nordseite, zur Sigismundkapelle. Dort küsste sie mich. Benon wandte seinen Blick ab, schaute auf die Uhr, sah sich in der Kathedrale um. Schließlich sagte er: »Wir haben gut angefangen. Vielleicht beim Urgrund selbst.«

Sidi drückte mich noch eine Weile an sich, sie lächelte, und in ihrem Blick lag Bedauern, vielleicht auch Schmerz über alles, was nicht geglückt war. Und mich schmerzte das andere, das ich in ihren Augen sah: ihr fester Entschluss, mit jemand anderem neu zu beginnen, diesmal ohne fatale Fehler.

»Kommen Sie.« Benon fasste uns jeweils am Arm und zog uns sanft auseinander, und in der Sanftheit dieser Bewegung lag etwas Mörderisches. »Wir müssen jetzt ins Reich der heiligen Gebeine, und da wir nicht in die Schatzkammer hineinkommen, muss uns die Reliquienkapelle genügen. Dort wird der Herr Doktor das Nötige sagen, und dann können wir gehen.«

Ich wollte ihm klarmachen, dass ich keine Ahnung hatte, was ich in der Reliquienkapelle sagen sollte, aber in diesem Augenblick fiel mir etwas ein.

Fünf Wörter. Fünf Lichter im Schatten der Kathedrale. So riet es Fulcanelli.

Benon führte uns quer durch den Chor. Sidi hob fragend die Augenbrauen, lächelte neugierig. In der Kapelle wollte sie wissen, ob wir Detektiv spielten. Ich legte ihr den Finger auf den Mund. Auf dem Altartisch zeichnete sich zwischen den Schreinen und schimmernden Reliquienbüsten ein dunkler Eisenleuchter mit einer einzelnen Wachskerze ab. Wir zündeten sie an.

Wir standen zwischen den Tumben. Benon bat mich etwas bedrückt, ich möge das erste der fünf Wörter sagen. Sidi brach in Gelächter aus. »Jetzt kommt der Voodoo«, sie rollte mit den Augen. »Aber ich gebe keine Küsse mehr. Ihr zwei könnt das ruhig tun.«

Ihre Fröhlichkeit verfehlte völlig den Ernst des Augenblicks. Sie begriff nicht, worum es ging. Ich sagte mir, dass es vielleicht besser war.

»Ich habe einen Glauben«, sprach ich und blickte sie direkt an. »Dieser Glaube ist die LIEBE.«

»Welche die Bewegerin der Dinge ist«, improvisierte Benon.

»Und der Meister schweigt von ihr.«

»Der Laie redet, der Meister jedoch schweigt. Deshalb ist er der Meister.«

»Denn dieses innige Gefühl beginnt und endet mit dem Schweigen.«

»Wir werden schweigen, doch wir werden Bescheid wissen.«

»Ist es denn möglich, nicht Bescheid zu wissen?«

»Es ist möglich. Doch die Unwissenheit ist der Ursprung allen Leidens.«

»Wir sind also beim zweiten Wort: WISSEN.«

»Das Wissen widerspricht nicht dem Glauben.« Benon hob den Finger.

»Im Gegenteil, es bildet eine Einheit mit ihm.«

»Aber wer behauptet, dass er das Wissen besitze ...«

»... der weiß nichts.«

»Und dabei wird für Wissen am meisten gezahlt.«

»Mit der Farbe des Rubins.«

»Das Wissen ist der Planet Mars.«

»Das Wissen ist der Meister.«

»Fulcanelli und ...«

»... und Fulcanelli. Er ist in Sicherheit.«

»Das Wissen erfordert größte Schlichtheit und Unabhängigkeit von Theorien«, fügte Benon hinzu. »Das Bewusstsein, dass das Ganze sich im Teil spiegelt und das Teil das Ganze offenbart. Und daher ...«

»Und daher genügt es, sich an einem beliebigen Ort umzuschauen. Zum Beispiel hier.«

»Wen haben wir hier?«

»Zwei Könige«, sagte Sidonie. »Přemysl Ottokar I. und Přemysl Ottokar II.«

»Also zwei Wahre, zwei Gesalbte. Was symbolisieren sie?«

»Die Macht«, sagte ich voller Überzeugung, und das war ein weiteres Schlüsselwort aus Fulcanellis ›Mysterium‹. »Auch die Macht erwächst aus dem Glauben.«

»Die Macht der Wahrhaftigkeit.«

»Die Macht des Wortes.«

»Die Macht der Falschheit.«

»Die Macht des Bildes, die so tückisch direkt ist und uns unmittelbar anspricht. Schauen wir uns um. Die Kathedrale ist ein Wald, der vor Farben strotzt, eine Welt, die von einem Liebhaber des Schönen geschaffen wurde. Dieses Bild zieht einen an und in sich hinein, doch *ecclesia materialis significat ecclesiam spiritualem.*«

»Und nun kommt das Wort.«

»Ein Wort, das das Bild beschreiben kann.«

»Nicht nur das – es kann es erschaffen.«

»Es erschafft, was ihm beliebt, ein falsches Bild oder ein richtiges Bild.«

»Ein Wort, das Macht hat über die Bilder.«

»Allerdings wird nur dem, der mit Wissen, Integrität und einem Willen ausgerüstet ist, die Gnade des Verstehens zuteil.«

»In den Worten eines Laien«, mischte sich Sidi ein, die das seltsame Gespräch gebannt verfolgt hatte, »das Bild ist für alle, das Wort nur für die Eingeweihten. Das Bild ist der Anfang, das Wort das Ende.«

»Das ist jetzt blasphemisch«, ermahnte Benon sie mit gesenktem Blick.

Ich schnalzte mit den Fingern. »Ist es nicht. Das Wort und das Bild zerschmolzen zunächst in eins. Das Wort des Anfangs … Helfen Sie mir. Wie soll man das sagen?«

»… das in die Dunkelheit gesprochene Wort?«

»Genau. Und doch verkündete es die Wahrheit.«

»Die ins primordiale Dunkel geworfene Wahrheit.«

»›Es werde Licht‹ sind die ersten Worte in der Finsternis.«

»Dann wurde Licht.«

»Und es entstand das Bild.«

»Gut. Der Anfang ist das Wort und das Bild. Das Ende bietet –«

»Noch nicht! Wir müssen der Reihe nach vorgehen. Zum Ende muss man gelangen. Dafür ist Glaube nötig. Und was ist der Glaube? MUT«, stieß ich aus.

»Mut zur Tat?«

»Glaube an die Tat.«

»Mut zum Verbrechen«, flüsterte Sidi. »Und der verkehrte Glaube daran.«

»Der Mut zu reden«, sagte Benon.

»Der Mut zu schweigen«, ergänzte ich. Jetzt stimmte die Reihenfolge.

»Sie haben das fünfte Wort ausgesprochen, wissen Sie das? Der Glaube als *mysterium fascinosum*.«

»Also das SCHWEIGEN. Wir sind an den Schluss von Fulcanellis Buch gelangt – vom Glauben muss man nicht sprechen. Wie jetzt weiter?«

»Von hinten. Wann schweigt der Schüler?«

»Wenn der Meister verstummt.«

»Und warum schweigt der Meister?«

»Damit ihm das Geflüster nicht entgeht, das schmelzt und verwandelt.«

»Oder das Geflüster, das zertrümmert und trennt.«

»Der Teufel ist uns immer einen Schritt voraus.«

»Lassen Sie uns deshalb vom Ende zum Anfang zurückkehren. Das Schweigen, Herr Rops. Hier liegt einer«, Benon zeigte auf eine Tumba, »und hier der andere. Der eine Mensch hat gemordet, der andere geschwiegen. Was macht das Blut der Väter dünner? Das Blut der Kinder.«

»Beides benötigt Mut. Und zwar großen. Denn den Mut zum Verbrechen muss derjenige in sich finden, der den Verbrecher nicht in sich trägt. Sidonie hat es genau benannt, aber man muss noch hinzufügen, dass der

Mut zum Verbrechen aus der Verzweiflung erwächst. Was macht das Blut der Kinder dünner? Das Blut der Väter.«

Sidonie heftete ihren Blick ins Dunkel der Kirche. Sie hatte ihre Arme vor der Brust verschränkt und die Hände in ihnen verborgen, als wäre ihr kalt geworden.

»Habt ihr nichts gehört?«

»Nein. Wir kommen jetzt zur Macht.«

»Und über sie zu denjenigen, die die Morde im Veitsdom begangen haben.«

»Zu Menschen, die von der Macht verdorben sind?«

»Das sage ich nicht. Die Macht hat es ihnen jedoch leichter gemacht zu handeln.«

»Gelegenheit macht den König zum Dieb.«

»Oder zum Mörder.«

»Selig sind die, die keinen Zugang haben.«

»Sie haben ihn, und deshalb wissen sie Bescheid.«

»Wir sind wieder beim Wissen.«

»Menschenkenntnis, Benon. Die Mörder durchschauen sich gegenseitig, nutzen jeweils die Schwächen des anderen und missbrauchen sie.«

»Moment mal«, wandte sich Sidi mit vor Angst brüchiger Stimme zu mir. »Du redest über sie, als würdest du sie kennen.«

»Vielleicht kenne ich sie. Ich weiß jetzt nämlich, wozu das Ganze diente. Und wer es brauchte.« Ich zog die grüne Scherbe aus meiner Tasche.

»Wer?«

»Darüber schweigt man.« Ich legte mir das Stück Glas vor den Mund.

»Roman!«

»Was hast du von der ›Göttlichen Komödie‹ in Erinnerung?«

»Nur noch wenig.«

»Mir kommen die Verse wie eine Offenbarung in den Kopf. Besonders diese:

Ein großer Greis steht aufrecht in dem Berge,
Der seine Schulter gen Damiette wendet
Und der nach Rom schaut wie in seinen Spiegel.
Aus feinem Golde ist sein Haupt gebildet,
Und Brust und Arme sind aus reinem Silber,
Aus Kupfer ist er dann bis zu den Lenden …

Weißt du, wie es weitergeht?«

»Ja«, sie lächelte.

»Von dort bis unten aus erlesnem Eisen,
Nur dass sein rechter Fuß aus Ton geformt ist,
Und darauf steht er mehr als auf dem andern.«

»Du schaffst es immer noch, mich zu überraschen«, sagte ich anerkennend.

»Du mich auch.«

»Fragt sich, was uns die Verse sagen. Wir haben da den Alten in der Rüstung, mit einem eisernen und einem tönernen Fuß. Der alte Mann könnte Rom sein. Rom könnte der Staat sein. Und der Staat fußte im Mittelalter auf zweierlei Macht: auf der weltlichen und der kirchlichen.«

»Das sind die beiden Füße?«

»Ja. Der Mörder kennt die Verse gut. Er versuchte es mir anzudeuten, als er in der Maske des Heiligen auftauchte. Allerdings tauchte er vor Klára auf. Klára kann keine Symbole lesen. Dabei liegt in ihnen seit je die Wahrheit.«

»Anna von Schweidnitz«, platzte Benon heraus, den Blick auf Sidonie gerichtet.

»Der heilige Sigismund. Der entstellte Steinmetz.«

»Und der vom Teufel entführte Judas.«

»Und auch die, die fehlt.«

»Und auch die, die hinter der Geschichte zurückblieb.«

»Sie meinen die Kirche? Ich bin ebenfalls zurückgeblieben.«

»Ich auch. Ob wir umkehren können?«

»Wir können die Weisheit der Weisen verwerfen und so umkehren.«

»Nein, Herr Doktor. Das dürfen wir nicht tun.«

»Gut. Verwerfen wir nicht die Weisheit der Weisen, aber die Klugheit der Klugen.«

»Bravo«, bemerkte leise eine fremde Stimme.

Sidonie hielt sich die Hand vor den Mund. Als wüsste sie nicht, ob sie lachen oder vor Schreck ohnmächtig werden sollte. Denn sie erblickte jenen, der schon eine ganze Weile hinter meinem Rücken gestanden haben musste.

»Bloße Bilder«, fuhr die Stimme fort, und ich drehte mich um. »Was sind sie gegen das Wort, das ins Schweigen hineinhallt. *In nomine patris, et filii, et spiritus mali*, ich habe eine Pistole in der Hand, und diese Hand ist leicht. Amen.«

Wir starrten das Gespenst des heiligen Wenzel an, das vor uns im Chorumgang aufgetaucht war. Wie ein Schauspieler im Schwarzen Theater, so war auch der Mensch hinter der goldsilbernen Büste nicht zu sehen. Doch dieses Mal trug er sie vor sich her.

Ich stellte mich schützend vor Sidonie. »Die Maske ist unnötig«, sagte ich und wünschte mir eine festere Stimme. »Ich weiß, wer Sie sind.«

»Aber die anderen wissen es nicht. Am Ende ist die Maskerade zu etwas gut. Schauen Sie, machen wir einen

Handel. Treten Sie von Ihrer Frau weg, und Sie retten ihr das Leben. Auch diesen Jungen lasse ich in Ruhe. Sie genügen mir. Aber schnell, bevor der andere kommt – denn er hat andere Ziele. Na? Wo bleibt Ihr Mut, Rops? Zeigen Sie uns Ihre Macht. Ihr Wissen haben Sie mustergültig vorgeführt, das Schweigen wird folgen, ehe Sie es überhaupt bemerken.«

»Haben Sie die Morde begangen? Und er hat Sie gedeckt?«

»Mir war Kalandra gleichgültig, *er* war es, der ihn hasste. Wenn es nach mir ginge, hätte ich den alten Kerl von der Treppe geschubst, so wenig hätte genügt. Aber er bestand darauf, dass ich ihm die Hand mit einem geschärften Winkeleisen abhackte. Fulcanellis Spielzeug, Sie verstehen? Auch die Figuren vom Bronzegitter zwang er mich abzufeilen, er nannte das ›zum Schutz meines Sohnes‹. Schutz wovor? Vor dem Teufel, vor dem Tod, vor einem Schwein ... Er dachte, dass dieses Schwein Ihr Dämon sei, Roman. Ich habe mir seine Torheit perfekt zunutze gemacht und Ihnen Kalandra so kredenzt, wie er es gewünscht hat. Allerdings hat es keine Wirkung gezeigt.«

»Und Henryk?«

»Bewegen Sie sich nicht! Henryk. Nichts gegen ihn, aber er hatte mich auf der Treppe zur Schatzkammer des Doms gesehen und fragte mich, was das bedeuten solle. Wenn man ihn schon zum Schweigen bringen musste, dann so geschickt, dass es nach Fulcanellis Trupp aussah.«

»Sie waren mehrere.«

»Nur zwei und ein Helfer.«

»Wer war die Frau, die zusammen mit Henryk in die Kirche hineinging?«

»Die gab es nicht.«

»Und Radim mussten Sie ebenfalls aus dem Weg schaffen?«

»Mein Partner bezahlte ihn für die Kreise mit den Hörnern, nur dass der Trottel dann erwischt wurde ... ausgerechnet von diesem Hornochsen von Zelenka.«

»Die zerschlagenen Büsten. Die Provokation mit dem Schwein.«

»Diesen Schweinsgalopp habe ich vielleicht genossen! Meinen Kompagnon hätte der Schlag treffen können, und dabei war er es, der Radim loswerden wollte, wiederum mit einem Gerät aus Fulcanellis Werkhütte. Er konnte sich also nicht beschweren. Und an den zerschlagenen Büsten liegt ihm nichts. Mir auch nicht.«

»Dafür liegt Ihnen am Kirchenschatz. Die Edelsteine ersetzen Sie heimlich durch farbiges Glas. Sie sind ein abgefeimter Dieb.«

»Ich bin kein Dieb. Der Dieb ist Unterwasser, der perfekte Kopien hat anfertigen lassen, ohne überhaupt zu fragen, wofür ich sie benötige. Aber ich? ›Denn alles, was die Kirche hat, gehöret den Leuten, die um Gottes willen bitten.‹ Das wusste schon Ihr göttlicher Sänger, Rops, Sie haben ihn schlecht gelesen. Die Steine habe ich in einem Banktresor hinterlegt. Wenn ich sterbe, gehen sie in die Hand der Hus-Stiftung über.«

»Ich dachte, Sie altern von den Füßen her, nicht vom Kopf.«

»Was liegt schon daran ...? Ich werde im Angesicht Gottes sterben. Nicht so wie Sie, der Statuen und Bilder anbetet. Wer an die Hölle glaubt, wird sie durchlaufen. Ich wünsche Ihnen süße Träume, Doktorchen, und viele hungrige Würmer.«

Noch bevor er ausgeredet hatte, machte ich einen Schritt zur Seite. Ich konnte für Sidonie nicht mehr tun, als unsere Körper voneinander zu trennen. Wenn ich stehen blieb, wo ich war, würde die Kugel erst den einen durchqueren und dann im anderen stecken bleiben.

Die Maske wich ins Dunkel zurück. Die Hand im schwarzen Handschuh hob die Automatikpistole und zielte mit ihrem schwarzen Lauf auf mich.

Vor der Kapelle blitzte es golden auf. Aber es war kein Schuss zu hören. Der glänzende Kopf des heiligen Wenzel schlug auf den Steinfliesen auf.

Julius Maler hatte seinen eigenen merkwürdig zur Seite hängen. An seinem Hals klaffte eine tiefe Wunde. Erst jetzt schoss zwischen den durchtrennten Nerven, Sehnen und Muskeln das Blut hervor.

Daneben stand der andere. Wie ein Ritter seinen Helm trug er den schweren goldenen Kopf des heiligen Veit unter dem Arm. Auf seinem Hals saß der lebendige Kopf, ritterlich modelliert, mit grauem Haar, hoher Stirn, schattigen Falten und eingefallenen Wangen. Mit der anderen Hand umklammerte er das zweifach gebrochene Parler'sche Winkeleisen. Es sah aus wie ein gezackter Blitz.

»Sei gegrüßt, mein Sohn«, lächelte mich der Alte an, während er Maler die Waffe abnahm. Als hätte er dadurch seinen letzten Halt verloren, stürzte Julius Maler zu Boden. Der Erzdiakon kniete sich neben ihn, legte das Reliquiar beiseite, drückte dem Toten die Augen zu und flüsterte das Requiescat. Bevor wir uns aus unserer Erstarrung lösen konnten, richtete er die Pistole auf uns. Wieder stellte ich mich vor Sidonie.

»Ich habe nur deine Frau erwartet, Roman, aber ich bin froh, dass du gekommen bist. Als du klein warst, hast du mich geduzt. Das kannst du wieder tun. Ich habe mir deine Anmerkungen auf der Kassette angehört. Das ›Mysterium der Kathedralen‹ habe ich schon gelesen, bevor du das ABC gelernt hast. Aber erst kürzlich habe ich es verstanden. ›Der schweigsame Glaube ist der lebendige Glaube. Herausgeschrien bedeutet er nichts.‹«

»Warum halten Sie sich dann nicht daran?«, platzte es aus mir heraus.

»Das tue ich doch. ›Mut zur Tat‹, Roman. Ich habe ihn gefunden. Und ich sehe, du auch.«

»Nichts sehen Sie.«

»Aber ja. Ich kenne dich besser, als deine Sidonie dich kennt.«

»Das wohl kaum.«

»Es schadet nicht, wenn ein Vater gelegentlich seinen Sohn kontrolliert. Es ist seine Pflicht.«

»Sie sind nicht mein Vater.«

»Ich bin dein spiritueller Vater, ob dir das gefällt oder nicht. Mit diesen Händen hier habe ich dich getauft. Du warst mein Sohn zu dieser Zeit und noch lange danach. Denkst du, ein Priester sehnt sich nicht nach einem Kind? Ich habe dich gut geleitet. Niemals habe ich dir die geistliche Laufbahn aufgezwungen, wie deine Mutter es sich gewünscht hat. Im Gegenteil. Ich habe dich dazu bestimmt, der beste Laie unter den Laien zu werden, ein Intellektueller, der unsere Sache verteidigt. Für die Kirche gibt es heutzutage nur noch Hohn. Und so sagte ich mir, es wäre vielleicht an der Zeit, dass von der Kirche wieder Furcht ausgeht. Auch ein Vater darf nicht von seinem Kind verspottet werden, das wirst du sicher anerkennen. Zum Wohl des Kindes.«

»Das muss ich mir nicht anhören.«

»Du *warst* ein guter Sohn, keiner deiner Altersgenossen kam dir gleich. Alle verließen uns, um sterile Protestanten zu werden, geifernde Atheisten oder lächerliche Buddhisten. Du wurdest zu einem Versprechen. Du bist geblieben und hast mit mir Thomas von Aquin und Augustinus gelesen. Und als du dich in die Kunst vernarrt hast und die höheren Dinge zu vergessen begannst, verzieh ich dir und brachte dich über deine Liebe zu Dante, Giotto und Piero della Francesca auf die Liebe zu den Menschen und zu Gott.«

»Das ist Ihnen nicht besonders geglückt.«

»Ich weiß. Du hast nur einen Menschen für dich gewählt, die anderen interessierten dich nicht mehr, und auf Gott hast du nicht mehr geachtet. Wozu auch? Einen Altar hast du ja gehabt. Und auf dem Altar eine heilige Fotze.«

Sidi schnaufte heftig und machte einen Schritt auf ihn zu, doch ich hielt sie fest und stellte mich wieder vor sie.

»Jawohl! *Qui tangit picem, coinquinabitur ab ea.* Pfui! Allerdings bist du ihr als Hanswurst, als Idiot der Liebe völlig zuwider geworden. Den wahren Gott hast du verworfen, den falschen hast du verloren. Armer Kerl. ›Niemand regieret auf der Erde, und darum geht die Menschheit in die Irre.‹ Dein Dichter kannte dich gut.«

»Wir kennen uns gegenseitig.«

Er zuckte mit den Schultern. »Wie auch immer. ›Gerechtigkeit trieb meinen hohen Schöpfer‹, wie du wohl weißt. Wenigstens das. Als ich dir den Brief geschrieben habe, versprach ich, dass du *ihr* erneut begegnen würdest. Ich meinte damit die Kirche, nicht deine einst rechtsgültige Dirne.«

»Pater Kalandra hat mich nicht so streng beurteilt. Schließlich bin ich immer brav und monogam gewesen.«

»Kalandra hat geirrt, als er mit seiner heiligen und vermaledeiten Hand euren Bund gesegnet hat. Seine Absichten waren gut. Aber der Weg in die Hölle ist mit guten Absichten gepflastert. ›Denn er erklärte Fehde seinem Vater um eine Frau, der man, gleichwie dem Tode, das Tor der Freude nicht zu öffnen pflegte.‹ Wieder Dante – erinnerst du dich? Er und du wissen, dass es keine

Liebe ohne Qual gibt, und was nicht wehtut, ist nur vorgeheuchelt. Du hast meine Liebe verschmäht, sie wiederum die deine. Die Liebe hat sie verbrannt. Sie konnte sie nicht ertragen. Wie ich Sie verstanden habe, Sidonie! Ich hatte so großes Verständnis, dass ich Ihnen bei der Scheidung geholfen habe!«

Überrascht sah ich Sidonie an. Und Sidi wich meinem Blick aus. Sie hatten sich gegen mich verbündet.

»Es hat jedoch nicht geholfen«, fügte Urban hinzu. »Nichts hat geholfen. Weder die zerschlagenen Skulpturen noch das im Gottesdienst losgelassene Schwein, noch das abscheuliche Blutbad, du hast meine Andeutungen nicht gesehen und nicht gehört. Und siehst du, Roman? Als allmächtige Figur hinter allem habe ich mich sogar mit dem Ketzer verbündet, nur um dir die Augen zu öffnen. Maler eignete sich hervorragend für die Schmutzarbeit, ihm ging es nur um den Kirchenschatz, und ich gewährte ihm alles, was er abschleppen konnte. Die zwei kostbarsten Diamanten konnte er mir nicht nehmen: Gott und dich.«

»Sie haben einen Edelstein mit einem Stück Kohle verwechselt.«

Der Priester ließ die Schultern hängen. »Wir haben uns Mühe gegeben, dass alles auf den Meister der Bauhütte hindeutete, und dabei habe ich dir die ganze Zeit heimlich zugeflüstert: Diese Verbrechen aus Liebe, Roman – wer anderes als du kann sie würdigen? Begeht sie nicht tagtäglich der Allmächtige? An dir – an mir – an jedem Einzelnen von uns?«

Ich sagte nichts darauf.

»Aber Fulcanelli hat uns durchschaut, und deshalb mussten wir ihn zum Tode verurteilen. Doch er ist schlau. Und so befindet er sich nicht vor dem himmlischen Richterstuhl, sondern im Gefängnis.« Er lachte krächzend. »Im Grunde freut es mich, dass er überlebt hat. Doch jetzt tritt zur Seite, mein Sohn, und freue dich mit mir, denn ich werde dich endgültig von deiner Harpyie befreien. Sei gewiss, dass sie zur Hölle fährt.«

Mein Wille war mir abhanden gekommen. Mein Kopf war gelähmt vor Schmerz, und meine Beine machten von selbst einen Schritt zur Seite, ich hatte es ihnen nicht befohlen.

Ich trat von ihr weg und tat weiter nichts. Ich wusste, dass ich sie damit umbrachte. Ich wusste, weshalb.

Sidonie stand still da. Sie schaute kurz zu Benon hinüber, doch der wandte seinen Blick zum Altar.

Vater Urban spannte die Waffe und zielte auf die weibliche Brust. Und jemand befahl ihm: »Wirf sie weg.«

Die Pistole fiel ihm aus den Fingern. Eine andere tauchte aus dem Dunkel auf, zwei Hände, zierliche Schultern in einer Lederjacke, ein grüner Rolli und darüber ein zerzauster Kopf mit schmalen blauen Augen. Der Mund lächelte, die Nase mit den Sommersprossen kräuselte sich. Ein Kind hatte sich unter die Erwachsenen geschlichen.

Und das war schlecht. Sobald sie sich nach der Waffe bückte, die ihr früher einmal gehört hatte, schwang Urban das Winkeleisen wie einen Golfschläger und schlug ihr die Pistole aus der Hand. Ein Schuss löste sich. Benon sank auf die Knie, fasste sich an die Hüfte und stöhnte, er fiel auf den Bauch und krümmte seinen Rücken; ein Käfer, der sich gegen das Platttreten sträubte. Aber ich hatte keine Augen für ihn, ich starrte auf Klára, die mit dem wahnsinnigen Priester kämpfte: Sie hängte sich an seinen Arm mit dem Winkeleisen, es war nur ein Augenblick, bevor er sie abschüttelte und gegen die Mauer schleuderte. Ihr Kopf prallte gegen den Stein, dass es dröhnte. Der Priester beugte sich vor und rang mühsam nach

Atem, doch gleich darauf richtete er sich wieder auf und erhob erneut das Winkeleisen, diesmal vor meiner Herrin. Und zum zweiten Mal schützte ich Sidonie nicht.

Dafür Klára. Sie sprang dem Alten in den Weg, wollte ihm mit ihren bloßen Händen an die Gurgel. Das Eisen machte ein schwirrendes Geräusch, schon war es geschehen und nicht mehr rückgängig zu machen.

Sidonie blieb unverletzt. Und doch hatte ich sie in mir getötet.

Klára führte ihre Hände zusammen, als wollte sie Dank sagen. Aber sie fand nur eine. Sie sah mich an und verbarg ihre Schande hinter ihrem Rücken.

Die schräg am Gelenk abgetrennte Hand war auf den Altartisch gefallen, bleich und lebendig, im nervösen Schock zuckend. Kilián Urban betrachtete sie, als würde er ein Wunder erblicken. Endlich fand ich den Mut zur Tat. Ich griff in meine Tasche, zog den dreischneidigen Misericord hervor und stach ihn dem Vater in die Halsgrube.

Klein Klára hat gewonnen, Klein Klára hat dich schon gehabt, Klein Klára hat verloren. Was ich nicht verliere, macht mir keine Freude. Ich habe nicht geschlafen, als du mich verbunden hast, als du mir den Unterarm mit einem Gürtel zusammengeschnürt hast. In meiner Tasche hast du das Kettchen gefunden, es war voller Blut, es lag dort auf dem Grund wie ein versenkter Schatz, das Armband aus den verschlungenen Zweigen und Blüten, das ich von einem anderen bekommen hatte und du dann einer anderen geschenkt hast und die schließlich wieder mir, und jetzt hast du es mir um die Hand gewunden wie einen Rosenkranz, herzlichen Dank auch. Ziemlich kalt fühlt es sich an, als wär's ein Stück von dir. Aber vorher hast du mich in dieser kühlen Gegend, in dieser zynischen Stadt lange gewärmt, allein dadurch, dass du da warst. Zu deinem Andenken sollte man ein Neonherz auf dem Dom installieren, es würde gut zum Turm passen anstelle eines Kreuzes. Jetzt sag nichts mehr, ich bitte dich drum. Nein, sprich nicht. Schweig. Hast du meine Alabasterpfote? Freu dich nicht, sie wird dir nicht lange bleiben. Jemand anderes hat sie sich verdient. Jemand, der es versteht zu lieben, aber nicht hassen kann.

Klára, *haec est clara dies clararum clara dierum*, ein neues Leben beginnt, du kannst ruhig schlafen, schau nicht hinaus, der Rettungswagen fährt durch die nächtliche Stadt, doch der Drachenbuckel der Kathedrale ist immer noch zu sehen, und jemand geht neben dem Wagen her, er hat einen weiten Hut und macht überlange Schritte, wenn er zum Fenster hereinschaut, sieht er in meinen Armen deine Hand im Treibeis, deine Hand schützt mich einstweilen vor ihm, auch Benon ist hier und atmet noch, die Frau mit dem Kopftuch sitzt zu seinen Füßen, in ihrem Schoß liegen drei kleine Figuren, ein Mann, eine Frau und ein Schwein, unter ihrer feinen Nase und den schönen Augen zieht sich von Ohr zu Ohr eine Narbe, in der sich grüne Stiche schlängeln, sie wird niemandem erzählen, dass Sidi ins Fegefeuer kommt, ich fünf Etagen tiefer, du ins Paradies und der ›Steinerne Wald‹ in deinen Buchensarg, ein Geschenk für dich, meine heilige Braut, bevor ich mich zu dir legen werde, denn gerade ist in mir die Liebe erwacht und bescheint meine Zukunft in einem grünlichen Licht, mein Leben hat wieder einen Sinn, Dank sei dir dafür, *ma pulchra, praeclara donna*, mein heller Stern, meine anmutige, einzige Beatrice.«

Historische Romane im dtv

Elizabeth Marshall Thomas
Die Frau des Jägers
Roman
Übers. v. Götz Pommer und Elfriede Peschel
ISBN 978-3-423-12004-3
»Ein Roman aus der Steinzeit von seltener Tiefe und Schönheit.« (New York Times Book Review)

Robert von Ranke Graves
Ich, Claudius, Kaiser und Gott
Roman
Übers. v. Hans Rothe
ISBN 978-3-423-01300-0
Augustus, Livia, Caligula, Nero: eine Chronique scandaleuse, in der die ganze dekadente Welt des römischen Imperiums lebendig wird. »Ein zu Recht berühmtes, meisterhaftes Werk.« (Bayernkurier)

Marguerite Yourcenar
Ich zähmte die Wölfin
Die Erinnerungen des Kaisers Hadrian
Übers. v. Fritz Jaffé
ISBN 978-3-423-12476-8
Ein Roman von außergewöhnlicher Feinheit. Yourcenar zeichnet mit Hadrian einen leidenschaftlichen und tatkräftigen Mann.

Frans G. Bengtsson
Die Abenteuer des Röde Orm
Roman
Übers. v. Elsa Carlberg
ISBN 978-3-423-20055-4
Orm, Mutters Jüngster, verzärtelt und hypochondrisch, wird von plündernden Nachbarwikingern verschleppt.

Matilde Asensi
Iacobus
Roman
Übers. v. Silvia Schmid
ISBN 978-3-423-20843-7
Der Jakobsweg 1317. Ein Hospitaliter auf der gefährlichen Suche nach dem Schatz der Templer.

Andrzej Sapkowski
Narrenturm
Roman
Übers. v. Barbara Samborska
ISBN 978-3-423-24489-3

Lux perpetua
Roman
Übers. v. Barbara Samborska
ISBN 978-3-423-24636-1

Gottesstreiter
Roman
Übers. v. Barbara Samborska
ISBN 978-3-423-24571-5
Die Bestseller-Trilogie um den schlesischen Medicus Reinmar von Bielau.

Historische Romane im dtv

Dorothy Dunnett
Niccolòs Aufstieg
Roman
Übers. v. Britta Mümmler und Mechtild Sandberg-Ciletti

ISBN 978-3-423-**21037**-9

Im Jahre 1459 beginnt der rasante Aufstieg eines armen Färberlehrlings zum Handelherrn ... Erster Band der großartigen Renaissance-Serie um das Haus Niccolò.

Asta Scheib
Kinder des Ungehorsams
Die Liebesgeschichte des Martin Luther und der Katharina von Bora

ISBN 978-3-423-**12231**-3

»Die vielleicht skandalöseste Liebesgeschichte Deutschlands.« (Klaus Modick)

Diana Norman
Die Piratenkönigin
Roman
Übers. v. Hanna Neves

ISBN 978-3-423-**20879**-6

Irland im 16. Jahrhundert. Im Dienst der Königin wird die junge Barbary auf die rebellische Insel geschickt. Inmitten von politischen Intrigen, Freiheitskampf und Krieg erlebt sie die Schönheit und Tragik Irlands – und ihre große Liebe.

Yves Jégo, Denis Lépée
1661
Roman
Übers. v. Gudrun Honke

ISBN 978-3-423-**24631**-6

Paris 1661. Der junge Sekretär von Molières Theatertruppe stößt auf geheimnisvolle verschlüsselte Dokumente und wird in den Kampf um die Nachfolge von Kardinal Mazarin hineingezogen.

Rose Tremain
Des Königs Narr
Roman
Übers. v. Elfie Deffner

ISBN 978-3-423-**20763**-8

England 1664. Der Arzt Robert Merivel erhält von Charles II. persönlich ein ungewöhnliches Angebot: Er soll die Mätresse des Königs heiraten ...

Eveline Hasler
Anna Göldin. Letzte Hexe
Roman

ISBN 978-3-423-**10457**-9

1780. Die schöne, eigenwillige Dienstmagd Anna Göldin wird des Kindsmords und der Zauberei angeklagt. Die Geschichte des letzten Hexenprozesses in Europa.